塞北生活影录

韩丽明 著

海天出版社（中国·深圳）

图书在版编目(CIP)数据

塞北生活影录 / 韩丽明著. —深圳：海天出版社，
2018.7
ISBN 978-7-5507-2438-9

Ⅰ.①塞… Ⅱ.①韩… Ⅲ.①散文集-中国-当代
Ⅳ.①I267

中国版本图书馆CIP数据核字(2018)第151532号

塞北生活影录
SAIBEI SHENGHUO YINGLU

出 品 人	聂雄前	
策 划 编 辑	张小娟	
责 任 编 辑	陈嫣	
责 任 技 编	梁立新	
封 面 设 计	龙墨文化囊 0755-83461000	

出 版 发 行　海天出版社
地　　　址　深圳市彩田南路海天综合大厦 (518033)
网　　　址　www.htph.com.cn
订 购 电 话　0755-83460397(批发)　83460293(邮购)
设 计 制 作　深圳市龙墨文化传播有限公司 (电话：0755-83461000)
印　　　刷　深圳市希望印务有限公司
开　　　本　889mm×1194mm　1/32
印　　　张　8.5
字　　　数　183千
版　　　次　2018年7月第1版
印　　　次　2018年7月第1次
定　　　价　39.80元

自 序

美国作家鲍伯•伯克思说:"我们的人生拥有那么多'无法忘怀的时刻'。"

元代刘壎在《隐居通议•礼乐》里说:"余亦六十有六矣,老冉冉至,怀旧凄然。"

古代以长城为界,长城以北即称塞北。我的家乡呼和浩特,其旧城即为归化城,清乾隆四年,又于归化城东北筑绥远城,后两城合并,称为归绥,即为绥远省的首府。绥远省为民国时塞北四省之一,后于1954年撤省并入内蒙古自治区。我姥姥家在雁北,这一地区现属于山西省的大同、朔州,亦在雁门关以北,得胜堡即为明长城大同镇的重要关隘。

我常常怀念归化城的北门、绥远城的鼓楼、归绥老火车站的票房、归绥公教医院的穿天杨、大召东厢的荞面饸饹、老式酸面包、缅裆裤、牛鼻鞋、老式竹壳开水瓶、手摇电话、翘着大喇叭的留声机、二人台的草台班子。

我还怀念得胜堡的城楼、沧桑蜿蜒的边墙、御河清澈的流水、边塞瓦蓝的天空、清晨的鸡鸣狗吠、牧归的牛哞羊咩,犁耧耙耱锄镰、石磨石碾牛车。

雁北自古系苦寒之地,物产贫瘠。冬季冰霜惨烈,春季朔风凌厉，夏季干旱少雨。明朝时，这里是抵御北方少数民族南侵的前哨阵地，曾有重兵布防，也多有"将军白发征夫泪"的悲怨。雁北人吃食简单、鄙陋。花样再翻新，也离不开莜面、山药蛋。青菜极少，常年靠烂腌菜打发光阴。

孔子在《礼记》里讲："饮食男女，人之大欲存焉。"对这个话，我是很佩服的。吃这个欲望，或许离人的本性最近。在我六十年的生涯中，有关吃的记忆最多。其实我笔下的菜肴并不属于美食，都是一些最普通的家常饭，有半数系瓜菜代，是饥馑人们的智慧结晶。不过，回忆录中不时添些家常美食，便多出几分氤氲缭绕的烟火气，文字不再冷清孤独。透过那些呆滞的黑色方块字，仿佛能嗅到缕缕香气，感知到文字散发出的甜厚醇和滋味。我们都有过对以往的留恋，常驻足于一些卑微的物件面前长久不肯离去，因为这些卑微的物件构成了个人履历中的纪念碑，使我们确定无疑地赖此建立起人性的档案。

怀旧是一种记忆，更是一种权利。其实，即便是平凡的小事，对于我们来说也都有伟大之处。因为那是我们曾经的一段生命旅程，是真真实实地存在于我们记忆深处的一道壮丽的风景线。

随着社会节奏一天天加快，人们面带匆忙之色一路向前。不知道还有多少人可以静下心来，在一个月色如水的夜晚，静静地回望一些渐去渐远的人和事，体味那些久远的记忆可以带来的一些感动。

我与中华人民共和国同龄。记得中华人民共和国成立初期有一幅宣传照《我们热爱和平》，一对男孩女孩怀抱和平鸽站在天安门前的华表下。这幅照片曾被大量印刷，并在各种场合张贴，还曾出现在信封、笔记本、明信片、搪瓷杯、铁制茶叶筒上。他们和我是同龄人。1959年拍的纪录片《祖国的花朵》，里面在北京北海划船的少男少女们，也是我的同龄人。

我们要珍惜生命中的每一天，不要等秋天过了才感叹春天绿色，等冬天来了才怀念夏天的温暖。青春短暂、生命有限，我们只有那么短短的几十年光阴可以去挥霍！正如林清玄所说："虽然明天还会有新的太阳，但永远不会有今天的太阳了。"时间总会毫不犹豫地走过每一个稍纵即逝的时刻。当往事已成烟，感叹岁月流逝时，我们能做的只有把握现在，憧憬未来。

是为自序。

韩丽明

二〇一八年元月一日

目录
塞北生活影录

001 乡风里俗

073 老旧物件

目录

塞北生活影录

133　塞北风味

目录
塞北生活影录

199 旧岁童戏

乡风里俗

昔日的大召

大召，数百年来，一直是内蒙古地区藏传佛教的活动中心和中国北方最有名气的佛刹之一，也是呼和浩特的首座喇嘛教召庙。大召蒙古语为"伊克召"，意为"大庙"；明廷赐名"弘慈寺"，清廷赐名"无量寺"。大召始建于明朝万历七年，已有四百余年历史，是呼和浩特最早兴建的寺院。

数百年来，大召声名显赫，给其周围带来了异常的繁荣，为归化城的一处胜景。历史上的大召，门前没有今天这样开阔的广场，前后都是林立的民宅和纵横交错的胡同，所以就有了大召东夹道和西夹道等这些老呼市们最熟悉的胡同名称。

大召东夹道是条颇为迷人的巷子，在这条巷子的两侧，各色小店一字排开。一年四季、晨昏之间，窄窄的街面上人流不断、市声嘈杂。巷中那两处近乎直角的拐弯儿，使这条小巷子显得曲折幽深。

大召西夹道有和平电影院，往南财神庙巷有民众剧场，多半是演二人台的。那时呼市的二人台，曾赴各地演出，被各地的二人台剧团尊为"老团"。东北二人转的扇子舞，其实是从二人台学来的。由于晋陕方言的隔膜，二人台行之不远、二人转却大红大紫，这是始料不及的。

玉泉井就在民众剧场后面。这口井与清泉街的海窟井一样，流淌着大青山断裂带最优质的矿泉水。井水甘冽、泡茶香醇。1966年前后干涸，成为传说绝唱。

西夹道西拐路南，有王一贴膏药铺。展有老虎、人熊的标本。还有一只黑羽黄喙的八哥，会说："王一贴，好膏药！"

大召前街和大召东夹道，是一处小市场和民间游乐场，人气很旺，每天吸引不少老百姓聚在这里。正像清代诗人王循在其《归化城》一诗中描写的那样，"小部梨园同上国，千家闹市入丰年"。

二十世纪五六十年代，我的舅舅们每次从山西来，必去大召前闲逛。那时，大召前的商品经济大多还维持在"走西口"时的水平。笼箩社、纸扎坊、染坊、铁匠铺、木匠铺、估衣铺、膏药铺应有尽有；鞋匠、皮毛匠、旋匠、白铁匠各司其职。

大召东仓是呼和浩特历史上最繁华也是最聚人气的地方。东仓位于大召寺整体的东隅，又名菩萨庙；与之相对应的还有西仓，名为乃春庙。

当年大召东仓是一片开阔地。在这儿说书、拉洋片、变戏法、卜卦算命、捏面人、吹糖人、卖大力丸的应有尽有，每天熙来攘往、摩肩接踵、游人如织。其热闹程度和北京的天桥可有一比，所以大召东仓也被美其名曰"塞外天桥"。

大召东仓南口的西边，曾经有过一家莜面馆，专卖莜面饸饹。1958年，我在中山西路小学读书，夏天的中午，常和同学结伴，来这里吃莜面饸饹。此处的莜面饸饹非常好吃，我们吃起来不加咀嚼、不辨滋味、如风卷残云，不像现在的剥皮莜面，没了浓烈的燕麦味道。

那时的莜面饸饹一毛四一斤。汤是凉汤，盐汤里主要是些黄瓜水萝卜丝丝，又炝了点葱花。碗用的是很粗的笨碗，条案和凳子也很原始，就像电影《水浒传》里梁山好汉聚餐时使用的那种，没有油漆、斑驳陆离。很大的条案上放着一大壶醋，和一碗油炸辣椒，供食客自己取用。长凳上坐不了许多人，大多数人都站着吃，还有的人端碗蹲在外面的房檐下吃。来这里吃莜面饸饹的人络绎不绝，食客大多是穷人及走卒贩夫之类。

厨房在里面的套间，蒸莜面的锅是九勺锅。九勺锅有多大，我也说不清，只记得锅口直径就有一米多。有专职压饸饹的人，他们用的木头饸饹床子床身很长，臂杆也很长，压饸饹时，饸饹床子吱吱扭扭地响着，似乎有些吃力。伙房里热气腾腾，笼屉摞得很高；蒸熟的从上面取下来，生的不时从下面续进去。笑语喧哗，生意十分红火。

夏天，莜面馆的灶镬设在门外临街处，拉风箱的是一个残疾人，骸骨之下犹如秃桩，市井人称"秃板凳"。他的风箱拉得有板有眼，就像快板书的过门节奏，成为莜面馆的招牌和广告。吸引着往来的人们驻足观看、拍手称道。

现在大召附近所谓的古建都是近年来复建的，原先的早已拆毁，令人不免遗憾，那些真实的景物，今人只能在梦境中再现了。

姥姥家得胜堡

有诗云：

> 边塞得胜堡，风雨五百年。
>
> 瓦剌燃烽火，晋蒙起狼烟。
>
> 嘉靖固边墙，战鼓震九天。
>
> 隆庆五年至，罢剑士归田。
>
> 此间民生息，茶马万贾旋。

得胜堡，一处历代兵家必争之地；一处长城文明、晋商文化的历史见证之所。从内蒙古丰镇往南出了得胜口一华里，就可以到达得胜堡。

得胜堡是明长城大同镇重要关隘，当年为抗击蒙古瓦剌而建。明朝收复大同后，鉴于当时蒙古军屡次寇边，大同地区人民的生命财产损失严重，于是在大同的北边大举修筑长城、增筑堡城。现存的得胜堡、得胜口、镇羌堡、四城堡，分别分布于长城南边不到三华里的狭小范围内。这样密集的城堡群，在万里长城沿线是极其罕见的，这客观地反映了当时得胜堡在边境地位之重要。遥想当年千军万马屯集于大同，战争烽火搅得天昏地暗，叹息在北国寒风中戍边的将士们"男儿莫问春好事，且把长刀向玉关"！

大同成为明代的九边重镇之一后，边墙、边堡不断增筑，驻军人数不断增加。隆庆年间兵马多达十三万人以上，号称"大同士马甲天下"，但仍不能消除边患。

隆庆五年，明王朝在得胜堡举行隆重敕封仪式，封蒙古首领俺答汗为顺义王，后又封三娘子为忠顺夫人，开放大同、宣府等地"立互市"。万历五年，又在长城沿线的新平堡、助马堡等处设十个互市点，马市数十年高度繁荣，推动了明代晋商的兴起。正如明人李杜诗中所言："天王有道边城静，上相先谋马市开。"从此明王朝与蒙古鞑靼部落干戈化玉帛，蒙汉民族文化由此走向融合。

走近堡子湾乡得胜堡，古长城蜿蜒起伏、烽火台高耸林立，可尽收眼底。地处晋蒙"咽喉"的得胜堡，今天依旧有许多值得游人驻足观看、凝思的景致。

得胜堡始建于明嘉靖十八年，修筑时名叫"绥虏堡"，城墙最早由黄土夯筑而成；万历二年砖包，城周"三里四分，高三丈八尺"；万历三十二年七月进一步扩修，堡名改称得胜堡。现仅有砖砌券拱南关门还算完整，关门洞上有十分精巧的砖雕图案，因年久失修，雕砖已摇摇欲坠。

关门南面的门洞上方镶嵌一块石匾，中央阴刻楷书"保障"二字，落款"万历丙午岁秋旦立"。字体刚健遒劲，美观大方；匾额周围的砖雕，通体用砖块磨接对缝，平贴在门洞上方。砖饰呈垂花门庭状，幔下嵌刻着荷、梅、菊、兰四种花卉，象征生活的宁静美好。砖雕最下面一层镌刻着"奔兔弯月""瑞日祥月""和合如意""海晏河清"四组图案，寓意国泰民安。

门洞内东西侧墙壁各嵌有石碑一块，西墙碑风化严重，字不可辨；东墙碑字迹清晰完整，为万历三十五年八月扩修得胜堡记事碑，算起来已有五百多年了。

登上得胜堡南关门向北望，四边堡墙轮廓完整。墙外田野辽阔，墙内房舍成片。从南关门向北一条大街，穿过一座方台，四个门洞上方各嵌有一匾额：南曰"雄藩"，东曰"护国"，北曰"镇朔"，西曰"保民"。

得胜堡内的街道格局为"三大街、六小巷"。"三大街"是指一条主干大街和两条次要街道。主大街呈南北走势，宽约六米，便于传递警报信息和日常活动。主街之外，还辅修了西城墙下的铜南照壁大街和东城墙大街两条次要街道，宽度大约五米左右。除了有名称的主街和辅助街道外，堡内也有一些无名小巷，如东西走向的"六小巷"，它们横向连接三条大街。得胜堡整齐的大街小巷配合四面厚重的城墙，形成了进退自如、易守难攻的战略形势。

得胜堡原有阁楼四座，分别为南城阁、日菩萨阁、玉皇阁、神武阁。南关门外原有瓮城，瓮城向东开门。出瓮城为月城，月城向南开门，南城阁建在月城门楼之上。现在四座阁楼仅余玉皇阁，瓮城、月城均已不存，道路格局一如往昔。

城内原有大小庙宇十二座。原为清徐、交城一带的神灵狐突，造像随赴边戍守军士来此。据村里的老人回顾，往昔堡内的狐神庙香火很旺，每年五月十八狐神庙会时，附近各村的人都赶着猪羊，前来领牲、观看戏曲演出，场面甚是热闹。

行至城堡外，放眼望去阡陌纵横、景色清新，雁北长城的那种质朴天然的浑厚气息扑面而来。如今的得胜堡，虽然看不到昔日的金戈铁马和喧嚣的茶马古市，也无熙熙攘攘的游人，但素面朝天的长城毫不走样地保留着岁月的痕迹，更能让人感受到长城古朴、苍凉的魅力。

得胜堡往东一公里处，有一条河叫饮马河。因古代将士屯集守边之时，在此放牧饮马得名。每到夏天，两岸绿草如茵，环境怡人。

我的姥姥家就在得胜堡里。二十世纪五十年代初，这里还城墙完整，城楼巍峨。堡里的北面还有一座府衙，是明朝屯兵时长官的办公所在。

儿时我去姥姥家，舅舅用牛车去丰镇接我们。快到城门口时，表哥表妹们都在城墙上奔跑，欢呼雀跃地向我们招手致意。

听舅舅说，他的祖母曾告诉他，修这些城堡时每天仅辣椒面就要用去好几担，可见工程之浩繁。干戈化玉帛后，明军弃守得胜堡。至于姥爷的先人，何年何月由何处移居堡内，已无从查考，据历史学家称，乡民多为历代戍边将士遗民。

后来，得胜堡的城墙被拆了用来建小高炉、盖房、垒猪圈，阁楼、府衙因属"四旧"也被悉数拆除。昔日繁荣的明长城大同镇重要关隘——得胜堡，如今只剩下断壁残垣。堡内随处可见散落着的残砖碎瓦、石雕兽首、柱础基石等历史遗迹。

雁北多禁忌

雁北人，在日常生活中有很多的说道和礼数，大部分属于民俗，也有的是为了图个吉利和方便，比如，大年初一至初五不能扫地、不能泼水，是怕把财富倒出去。

初一到初五，忌打碎东西。为了避免把财气和福气扫走，打碎了盘碗要赶快说"岁岁（碎碎）平安"。

雁北有"初五不出门，初六不回家"的俗传，认为初五出门会带回来"穷土"。家里有人出门往往数天不扫地，忌"扫地出门，不能平安回家"之祸。

正月初六的"送穷"，是雁北一种很有特色的岁时风俗，其意就是祭送穷鬼。穷鬼，又称"穷子"，据宋代陈元靓《岁时广记》引《文宗备问》记载："颛顼高辛时，宫中生一子，不着完衣，宫中号为穷子。其后正月晦死，宫中葬之，相谓曰'今日送穷子'。"

相传穷鬼乃颛顼之子。他身材羸弱矮小，性喜穿破衣烂衫，喝稀饭。即使将新衣服给他，他也扯破或用火烧出洞以后才穿，因此"宫中号为穷子"。

唐代姚合《晦日送穷三首》其一云："年年到此日，沥酒拜街中。万户千门看，无人不送穷。"

初一禁忌的事情还有：

已出嫁的女儿不可以回娘家。如果初一回娘家，会把娘家吃穷。因此只能在初二或者初三回娘家。

禁忌动刀剪，动则主凶杀或口角，会断绝仕途财路。"初一动刀和剪，口舌是非全难免。"

妇女也不得动针线，否则一年到头会和别人争吵不休或浑身会有针刺般的不舒服；生下的小孩，眼睛如同针眼一样小。

还有，早餐忌吃稀饭、荤食及药品，忌叫他人姓名催人起床、忌跟还在睡觉的人拜年、忌斧子劈木柴、忌借钱、忌向人讨债、忌洗衣、忌啼哭、忌杀生、忌说不吉利的字眼，白天不可午睡。

每逢除夕夜，雁北家家户户门前都要用大块煤炭垒"旺火"，以图全年兴旺吉利。等到午夜十二点，鞭炮齐鸣之时，将旺火点燃。点燃后，火苗从无数孔隙中喷出，既御寒，又壮观。大人孩子都要围旺火转圈，以图吉利；男女老少都要来烤火，以图"旺气冲天"。

正如清代《大同县志》所述："元旦，家家凿炭伐薪垒垒高起，状若小浮图。及时发之，名曰旺火，即省城达达火也。"

雁北人待客，讲究茶壶嘴不能对着客人，以免有不管吃只管喝的猜疑；送礼不能送钟，因为送钟和送终谐音；晚上不梳头，梳头百日愁；小孩子不能吃鱼子，担心长大不识数；小孩子不能玩火，有晚上尿炕之虞；盖房忌讳正南正北，要稍向东偏；不能手扶门框脚踩门槛，此举是欺负户主。忌讳夜里听见猫头鹰叫、母鸡打鸣；但听见喜鹊叫，认为必有喜事到。

雁北人探视亲友、病人一般不在中午、下午前往，而以清晨或上午为佳，否则系不礼貌、不义之举。老人病时忌送挂面，据说挂面代表年老久病、卧床不起。

敬祖宗的供品中要有肉制品，但供奉神灵则不能有肉制品。在供奉大仙爷时必须有鸡蛋。

卖房子，一般要留下一根柱脚做根，表示还要再建；卖牲口忌带缰绳，表示留下它还要再养。这同养儿留后同理，生生不息自在其中。

早年雁北一带农村的"开锁"，是把十二岁孩子的脐带派人送到野外高处悬挂，越高越好。这种脐带每年用红布包住缝一层，呈月牙形，十二年缝十二层；高高挂起，意味着孩子将来前程远大，有出息。

雁北婚嫁时的说道最多，异常繁复。尤其讲究"姑不娶、姨不送，妗子送到了黑圪洞，嫂嫂送到了米面瓮，姐姐送断了妹妹的命"。还有娶亲不能走回头路，新媳头天不出门。

在雁北，人们都希望生男孩子，故孕妇忌讳别人预示生女孩、忌送女孩穿用的东西。

妇女怀孕期间不能发汗，如果这样，将来的孩子会出疹；忌吃兔肉，怕生子长兔唇；不许给婴儿照镜子，认为这样会使孩子变成哑巴；妇女坐月子期间不允许吃鸡蛋，据说吃了面黄；不能上产妇的屋顶，怕踩着孩子。

生了孩子第四、第六天不准外人进产房，怕带来邪气；同样，孕妇生产后一个月内不得进别人家，俗传此时带着血身子，也会给人家带来邪气；产妇忌参加红白喜事，前者于人不好，后者于己不利。

雁北人忌讳孕妇在娘家生孩子，也忌讳夫妻在娘家同房。有俗语道："女婿上床，家败人亡。"

雁北百姓"搬家"讲究看天坑。他们认为"天坑"是充满凶煞、灾难的方位。如果家搬到"天坑"的方向去，轻则破财损物，重则天灾人祸。

什么是"天坑"呢？这得从"五行八卦和天干地支"说起。总之，四季的"天坑"是："春巽、夏坤、秋乾、冬艮。"也就是说：春季搬家的方向不能是"东南"；夏季不能向"西南"；秋季不能向"西北"；冬季不能向"东北"。"搬家"必须以此调整时间，避开"天坑"。

如果你现在"搬家"的方位不是"天坑"，而要"搬家"的时候正好是"天坑"。有一个破解的办法：即提前先搬个"四条腿"的家具，加上一口锅，锅里还要有一盏灯，这些要天黑人静时进行。进了新家将灯放到锅台上，然后点火烧锅，就算搬了家。

雁北人搬家一定要吃顿炸油糕，以示庆贺。当地有句俗语："搬家不吃糕，一年搬三遭。"搬家一般都要放炮，一来庆贺乔迁之喜，二来驱除新房邪气。

每当腊月初八，家家都要做腊八粥。雁北人有"明冬暖年黑腊八"之说，"黑腊八"指吃腊八粥时，不能等天亮，一定要趁黑吃，否则就会得红眼病。

雁北人最忌讳平日吃腊八粥。因为雁北穷苦，大多数人家办丧事出殡的早饭，吃不起油糕，就做上几大锅腊八粥来招待送葬的乡亲，故而平时吃腊八粥成为大忌。

二十世纪六十年代末期，得胜堡有一对青年男女相爱，但女方家长极力反对。就在结婚典礼这天早晨，新娘妈妈"别出心裁"地做了一锅腊八粥来招待亲朋。婚后未过百天，女婿在给生产队铡草时，被铡草机将一只手切掉了。这本来是一次意外事故，但人们都认为与其岳母的行为有关。

雁北有药壶不进家门的习俗。一般人很少有人去买药壶，认为这是在买病进门，故而都是借用；而拥有药壶者也乐于出借，认为这是送病出门。药壶用毕不能奉还，只等别人用时来取，这样一直借传下去。

洗　澡

二十世纪五六十年代，呼和浩特好像仅有三家公共浴池。一处在新城将军衙署附近，一处在市毛对面，还有一处好像在旧城北门附近，现在叫作浴芳池。

儿时，去浴池洗澡是一件很奢侈的事情，只有过年时，父亲才会带我去。那时洗澡好像也就两三毛钱，不管岁数大小，澡堂里的伙计都会向你满面春风地微笑、十分殷勤地奉迎。

我破旧的小褂子一脱，伙计便会用长长的竹竿挑起，高高地悬挂在任何人都手不能及的地方。每当我的褂子在空中高高扬起，心中总是十分得意，仿佛我也是一位大人了。尽管我的衣兜里一文不名，纵然塞在何处也不会有人拾去。及至脱光衣服，腰间围上一块浴巾，拖着不合脚的"趿拉板"，踢里踏拉响声连天地向着弥漫着气雾的浴室跑去，兴奋之情达到了顶点。

池子大得很，共分成三格，一个极热，冒着丝丝缕缕的热气，池水貌似平静而泛出绿色的光泽；一个稍热；一个则温和得多。我总是在温水池里面扑腾，极热的池子里很少有人能够下去。偶有瘦骨嶙峋的老头涉足，这时旁人都会向他行注目礼，表现出十分的惊讶与赞叹。

及至年龄稍长，我偶或也敢去稍热的池子里一试身手，但那也需要有极大的勇气。须先将脚慢慢地伸进水里，然后咬牙憋气，一分分、一寸寸地缓慢进入水中。这时，我神情庄严肃穆，一动也不敢动。身体稍一抖动，溅起的水花会刺得皮肤生疼。坚持不了几分钟，我就会赶紧逃出来，皮肤被热水烫得通红，毛孔大开。这时坐在池边用毛巾在身上慢慢地推、轻轻地擦，然后再跳进温水池里，才会感到无限的舒服与畅美。

洗浴过后疲惫至极，一动也不想动，见不得丝毫的杂乱，真希望整个世界顷刻都宁静下来。

澡堂的地是腻滑的，墙皮斑驳，泛着黑绿色的光泽，空气中总是弥漫着一股霉气。

儿时，我最不喜欢的事情就是搓澡，但只要和父亲一起去洗，他就一定要给我搓。找个没人的池沿处，让我趴下，热腾腾的身子往那白瓷砖上一趴，肚皮感到冰凉。

父亲很笨，他搓澡对我是一种摧残。他总是喜欢按住一个地方反复不停地搓，一边搓还一边不停地数落我："看你脏得就像泥猴，从你身上能搓下半簸箕泥来！"我越怕疼，他就越使劲，直到我疼得实在忍不住了，开始喊救命，他才会换个地方搓。

被父亲反复搓过的地方"火辣辣"地疼，没被搓到的地方还很痒。而父亲总是迟迟搓不到我那发痒的地方，这时，我就会想起乡下的舅舅，用一根筷子插上一个干巴了的玉米棒子，贴着脖颈子伸进去"咔哧咔哧"地拉着；更羡慕舅舅院子里的小黑猪，可以梗着脖子在拴它的那根木头柱子上蹭痒痒。

每次搓完澡，在淋浴头下冲干净，我穿着木头"趿拉板"，呱嗒呱嗒地回到那条窄床上，拿一条浴巾围在腰上时，这次被父亲上刑一样的洗澡才算结束了。

听舅舅说：得胜堡有个人下大同洗澡，进去一看，里面的人全都光着腚，立刻就跑出去了。带他来的亲戚问咋回事，这老兄红着脸说："咋都是红麻不溜子，就像屠宰场似的？"那亲戚扑哧一笑说："洗澡都是这样的，穿上衣裳咋洗？"那老兄扭扭捏捏，好不容易脱掉衣服进到里面，又被吓得往外跑。亲戚问他又咋了？他瞪着眼睛吃惊地说："里面蒸着仨，煮着俩，还有一个在剥皮呢。"哈哈！

如今，家家户户都有了卫生间、高档浴缸及电热淋浴器，豪华至极。但是，我还是觉得很难有大浴场那种氛围，那种大汗淋漓后的畅美、几欲虚脱后重返尘世的身轻体快，真仿佛灵魂再造一般。

剃　头

　　儿时，经常能见到走村串巷的剃头师傅。标准的剃头挑子，一头是红漆长方凳，凳腿间夹置三个抽屉，上面一个是放钱的，下面两个抽屉分别放置围布、刀、剪之类的工具；挑子的另一头是个长圆笼，里面放置小煤炉，上面放一个大沿儿的黄铜盆，这样可保持水的热度。"剃头挑子一头热"即以此得名。

　　剃头师傅最典型的特征是，手持形似大镊子的铁制"钲子"（属古军乐器），用小棍自下向上一拨，便发出"日嗯——日嗯——"洪亮悦耳的响声。老远，听声音就知道是他们来了。

　　那时，街头也有剃头铺，剃头铺的陈设也很简单。洗脸的毛巾是千人共用的，还有脸盆、脸盆架、荡刀布、剃刀、推子。用剃头铺的毛巾擦脸，有一股难闻的气味，就像家里陈年揸布的味道。

　　在农村，新生儿都要剃满月头，可谓人生之第一剃；一个人离开这个世界，也要剃头，可算是人生最后一剃。

　　剃满月头时，要把剃头匠请到家里来，待若上宾。所请之人，必定是技术上乘、德艺俱佳者。剃头匠请到家里，除烧水沏茶、上烟之外，晌午还要弄点菜，喝口烧酒。人生的最后一剃，一般是不讲价的，剃头匠说多少是多少，比平日要贵得多。

　　听舅舅说，得胜堡有家人，穷得买不起剃刀，就用镰刀给孩子们剃头，情急生智，竟然练就了一手绝活儿。

那时，为了省钱，男孩子多的人家大多买剃刀自己剃。一次，舅舅给我剃头，拿件烂衣裳在脖子上一围，弄点温水用碱面洗了头，就用剃刀在头上刮。剃刀老旧，又不锋利，刮的时候像拔毛一样，痛得我嗷嗷直叫。我那时就怕剃头，听见剃头就往屋外跑。被捉回来强迫剃，嚎叫的声音像杀猪一样，剃到完，哭到完。

1956 年，我随母亲来到呼和浩特。邻居王叔叔手艺不错，一到休息日，他就搬个凳子放在院子里，拿王婶做饭的围裙给儿子围上剃头。王叔叔的"剃头摊"一摆，邻居家的大妈们就会大着嗓门喊自己的孩子过来，让王叔叔捎带给剃剃头。王叔叔手艺好，往往按住脑袋，三下五除二就解决问题。赶上推子不快，夹头发的事时有发生，一旦薅住头发，头皮生疼。因此让男孩剃头与吃药一样，必须连威胁带利诱。那时的发型以锅盖头为主，就是边上剃了，头顶上留一层那种。我至今还保留着儿时的照片，头型都是锅盖头，一直羞于示人。

呼市从五十年代起，理发店基本上都是国营的了，有多少家没有统计过。我记得大概有以下几家：大北街有一家、中山西路人民电影院旁边有一家、新城将军衙署西头有一家、火车站南马路的照相馆旁边有一家。但是规模最大，最干净的还要数"市毛"路东二食堂楼上的理发店了。那里有六七个理发师，每天生意很忙，尤其过年的时候，要排很长时间的队。

那时，呼市人即便去理发馆也要说："我剃头去。"其实这里的剃头已经是广义的了，包括理发。

去国营理发店剃头，算是相当奢侈了，父亲有一次去那里开洋荤花了四角多，回来叫母亲数落了半天。二食堂楼上理发店的玻璃门是半透明的，里面很宽敞。排着一溜磨盘椅，磨盘椅还可以放倒，为的是给客人刮胡子。椅子正对面的墙上是长方形的大镜子，镜子下面是一溜又窄又长的桌子，摆放着推子、剃刀等理发工具。剃头的师傅是几位大嫂，还有几个姐姐，她们都穿着白大褂，毛巾和围布也是白色的。

至今仍能想起在那里剃头时的情景：轮到我时，师傅立即取下搭在肩膀上的毛巾，利索地抽打椅子上残存的发屑，然后招呼我坐下。坐定，她习惯性地甩动围布，清脆的抖布声是开工的序曲。然后不紧不慢地给我围上围布，拿出推子点几滴润滑油，在耳边试听一下，随之节奏明快的推剪声便在耳边响起。头发被拦腰截断，飘飘洒洒地落地。围头推剪一圈儿，剃头就算完工。

那时可没啥发型，把头发剪短、剪齐就行了。男孩子后脑勺上的头发基本上都快推到顶了，是典型的锅盖头；也有爱美的小伙子，要剃分头，三七分的，将两边的头发都往后面斜斜地飞翘着；至于六七十岁的老年人，十有八九剃光头，无挂无碍，非常方便。

我长着两个招风耳，不适合理锅盖头，下面的头发剪短后，两只耳朵就显得更大。我坐在教室的第一排，课桌前正好是讲台。到了下午的时候，太阳从西边照到我头上，头的影子正好映在讲台墙上。中间一个大头，旁边两只耳朵，就好像动画片里的米老鼠一样。后面的女生老笑话我，不过，我倒是挺喜欢她的。

在我的记忆里，印象最深的剃头行头，要数剃刀和荡刀布了。那种造型别致、寒光慑人的剃刀，我家也有一把。但大人是不让玩的，就是摸摸也不行，那理由不必言说；荡刀布，因剃头师傅长年累月地荡磨剃刀，油腻发亮，竟成了龌龊孩子衣裳的代名词。

及至成年，我也开始刮脸。刮脸前，师傅将毛巾用热水浸透，热气腾腾地敷在我的脸上。须臾揭开毛巾，再用蘸了肥皂沫的胡刷，在脸上除眼睛、鼻子和嘴唇的部位细细地涂抹一遍。然后从上衣口袋取出牛角柄的剃刀，老道地在那条油光的荡刀布上，唰唰地打磨，待剃刀锋刃可鉴时才停手。我半躺在磨盘椅上，微闭双目，锋利的刀刃在我的面部缓缓地运行——利而不灼、行而不滞。最后，师傅递给我一面小圆镜子，让我看看是否满意，我只有连连道谢。

曾经听过一则有关剃头的笑话，令人捧腹：有一个徒弟学剃头，师傅教他先用剃刀在冬瓜上刮，练习浮劲。师娘叫他去干活，他"哦"地应了一声，将剃刀插在冬瓜上，转身去干活了，久而久之，养成了习惯。学习期满，徒弟正式给人剃头。这时，师娘又叫他干活，他又"哦"了一声，将剃刀插在人家的头上，转身去干活了，来剃头的人鲜血直流。这当然是个笑话，虽然剃刀划破皮肤的事情屡见不鲜，但再蹩脚的剃头匠也不会把人的头颅剖开的。

时代变了，现在的理发店和过去的剃头铺不可同日而语，店名也都改成了"美发中心""造型机构""染烫中心"。前几年人人开公司，有个老太太把自己的剃头铺改名为"环球开发公司"，笑倒一片人。不知何故，我却经常隐隐地怀念那些剃头匠们。他们曾经是我们生活的一部分，想起他们来就有一种温暖的感觉。

照　相

最早的照相是靠"影像铺"这样的店家用传统的画像方法描绘自己的容貌。当时画人叫"小照",画亡灵为"影像"。摄影术传入中国后,人们把这两个词连起来称为"照相"。

很多人对童年照相都有种特别的情怀,它带着时间的质感始终留存在我们的记忆深处。那时的照相术,是使被摄的影像通过镜头在感光片上曝光;曝光后的感光片经冲洗加工得到呈现被摄体负像的底片;再经洗印便获得与被摄体基本一致的正像。虽然在现今这个"速食时代",照相馆已经几乎不用胶片了,繁琐的温情再也不被关爱了,但童年的记忆像一个五彩斑斓的梦,使人留恋、使人向往。它始终带着一种奇妙的味道,在温润着我们的心。

据史料记载,归化城的第一家照相馆"锦昌照相馆",是1910年由内地人开设的。后来随着市场的需求,"冠北照相馆""合记照相馆"也相继开业。

1920年,归化城大北街路西成立了一家私人"豫芳照相馆",掌柜张占鳌,不仅精通照相术,还善于经营管理。他在区内外广招摄影技术人员,照相设备全是进口的蔡司、林哈夫等器材。靠着优质的服务,照相馆越做越大。"豫芳照相馆"不仅配有德国大型木制高级座机,还增添了德国新闻外拍机,派专职人员跑外，满足了呼市大小型会议外拍的需求。1956年公私合营，张占鳌的儿子接父亲的班当了经理。1959年呼市遭受洪灾，"豫芳照相馆"因被冲毁而倒闭。

说起"豫芳照相馆"，不得不提石寄圃。石寄圃（1910—1984），字炳经，武川县哈拉门独乡土盖门大九号村人。是从归化城走出的电影艺术家。民国十二年考入归绥第一中学。高中毕业后，考入北平大学法学院。后提前离校，参加了联华公司北平厂电影训练班，半年后结业。年底进入联华上海电影制片厂学习摄影、导演，同时在上海天一电影厂参与电影工作。

民国三十五年，内战开始后，石寄圃回乡。1954年在归绥豫芳照相馆（后合并到"天一"照相服务部）工作，1976年退休，1984年10月13日，因胃癌逝世，终年74岁。

记得儿时新城鼓楼西街路南有一家"春光照相馆"，那个照相馆门前的大橱窗里陈列着文艺界名流、劳动模范、战斗英雄的大幅油彩着色照片。我十分羡慕橱窗里的那些靓女俊男，每次路过都会驻足观望。这些"橱窗明星"为五六十年代灰暗色的街市平添一抹亮丽的风景。

我在"豫芳""春光"两家照相馆里都照过相，那些照片至今保留在父母家的影集里。我儿时所有的照片都留着锅盖头，那是时代的特征。记得儿时每次照相前，父亲先要带我去剃头。那时我最恐惧的事情就是剃头，剃头匠的推子如果缺少润滑油，冷不丁就会把头发揪住，疼得我直龇牙。寒光闪闪的剃刀，在我耳根后挥舞时，我非常害怕把我的招风耳给削下来。使我更困惑的是，剃头匠为何非要紧贴头皮往上推，不留点坡度？仅头顶上留下一片乌黑的头发，犹如房檐、锅盖一般。

听父亲说，二十年代"豫芳照相馆"刚开张时，归化城里还没有电，不能利用灯光摄影。影棚里有个天窗，照相时要利用天窗射下的"天光"。如果光线太亮，就会拉起白布遮挡天窗来调整光线；如果遇上阴天，光线太弱，就用反光板增强光线。

"豫芳照相馆"的相机是一个巨大的座机，人蒙上布看镜头的那种。相机下有轱辘，测光全凭经验，变焦全靠人推。拍照前，先根据客人要几寸的，即在相机的后匣插入同等大小涂有药水的玻璃底片。这种相机在摄影史上分为干版法和湿版法，湿版法临拍摄时现涂药水，而干版法自带药水。底片是玻璃的，分薄厚两种，越厚的越贵。

我儿时，照相馆已经开始使用镁光灯。拍照的瞬间，镁光灯的镁粉被引燃，会发出耀眼的强光，同时发出"砰"的一声巨响。几乎同时，燃烧的镁粉冒出了淡蓝色的烟雾。

我很恐惧那种一次性镁光，尤其那一声巨响、一股青烟，像炸药爆炸一样，没见过的人会吓一跳。

摄影从清末进入中国，最初一直是属于达官贵人的奢侈品。那时人们非常注重拍照时的形象，照相时必定要穿上当时最流行的衣服，如西服领带、长袍马褂、旗袍等。家中曾经有不少民国时的老照片，"文革"破四旧时，都付之一炬。

影棚中有各种的布景，分别缠在一根根长长的卷轴上，上面有杭州西湖、上海外滩、北海白塔或洋房花园。典雅如古画，摩登如月份牌儿，都是请人用水粉来画的，用哪幅就展开挂好。还有些汽车和摩托车的模板，人到后面假装坐汽车或开车，拍出来跟真的一样。车灯都在闪光，十分逼真。影棚中实景也是有的。一般是怒放的鲜花置于花盆架子上，人手扶着花，拍出来很是雅致，似文人书房。

二十世纪五十年代，人们将进照相馆拍照视为人生一大事。过去有为新生儿过百天拍全裸照的习俗。届时，孩子坐在椅子上，由隐藏在椅子后面的父母密切地扶着小孩的后背；照相师一手捏着皮球快门，一手摇着小铃，把孩子逗笑了，灯光一闪就拍完了。我们那个时代的小男孩大多数人都有一张全裸的"百日留念照"。

那时，人们喜欢在拍照时突出自己的职业，甚至模仿工作的情景。毛纺厂的女工，下班后结伴来到照相馆，身穿围裙、手拿梭子，做着纺织的动作；医生也身着白大褂，戴着听诊器拍照；工人则身穿背带裤，臂套套袖，手拿活扳手展示英姿。摄影机"咔嚓"一声，将这一刻定格。

及至"文革"，各地的照相馆为了顺应时代潮流，纷纷改名，如东方红照相馆、朝阳照相馆、红卫照相馆等。当时因革命需要和条件局限，许多地方的照相馆还担负起了一项伟大的政治任务，那就是翻拍毛主席像，供新华书店统一销售。

那时，男女青年照相流行穿军装、戴军帽、扎皮带、戴红袖章、背军用挎包。上衣别毛主席像章、手持红宝书在胸前，都是最时髦、最自豪的做派。摄影棚里的背景也都更换成了北京天安门。

"文革"中我们照过一次"全家福"。记得照那张全家福时，摄影师一再强调不能随便眨眼睛，如果谁照瞎了，那可不是一个人的事。我自然是听话的，努力瞪着眼睛，可眨眼是瞬间的事，往往不受自己意志的控制。摄影师的头钻进镜头后的黑布里，叽里咕噜地说着话，我往往不知所措。他的头数次从黑布套中钻出来，提醒我们放松，然而照片上最不自然的人总是我。

1979年，姜昆李文华曾说过一段相声，名叫《如此照相》，说的就是"文革"时照相的故事。在那个年代里有许多照片是不许照的，比如婚纱照不许照，属于低级趣味；逆光像不许照，脸发黑象征黑暗；烫发不许照，象征资产阶级的生活方式……照相还必须摆出革命姿势，进门还得喊革命口号，否则也不许照相。貌似荒诞，其实是实情。

1976年，我和妻子的结婚照，是在市毛东面的"内蒙古照相"照的。那是一张双人黑白"大头照"。我俩都身穿清一色的蓝色制服，胸前别着毛主席像章，我上衣左上侧的口袋里还插着一支钢笔。我俩都没化妆，只是简单地梳理了一下头发，按照男左女右的习俗坐在一起，将头微微靠向对方。虽然表情严肃、神色木讷，这张双人"大头照"毕竟是我们青春的见证。

作为时代的特征，那时的照片上都印有照相馆的徽标，装照片及底片的小纸袋上也无不印有那个年代特有的"最高指示"，如"我们应该谦虚、谨慎，戒骄、戒躁，全心全意地为人民服务……"这样的纸袋我至今仍有留存，已成为那个时代的印记。

珠儿粉与打仰尘

一

　　内蒙古西部的汉人，祖籍大多在山西，生活习俗无一不与山西同。过去，绥远人从腊八后就开始张罗年事了，通常要延续到二月二才算结束。腊月二十三小年前后，勤快的绥远人除了要刷家、打仰尘、刷锅台、油炕沿、画墙围，还要贴年画、剪窗花、写春联。另外还要准备吃喝，按绥远人的老传统要压粉、蒸糕、炸丸子、烧肉、做冻豆腐……这些都准备好了，剩下的就是扯布做新衣裳，男孩子还要缝一件主腰子。

　　刷家要用白土子，白土子其实就是熟石灰粉。记得二十世纪五六十年代，每年腊月，父亲总要去旧城买白土子，母亲每每吩咐他再买点珠儿粉。珠儿粉是球状的，大的似网球，小的也有乒乓球大小。仅用白土子是不行的，刷出来的墙不够白；都用珠儿粉虽然好，但成本似乎又太高。再说，珠儿粉的黏结力也不够，即便有白土子，仍然要熬些糨糊掺进去才会牢靠。

　　珠儿粉是什么？我一直知其然不知其所以然。近读山西张高兄的散文，才恍然大悟，原来我们称呼了几代的珠儿粉和白垩土竟然是一回事。

　　在远古的海面上，漂浮着许多极小的动物和植物。其中有一种称为多胚孔的单细胞生物，这些生物的外壳是由石灰组成的。当这些生物体死掉以后，它们极其微小的身躯沉到海底。长此以往，海底就积聚了厚厚一层贝壳。当然，这过程得花上几百万年才能完成。后来，这层东西逐渐黏结在一起并且压缩成一种松软的石灰岩，现在的人称它为白垩土。

众所周知，由于地壳的变动，往往使得那些本来在水下的土地慢慢隆起，原来在海底的白垩土层便被抬移了上来。

继而，那些松软的部分被水冲走，留下的便是一层层厚厚的白垩土，它揭示大同在远古曾经是浩瀚的海洋。

张高说："那些年，每到夏末农闲时，人们便挑着担子，握把小锹，下河沟挖白泥。那白泥在河沟里并不白，泛着幽幽的蓝色，到晾干后才白得晃眼。人们把白泥一块块挖出来，趁湿趁软时抟成圆球，干了就像一团团雪球，攒多了就装上车拉进城里去卖。"

圆圆的雪球就像珠儿，珠儿粉是否因此得名不得而知。

五六十年代，天然的东西居多，记得刷家用的刷子也是用一种叫芒草的东西绑扎的，很松软吸水。刚买回来的刷子不好用，需要用水浸泡，经过几次使用才渐渐得心应手。据说，会刷家的人，即便穿一身黑色的新衣服，刷完家，身上依然整洁如新。如果遇上新手，不用一会儿，人就成了斑点狗了。

那时，刷家都是从上往下立刷，功夫深的人，刷完后，墙上刷痕笔直、齐整；没功夫的人，犹如笔走龙蛇，波浪起伏，成为邻居们哂笑的对象。父亲很笨，他每次刷完家，脖子里都是白泥。

二

仰尘系古汉语，属于语言的化石。至今糊顶棚在雁北及内蒙古西部仍称为打仰尘。仰尘即承尘，旧时张设在座位上方承接尘土的小帐，后泛指天花板。宋代王巩《闻见近录》："丁晋公尝忌杨文公。文公一日诣晋公，既拜而髯拂地。晋公曰：'内翰拜时须撇地。'文公起，视其仰尘，曰：'相公坐处幕漫天。'时人称其敏而有理。"《醒世姻缘传》第七回："连夜传裱褙匠糊仰尘，糊窗户。"

旧时的呼和浩特，房屋多为土木结构。天长日久烟熏火燎，屋顶积满污垢，既不美观也不卫生，打仰尘的行业就逐渐兴起了。老呼市的裱糊匠手艺高超的，多以给官宦人家装裱字画为生。裱糊技艺不佳者才在生意不景气时，招揽些糊顶棚和制作灯笼、风筝、纸制丧葬祭祀品等零活，补贴家用。

五六十年代的呼和浩特，用报纸或麻纸打仰尘几乎家家可见。仰尘多数是用木条、高粱秆、麻秆或者葵花秆做架子。也有先在墙上钉钉子，钉好钉子后，再用麻绳或铁丝在钉子之间连起来，形成网状。最好用麻绳，因为麻绳的弹性较好，同时麻绳更容易和糨糊粘在一起。然后，再用报纸或麻纸裱糊粉刷一新。

仰尘不需要年年打。因漏雨而仰尘损坏，或年代久远、或白土刷的过厚仰尘不堪重负而自行撕裂，家中只好花钱雇人重新来打。由于打仰尘要用糨糊，糨糊又是用白面打的，这就给老鼠准备了美餐。每当夜深人静，老鼠就会出来，在顶棚上扑扑棱棱地乱跑，还会嘶啦嘶啦地撕下顶棚上的纸，连糨糊一起吃掉。所以，仰尘被老鼠撕成东一条子西一道子，也是仰尘不得不打的原因。有经验的匠人此时还要在糨糊里加点六六粉，作为对老鼠的惩戒。

打仰尘的时间大多在腊月。那时，呼市多数人家都有扫尘的习俗，凡破旧的顶棚都需要揭下来重裱，这也是裱糊匠们最忙碌的时候。

笤帚是打仰尘的重要工具。笤帚是用质地较软的谷子的秸秆绑扎而成，用这种材料做成的笤帚软硬适中，不容易划破棚纸。除此之外，匠人所用的工具还有糨排、裁刀等。

打仰尘最关键的就是把纸糊在预想的位置，这需要相当的功夫才行。纸上刷的糨子多了干后易开裂，少了又粘不住。刷过糨子的纸非常软，往上递送时要非常小心。下边的人要用一种 T 形小杆递上去，站在梯子上负责裱糊的师傅接过纸，用鬃刷或小笤帚先顶住纸的中间，然后往四面一刷，一张纸就平整地贴在了骨架上。贴时，纸的角度很重要，一旦贴斜了，下面贴的纸会越来越斜，搞不好就得撕掉重干。那时，匠人若不能把纸糊得横平竖直、严丝合缝，雇主是不给工钱的。

对于旧时的呼市人来说，打仰尘是一件很庄重的事情。进入腊月，打仰尘的人家先要去请裱糊匠。确定匠人到来的时间后，家里人一大早就提前忙碌起来。抬桌子、抬凳子、搬家具，主要是把阻碍打仰尘的物件收拾开来。挪不动的东西，主妇为了防止裱糊匠踩坏，还会在上面铺垫上东西。

儿时，家里为了省钱，打仰尘用的都是旧报纸，报纸都是父亲从机关里拿回来的。打仰尘前我总会把喜欢的报纸挑出来，首选那些有令人振奋消息的报纸。每天早上睁开眼，看到这些黑体字的大标题，能使人亢奋一整天。仰尘经过粉刷，虽然家里亮堂了，但每天早上睁开眼只能望着光光如也的屋顶发呆。

记得 1962 年腊月打仰尘时，姥姥已经病重了。姥姥在低声地呻吟，我因为小，却高兴得炕上地下乱蹦一气。现在想起来值得痛心的是，姥姥虽然重病，竟然没住过一天医院。病危回山西老家时，临上车前母亲给她静脉里推了点葡萄糖，一个月没吃饭的姥姥竟然在舅舅的搀扶下，走上了火车。八个小时的硬座，不知道她老人家是如何熬过的。

唉！

号 丧

号丧是我国民间千百年来流传的一种礼俗，雁北尤甚。《孟子》曰"华周杞梁之妻善哭其夫而变国俗"，可见齐国时就已经有了号丧。

号丧就是面对亡人的遗体或灵柩向众人哭诉，也叫哭丧。哭丧一般是妇女们的事，在打丧鼓煞鼓后、亡人出殡时，闺女、儿媳、弟媳，及其姐妹等亲人一起大放悲声，其情其景凄楚感人。仔细品味，简直是一场哭艺比赛。

旧时，雁北女人从小就学哭。先从哭嫁开始练习，偷偷地跟着会哭的人学哭腔、学哭词。透过张张悲泪纵横的脸，听哭音，云起雪飞、动人心魄；听内容，悲壮生动、感人肺腑；听旋律，高低起伏、抑扬顿挫。

号丧通常有两种情况，一是在死者咽气至入棺之间；二是在深夜子时至寅时之间。其哭唱的内容不受限制：倾诉对死者难以割舍之情、自责对死者生前孝敬不够、哭诉自己的不幸遭遇或身世、表示自己对亡人过世的哀痛和悼念。有的哭丧是诉说、有的哭丧是歌唱，哭丧之词均即兴而来。

乡间人们对哭丧者多有评论：谁哭的表情好、谁哭的字正腔圆。哭法大多没有一个固定的标准，哭诉的内容也不甚考究。虽然，哭丧人中，大多感情真挚，但不乏逢场作戏者。乡间对哭丧者有如此评价："儿子哭，惊天动地；闺女哭，抽抽泣泣；儿媳哭，三心二意；女婿哭，叫驴放屁。"所以一般女婿不号丧。

号丧是丧葬习俗的一个重要环节，这个环节始终贯穿丧仪的全过程。家人逝世后，亲人必须要哭灵，以免亡灵寂寞。直至入土为安，为整个葬礼营造了强烈的悲情气氛。如果家中妇女不会哭或人不多，在亲人快要咽气时，本家就要请来内亲外戚，陪着孝子坐在一起，等待亲人咽气后大家一同干啼湿哭。丧礼中孝子的哭泣为"哭"、亲友的哭泣为"号"，这种哭丧形式统称为号丧。别小看了丧礼中号丧这一细节，哭声不大或悲情不浓，会被人小视，被视为丧家人气不旺或丧礼不全，族中老人甚至会指责子女不孝或为人处世不周。

雁北讲究，在为死者穿寿衣时不能哭。认为死者正在气绝之际，哭迷了路，死者的灵魂就无所归宿。或者认为泪水洒落在死者身上，会出现走尸、僵尸等不祥事故。在给死者穿好寿衣、安放停当后，开始焚化纸钱（俗称"倒身纸""下炕纸"），用于贿赂阎王、买通小鬼，放死者灵魂附体，重回人世。

烧过纸钱以后，久久不见死者复生，于是家人便不再忍痛，男女老少呼天抢地、大放悲声、泣涕如雨、血泪盈襟，此即为号丧。

从号丧者的声音中很容易辨出远近亲疏。至亲的哭声撕心裂肺、催人泪下；内亲外戚的哭声抑扬顿挫、有板有眼、时强时弱、高低入韵；若号丧者以一种腔调来哭诉，专拣人世间最动人的言词，细数亡人生前做人做事中的礼仪仁德，但长歌当哭、干打雷不下雨，多半为丧家请来的专业号丧人。

在号丧的人群中，唯有请来的专业号丧者能深表生死离别之情，讴歌逝者的仁德风范，颂扬逝者的崇高形象，诠释世间人情冷暖、沧桑变幻，诉说逝者坎坷不平的人生经历，能让丧家亲人听得悲情顿生、泪流满面，使前来吊唁的亲朋好友丝丝入耳、伤心欲绝。

请来的专业号丧者，用唢呐把开场调一吹，全班披麻戴孝的十几号人，就全都扔下家伙，齐刷刷地向死者牌位三拜九叩，分作两三轮，哭、泣、号。看表面似乎乱作一团，但只要耐心旁观，就能看出其中的门道。比如你泣我号，相当于你休息我劳动，哭只是过渡。嗓门是他们这行的本钱，哪怕猛一声撕心裂肺，也恰到好处，不至于损伤声带。

雁北人最注重家族、家庭的团结和睦，常以哭唱者的悲恸之情、哭唱时的人数、哭唱的时长来衡量家族兴旺的程度。雁北人在重视号丧礼仪的同时，还将生育、升官、发财的愿望贯穿于号丧礼俗的始终。认为"越号越发"，以号丧来化解对死者的悲痛，以号丧来寄托对死者的哀思，以号丧来传扬死者的功绩，以号丧来凝聚活人的心力，以号丧来冀望家族的旺盛。雁北俗谚说："男怕著文，女怕号丧。"可见号丧之技艺博大精深。

旧时的哭丧大多数发自内心。因为昔日妇女社会地位低下，一生中既受尽了生活磨难，又受到社会和家庭的歧视。这种深藏于内心深处的苦楚，一旦遇到父母或丈夫的过世，哭丧时就会联系自己的悲惨遭遇，趁机悲哭一番，以宣泄胸中的痛楚。她们的哭一般都是如泣如诉、悲悲凄凄、涕泪俱下。现代人的哭丧就不同了，特别是一些年轻妇女们，对生活的甘苦毫无感受，即使亲人过世，一般只能干号几声，甚至干号都不会，只会抽泣。为了应付场面，她们只好在灵堂里播放哀乐以代替哭丧，也有人花钱雇请专门的哭丧婆来代哭。

古人将哭分为三类：有声无泪者谓之"号"；声泪俱下者谓之"哭"；有泪无声者谓之"泣"。若以悲痛程度区分之，号为最轻、泣为最重。号丧者所号者非自己亲人，痛不彻腑，自然无泪。

《红楼梦》第一一〇回："那一个更不像样儿了……虽在那里号丧，见了奶奶姑娘们来了，他在孝幔子里头净偷着眼儿瞧人呢！"鲁迅《南腔北调集·漫与》："所以我曾比之于'号丧'，是送死的妙诀，是丧礼的收场。"《西游记》第三十九回："哭有几样，若干着口喊，谓之嚎；扭搜出些眼泪而来，谓之啕。"

而香山居士听完琵琶女的一段琵琶曲，有"相逢何必曾相识，同是天涯沦落人"之感慨，故发出"座中泣下谁最多，江州司马青衫湿"的悲切之辞。一个"泣"字，岂是"号"字所能比得了的。

我儿时懵懂无知，喜欢看热闹。村里人家办丧事总要挤进去看看，因此对于号丧还有些记忆。记得有人家里设个灵堂，棺材摆在中央，红烛烟雾缭绕，纸钱焚烧灰扬。只要有人来吊唁，孝子们披麻戴孝地跪在一旁。这时候，女人们就要号丧。她们既有号，也有诉，又接近于唱，唱词都是现编的，有一定的旋律。号完起身的女人好像都弱不禁风、身心俱疲。

哭丧棒是孝子在哭丧走路时作为拐杖助走之用，下葬后哭丧棒要插在坟头上。哭丧棒是用柳条做成，若夏天刚下过雨后，很容易扎根，进而在坟头正中长出一棵大树来。有句话说，"无心插柳柳成荫"，不知是否源于此。柳枝做成的哭丧棒在坟头成活长出树来，是一件很忌讳的事，村谚云："坟上长柳，下辈儿孙丢丑。"得胜堡就有坟头长出柳树的例子，一来怪麻痹大意，离开时没有摇动；二来也怪柳枝实在是太容易成活了。

得胜堡的老人认为，出外的村人好比是天上的风筝。风筝在天上飘，谁也不知道它下一刻飘向哪里。但是村子里有一块比宅基地更牢固的属于你的地方，那就是祖坟。风筝线至穷尽处，地下大门为君开。此是你百年葬身之处，似家非家，不是家胜似家，因此名曰为"冢"。

鼓 匠

山西的鼓吹乐，班社林立，遍布全省，是流布最广的一个乐种。雁北鼓吹主要分布于忻州、阳高、五台等地，是以唢呐、笙、管等吹奏乐器和锣、鼓、铙、镲等打击乐器共同组合而成的一种民乐合奏形式。

在得胜堡，红白喜事都要雇一班鼓匠来吹吹打打。红事指的是娶媳妇，白事指的是老人过世出殡，农村八十以上老人过世亦称喜丧。那个年代没有电视机，就连收音机也不是家家都有，每年二人台也是农闲时演几次。一年基本上没啥娱乐活动，看鼓匠是唯一的娱乐。尤其在村里打发老人的时候，附近三里五村的人们往往忘记白天的劳累，吃完晚饭结伴成群地来看鼓匠表演。

我从小就喜欢听鼓匠的吹打，听得如醉如痴。儿时在舅舅家，经常围在鼓匠身边，看吹、看打、看敲，看各种乐器的相互配合，看人们的起哄。那时，我总盼望村里有老人去世。一旦听到哪家老人病重的消息，孩子们不懂事，好热闹，马上一窝蜂地拥过去。

有一年，我很长时间没看上鼓匠了。一天，一个老汉在村东头的大榆树下晒太阳，我就跑过去问他："爷爷，你啥时候死呀？"结果气得那个老汉急高蹦低地骂我："这个小兔崽子，你盼你爷爷死了哇有甚用？我害着你们家甚事了？"

旧时雁北的鼓匠班子很多，几乎村村都有。但是有名气的，被大伙儿认可的却屈指可数。鼓匠班子的命名一般是班头的外号，譬如在堡子湾乡，在我小的时候就有"三猴""瞎二""白蛋"等等，当然也有直呼其名的。

要想混口饭吃没有点硬功夫是不行的。听说白蛋学鼓匠时很苦，每天早上天还没亮就起了床，一个人摸黑来到河边，呜里哇啦地吹起来。在学的过程中，双手举两个唢呐，胳膊上吊块砖头练习。三九天面对西北风吹，嘴麻、起泡、流血，有时唢呐嘴子和嘴唇冻在了一起都不知道。歇息时一拉一块皮，鲜血冒出来，用手背擦擦接着再吹。

旧社会，鼓匠被归到下九流之列，是走千里路吃百家饭的营生。雁北人把鼓匠揽活儿叫作寻门市。不管到哪寻门市，都是吹在前吃在后，永远进不了家、上不了炕。那时有句很不好听的话，叫作"王八戏子吹鼓手"。他们给人带去欢乐，却换来了一个与王八为伍的坏名声。好在鼓匠们不以为然，他们自己找乐、自己寻开心，有人就说"不管是王八水蛋，挣了钱就是好汉"。

在那严冬风雪或盛夏酷暑中，鼓匠们相互拉拽着，跌跌撞撞地在太阳落山前赶到雇主家。深冬，在破旧的棚圈内或用苦布烂席搭成的临时场地里席地而坐。中间置一火撑（铁制的圆形架子），等牛粪、羊粪之类的燃料燃烧起来，鼓匠便在烟熏火燎中吹打开来，俗语说："冻死的鼓匠烟熏味。"

一班鼓匠通常由七八人组成。班内由两个人吹唢呐，其余人打击鼓、钹、锣等。吹唢呐的大部分眼睛失明，人称瞎子。吹唢呐两个人还分为捏上眼儿、捏下眼儿。捏上眼儿的人起主导作用，吹啥内容由他决定；捏下眼儿的在行业内叫拉踏，意思是跟着吹就行。娶媳妇要吹"将军令"，为的是热闹喜庆；给老人送终时，要吹"苦伶仃"，吹得凄凉悲戚。

鼓匠吹在先吃在后。头一天夜里对台到凌晨四五点；第二天烧纸，熬红眼还要继续吹。后半夜歇息时，一般东家都是把鼓匠安排在本村光棍人家睡。家冷炕凉没法睡，凉完前心凉后背。晚上没铺没盖时，几个人扯一张被窝盖。

白事有两种，分为三天鼓、昼夜鼓及对台鼓。三天鼓，比如今天下午来，明天烧纸，后天早晨吹得把老人下葬完事；昼夜鼓就是烧纸当天来第二天走，等于一个白天加一夜所以叫昼夜鼓；对台鼓就是有钱人家雇两班鼓匠，让他们比着吹。

晚上人多时，一定要进行对台鼓。对台鼓时，鼓匠吹的最经典的就是"捉老虎"。"捉老虎"就是锣鼓叫阵，两个吹唢呐的把唢呐杆、唢呐碗拔下来来回交替耍。

鼓匠班子都有绝招，最普通的就是"抹碗子"，谁不会"抹碗子"就别想在这个行当里混。碗子就是唢呐最外的那个喇叭口，吹唢呐的在一种特别快的节奏中，把唢呐大卸八块，直到把那碗子拿在手中，仍然要一刻不停地对着嘴吹。而且要用唢呐上的哨子、杆子和喇叭分别吹出各种不同风格的声调来。在演奏过程中，鼓匠与看热闹的，形成了一个气场。叫好声不断，鼓乐声飞扬，常常高潮迭起。

两班鼓匠一旦对起了台，就互不相让。这个刚落那个骤起，吹的人满头大汗，看的人喜笑颜开，完完全全是一个吹塌天、乐翻天。

后来，鼓匠的地位节节攀升，鼓匠的曲目也与时俱进。记得吹"青松岭"时，要比哪班吹的马叫和马蹄声更精彩逼真。"文革"前常吹"逛新城""挂红灯"，其余就是二人台。观众最嚷嚷的是"干磨电"，"干磨电"就是两班鼓匠，四个唢呐干吹。在我的记忆里，吹唢呐的都是瞎子，以自己稚嫩的想法以为只有瞎子才能当鼓匠。有时候孩子们淘气说想当鼓匠，大人就说，那就快把眼揉瞎去哇。后来才知道那个年代眼睛正常的人都在生产队挣工分，眼睛残疾不能劳动的才去学鼓匠。

鼓匠原本是附和庆祝、热闹的气氛的，只在甜蜜喜庆的婚礼或是福寿双全的喜丧中出现。不知为啥后来婚礼时不大请鼓匠了，而丧事却将其发扬光大。但凡有老人去世，不问寿数，请鼓匠是儿女保全脸面必需的开销。

好久没回故乡了。听说改革开放后，农村的鼓匠班子也进入新时代，配上了合成电子琴、架子鼓，出现了以唱为主以吹为辅的格局。汽车打开马槽做成的临时舞台，男女对唱，霓虹闪烁。因此，人们流传一句话——九十年代不一样，鼓匠不吹全凭唱；八十年代比弓箭，鼓匠就吹干磨电。再也看不到童年鼓匠的情景，一切都成了尘封的记忆。

过去的鼓匠，如今都叫艺术家了。表姐的大女婿在内蒙古广播电视艺术团吹黑管，妗妗们不知道啥叫黑管，只说爱花的闺女嫁给一个鼓匠。天地玄黄，许多事情都颠倒过来了。

人老了就会怀旧。如今，我夜半失眠时，耳边总会响起故乡那或哀婉得催人泪下，或激越得让人兴奋的高高低低的唢呐声。而当年的那些鼓匠已成历史，我是再也见不到了。

粉　坊

　　得胜堡的粉坊是用拆除的古堡城砖搭建起来的。这里平常闲置，是麻雀和老鼠的乐园。我儿时常在里面藏埋埋玩，记得阳光从窗口泻入时，在幽暗的、弥漫着陈旧气息的空间形成一道光柱，尘埃在光柱中飞扬。

　　深秋的得胜堡，原本绿意盎然。在秋风掠来荡去中，不经意间便裸露出了粗砺和苍黄。当山药蛋的藤蔓被霜打蔫了，常年闲置的粉坊便骤然骚动和热闹起来，一下子涌入的粉匠给这里又带来鲜活的生气。

　　粉坊是为全村人制作粉条的公共作坊。每至深秋，这里总是水气弥漫、笑语喧哗。粉匠们脚穿水靴、身着围裙，拉磨的拉磨、滤浆的滤浆、装缸的装缸、和面的和面、漏粉的漏粉、晾晒的晾晒，整个流水作业一条龙。

　　洗山药，可不像我们居家过日子那种洗法，成吨的山药，上哪找那么大的容器？粉坊的院子里有一块水泥抹就的场地，将山药铺在地上，两个人不停地用锹翻，一个人担来井水一桶桶往上泼，直到肉眼看着差不多干净就行了。一群女人或蹲或坐在被水冲洗干净的山药堆旁，不停地持刀切山药。拳头大的山药蛋顷刻间变成了碎块，堆满了洗衣盆、大铁锅。

　　粉坊里的大石磨是用一头小毛驴拉的。那头小毛驴毛黑亮亮的，犹如缎子一般。大概怕小毛驴转圈久了会头晕，所以要用眼罩把它的眼睛蒙上，只留一线余光能看到地面就行了。小毛驴若感到边上没人管，就会停住脚步偷懒。等人扯着嗓子吆喝一声，或在它屁股上捣一拳，小毛驴立马就会加快脚步拉起来。

儿时，我曾帮大人往磨盘上堆过山药，因此对磨粉的印象非常深刻。牵驴拉磨的老汉一边往磨眼儿里推山药，一边用水舀子往里添水。有时磨出的浆液发黄，无疑是山药没洗干净，但老汉说："没事，不干不净吃了没病！"

接下来是滤浆。有两个人把磨出来的半稀不干的浆液往挂起来的大纱布上倒，一个人扶着纱布架不停地晃动，更细的粉浆就哗哗地流进了下面的缸里。接满一缸，再换一缸。纱布里会剩下许多粗糙的渣滓，滤浆的师傅说："这可是好东西，要留着喂猪。"

缸里的液体经过一宿的沉淀，顶上是黄黄的水，底下则是淀粉了。由两个有力气的人把缸倾斜着倒出上面的水，再把里面的粉面子掏出，放到一个大案子上。然后把发酵好的酸浆倒入和匀，一坨坨用纱布盖严，再发酵一宿，转天就可以和面漏粉了。

和面绝对是技术活，根据需要，好几种面要和得软硬不同：漏细粉，面则软些；漏粗粉或宽粉，面则硬些。

和面要搁明矾，否则粉条入锅就会化汤。明矾一直是油条、粉条等食品的添加剂。听说现在国家有新规定，食品加工不许使用明矾了，说是吃多了会造成痴呆。然而雁北人都是吃粉条长大的，到死脑筋都很活泛。

漏粉属关键环节，须由大粉匠亲自操刀。大灶上，一大锅水早已烧得沸腾，锅上面吊着一把大孔漏勺。先把和好的粉面揪一团摞到漏勺里。大粉匠威武地坐在大灶台上，左手持瓢、右手曲起四指，拇指靠拢，形成半个空拳，然后以每秒两下的节奏拍击瓢里的面。那力度不大不小，"啪、啪、啪、啪"，跟大人打孩子屁股差不多，于是几十根玉白色的粉条就会从勺孔中挂下来。漏勺提得越高，粉条就拉得越细，揉好的粉团，可以拉出很长很细的粉条。

生粉条垂到下面的开水锅里，不一会儿就变成半透明的熟粉丝在水中漂了起来，此时就要抓紧用笊篱把粉条捞进凉水缸中降温。旁边的几个人纷纷搭手，将捞出来的粉条一绺一绺地挂到一段长约六十公分的竹竿上晾晒。等到晒干，就是晶莹透亮的干粉丝了。

得胜堡粉房的大把头姓王，六十来岁，是个五保户。他个子不高，一对三角眼总是很瘆人的。听说他以前在口外当过傅作义的兵，后来绥远和平起义后回到了老家。他以前在部队里做过粉条，因此很有经验。

每年漏粉时节，王五保就坐在炕沿上指挥，看谁干的不带劲，瞪起三角眼就骂，有点大把头的腔调。王五保每天能挣二十个工分，平常一个壮劳力才十分。但他手里存不住半毛钱，有点钱全塞给村东头王寡妇了。

王五保手艺的关键是在粉面里下明矾，以及监控那冲洗过滤山药糊糊流下来的"过包水"。漏粉前，当大锅水烧开，众师傅们捋起袖子围着一个直径一米的大瓦盆。王五保就像冲藕粉似的舀起一瓢滚烫的开水往瓦盆的稀淀粉里哗地一浇，有人就会拿一根木棍使劲搅拌，这就叫"勾芡"。这时候王五保便神秘兮兮地抓一把明矾往大瓦盆的芡里一撒，然后再往大瓦盆逐渐加淀粉，众粉匠们便用拳头转圈使劲地往匀里揉，直到满盆揉匀为止。

几口大缸的水要放一两天。王五保总是神神秘秘地用手蘸点尝尝，老乡们不知所以然，以为秘诀就在其中。后来我才明白，"过包水"里含山药残渣的有机成分，放几天发酵后呈微酸性，对山药糊糊起分离作用，能增加出粉率。但发酵过劲会破坏淀粉的分子结构，漏出的粉条易断，不抗煮。因此王五保要时时观察"过包水"发酵的程度。但他不说破，谁也搞不清。

粉坊外面的空地上，竖着一些一人多高的木头架子，架子上挂满了白花花刚漏下来的粉条。阳光下，闪着亮亮的光。孩子们时常会假装着从晾粉架下过，趁大人们不注意，偷偷撕下一两把粉条，装进衣裳口袋里，迅速逃离，然后跑到院外去分享。刚漏下来的粉条还没有干透，吃起来软硬正好，还有一丝淡淡的香味。遗憾的是，生产队漏粉，也就那么短暂的二三十天，上架的粉条就算入库了，账上有数；没上架的，粉匠可以随便吃。所以在漏粉时，粉匠们总要偷偷藏起一些粉条，第二天从家里带点辣椒酱和醋，就能吃酸辣粉了。队长也常常睁一眼闭一眼。

午间休息，是外人最羡慕粉匠的时候，因为他们可以大大方方地吃上一顿不用花钱的粉条宴了。大粉匠抡了一上午胳膊，够累的，此时靠在炕梢闭目养神去了。伙计们就抓一把和好的粉面，用手往大锅里挤小粉疙瘩。小粉疙瘩一头粗一头细，小指甲盖儿般大小，流到锅里像老鼠崽一般。所以大家就不约而同地称之为"粉耗子"。

"粉耗子"出锅，一人盛一大碗。拌上当地的农家大酱，那滋味儿简直是一绝！记得我第一次吃"粉耗子"时，感觉有点酸、又有点咸，又滑腻、又筋道，不小心就直接滑进喉咙里了。

"粉耗子"是最不容易消化的，尤其是在人多抢食的时候，忙得顾不上嚼。有一次我吃得过多，肚胀得快要爆炸了，直到后半夜，舅舅还拉着我在院子里转圈呢！

唉，得胜堡的粉坊，真让人难忘！

劁　猪

　　劁者，阉也。劁猪，顾名思义，就是阉割猪的睾丸或卵巢，是一种去势手术。据考证，劁猪在东汉就有了，这种神奇的古传妙法，据说得自当年华佗高超外科手术的真传。当年的劁猪匠，扛一副挑、拿一把刀，走乡串户，吃百家饭，大有古代侠客行走江湖之神韵。明太祖朱元璋所云："双手劈开生死路，一刀割断是非根。"算得上是对劁猪匠最形象贴切的定义了。

　　猪不劁不胖，缘于猪不劁心不静。所谓饱暖思淫欲，猪虽牲畜，亦有所需。而一旦劁了，那猪就不一样了，春天心不荡漾、夏天胸不燥热、秋天意蕴悠扬、冬日闲情逸致……总之，猪劁了，心静了，气顺了，身体倍儿棒，吃嘛嘛香，自然也就白白胖胖了！

　　二十世纪六十年代，五舅他们生产队是个"邮票队"，意即一个工分只能分到八分钱左右。因为手头没钱，眼看表哥岁数大了还定不下亲来。有心把表姐早点出聘，给他换一门亲回来，但表姐说死说活也不肯往村里嫁。五舅整天唉声叹气，干着急没办法。然而"愚者千虑必有一得"，一天，得胜堡来了一个劁猪匠，五舅有幸目睹了劁猪的全过程。在小猪撕心裂肺的嚎叫声中，劁猪匠抓住小猪后腿，摁倒在地，左脚用力，半跪在小猪身上，右脚用力支撑地面，拿出劁猪刀，麻利地用右手持刀对准左手捏起的卵子，轻划两下，伴随声嘶力竭的哀嚎，两个像去了外壳的荔枝果似的肉蛋蛋，就落在了劁猪匠事先准备好的麻纸上。整个手术过程只需四五分钟。（此处我描述的系劁公猪的方法，母猪稍微复杂一点：找到卵巢部位，取下口中衔着的小刀，开一小口，两手使劲挤压，那团蚯蚓状的东西便从腹中出来。用小刀轻轻一划，扔掉便成。）

劁好后，劁猪匠在猪的伤口处涂上一把黑黑的柴草灰，或用猪毛把切口贴住。也有的劁猪匠却将这一步也省略了，将他那双血糊糊的手在猪毛上一捋，留下那个血糊糊的窟窿，让人顿生哀怜之意。

也许是嚎叫的小猪破坏了情绪，劁猪匠总是累得满头大汗，腿微微发抖。当他一抬脚，小猪立即起身，慌不择路，夺命而逃。

劁下来的猪睾丸，有的被劁猪匠顺手拿了去，积少成多，成为一碗滋补的下酒菜。有的被主人要了去，放在笼屉里蒸熟，给男人吃，说可补肾壮阳。

我曾在村里吃过一回烤小猪睾丸。舅舅把猪睾丸扔在灶镬的炭火里烤，熟了就一点也不膻气了。闻起来香香的，吃起来粉粉的，真是一道美味。

心有灵犀一点通。五舅自从那天看完人家劁猪，一下子就迷上了这个营生。不打麻药、不缝伤口，几毛钱一下子就到手了，世界上还有比这来钱更快的营生？他有心让表哥也挣这份钱，但苦于学艺无门。人们常说"同行是冤家"，有哪个劁猪匠肯把这门绝技传给外人呢？教给你，他喝西北风去呀！

五舅这个人你别看没文化，但为人胆大心细，是个"一条道走到黑"的人，只要认准了，就绝不回头。一天，又从村外来了一个劁猪师傅，五舅借口帮忙，帮这家捉，帮那家逮，瞪大眼睛瞅人家的动作和要领，并默记在心。他又花钱让村里的铁匠打了一把劁猪刀，那把刀呈三角形，有半个鸭蛋大小，顶尖和两个边是锋利的刃口。

五舅好几次想拿自己家的猪仔试试，但妗妗坚决不让，怕他给割坏了。一天，他在地头的粪坑里看到了一头小猪仔，不知是谁家的，淹死在这里。五舅见了，心中窃喜，不顾脏和臭，找了个钉耙打捞了上来，在河边洗净后提回家去。

到家后，五舅把表哥叫到了跟前，拿出自己定做的劁猪刀，让表哥跟他学着劁。表哥嫌脏说啥也不肯动手，五舅火冒三丈，狠狠扇了他一记耳光："你个败家子，老子是为了谁？"妗妗也慌忙劝说表哥，表哥这才极不情愿地拿起了那把刀。父子俩摸摸索索，直到把个小猪割了个乱七八糟，才算摸准了位置，品住了要领。

从第二年春天起，表哥就敢在自家的猪仔身上动刀了。后来又在村里免费给一些胆大、信得过他的人劁。一回生、两回熟，苍天不负有心人，表哥终于无师自通。我想这也算一个自学成才的"光辉范例"吧！

推碾子

有诗云：

> 毛粮成米面，碾砣擦碾盘。
> 富家把驴套，穷人抱碾杆。
> 不顾头发晕，哪管身流汗。
> 可怜农家人，从没好茶饭。

记得儿时姥姥曾经让我猜过一个谜语："石头山木头域，走一天出不去"，这谜底便是推碾子。姥姥多次告诉我，她的老祖宗是如何舂米，她说："你们这些娃娃真幸福，有碾子了。老古时，米都是用碓臼舂的，活活累死人呀。"

长期住在大城市的人，特别是现在的孩子们，很少有人知道碾子了，不才在此权作介绍：石碾分上下两部分。下面的叫碾盘、上面的叫碾砣（碾轱辘）。碾砣固定在碾框上，碾框是用硬木打成的架子，四边形。碾砣两头的中央有两个向里凹的小圆坑，里面固定着一个小铁碗儿，叫碾脐。碾框的对应位置固定着两个圆形铁棒，与碾脐相对，凹凸相合，能自由转动。碾框的一端有孔，固定在碾管芯上，碾管芯是固定在碾盘正中央的金属圆柱。

这一切组合就绪，再安上碾棍，这盘石碾就可以使用了。碾棍是两根一米左右的木棍，分别插在碾框两端，呈对角线分布。

当逆时针推动碾棍，碾砣转动，石碾就开始工作了。

制作碾子的材料，大多是花岗岩。这种石料质地细密、美观、坚硬、耐磨。使用的时间长了，如果碾盘和碾砣的表面磨平了，碾轧东西的速度慢了，这时，请石匠在上面再次凿些细沟，还可以继续使用。

谷子、糜子、黍子等带壳的粮食，就是在碾子和碾盘的转动压轧中，除去外壳，变成小米、糜米、黄米，这个过程就叫碾米。

在得胜堡东北角堡墙脚下，早年有座官衙，从我记事起官衙就塌毁了。在官衙遗址的东北旮旯里，有一座碾房。碾房不大，四面是土墙，房顶覆瓦。每到秋天新谷收获后，这里的碾子就闲不住了。一盘石碾要供数十户人家使用，忙碌的程度可想而知。每逢此时，有的人夜里一两点就起来占碾子。占碾子的形式各有不同，有的放个筐，有的放个小笸箩，有的放个簸箕。时间长了，人们对每家的标记都烂熟于心，一般不会出错。一进腊月，抢碾子的事经常发生。吵起架来你推我搡、剑拔弩张，急高蹦低地互相指着鼻子喊爹骂娘，就像公鸡斗架一般。

推碾子，既是受苦的活儿，也有较高的技术含量。边推碾子、边扫碾盘、边添新粮，随时观察粮食的变化。掌控得不好，不是碾不净谷壳，就是碾碎了米仁。用簸箕簸谷糠，也需要用力均匀、簸动适当。其技术要领，不是三下两下就能掌握的。

推碾子时，两个人一前一后地推着碾棍。另一人手拿着笤帚，扫那些挤轧到碾台边上的粮食。人一圈又一圈地推，碾砣一圈一圈地轧。粮食放厚了碾得粗，放薄了就碾得细。碾碎了的粮食还需要一遍一遍地过筛，不时地用手指触摸检查米粒碾轧的程度，直到完全脱壳为止。

雁北多禁忌，无论大人和孩子，都不能在碾房里大小便；也不允许坐在碾盘上休息；女人在经期也不允许进入碾房。谁违反了这些规矩，就要受到责罚。一位嫁到得胜堡不久的寡妇，有一次洗完红主腰子晾在了碾子上，一下子犯了众怒，乡亲们非要让她离开村子不可。最后，经过众人调解，她用碱水把碾盘洗了两遍，在众目睽睽之下，磕头求饶了事。

村民们都认为石碾是有生命、有灵性的。谁家生了娃娃，都不忘在碾盘上挂个红布条。传说，石碾是青龙。春节时，人们不忘用一条红纸写上"青龙大吉"四个字，贴在碾管芯上。记得得胜堡的一位私塾先生，每年都给碾房和磨房写对联，一副是"推移皆有准，圆转恰如环"；另一副是"乾坤有力资旋转，牛马无知悯苦辛"。横批是"青龙永驻"。

少年时，我曾经帮大人推碾子，因而深知推碾子碾磨，是所有家务事中最苦重的营生。尤其冬天的早晨，嘴里呵出的气变成了白雾。手摸住冰凉的碾杆，立刻就想着缩回到袖筒里。回味着刚刚离开的热炕头热被窝，推着推着就打起了瞌睡。我还在黑夜里推过碾子，一盏昏黄的煤油灯照着一张张满是灰尘的脸。一圈两圈、一簸箕两簸箕，我们就这样推着、数着。最后下来满头满身粉尘，骨架子就像散了一样。回家不洗脸不脱衣服，倒头便睡。

现在看来，让那些天生好动的娃娃们，重负之下围着碾道绕圈儿，简直就是一种折磨。但那时没办法，要想吃米，就只有帮大人推碾子，不推不行。

至今忘不了姥姥缠着一双小脚，颤巍巍地围着碾盘用笤帚扫米的情景。她老人家没活到电碾出现的一天，否则不知会如何感叹呢！

今天再让孩子们猜那"石头山木头城"的谜语，肯定打死也猜不到。甚至会觉得"走一天，出不去"像庄稼人凑近电灯点烟一样可笑。猜不到谜底也好，可笑也好，那毕竟是一段历史，是一段漫长的不容忘却的历史。

盘 炕

在雁北，盖新房都要盘炕。盘炕之前先要脱大坯，大坯就是炕板子。脱大坯先要挖土，得胜堡外御河边上的土地特粘锹，几锹下去汗就上来了。脱大坯光黏土不行，还要掺黄土和沙子，比例要适中，要不日头一晒就变裂子了。和泥更累，先在小山一样的土堆中间挖个坑，灌满水，撒上大檩，大檩就是铡碎后的麦秆麦秸。为了把泥与檩和匀，先用二齿耙捯。一遍一遍地捯，然后两脚上去踩，一脚下去没过了膝盖，甚至到了腿根。两脚不停地交换，直到把泥踩得像和好的面一样。此时人泥合一，像上帝初创时的亚当与夏娃。

脱坯其实很简单，就是找一块平整的场地。把一个正方形的木框坯模摆好，然后把饧到了的泥铲进坯模里，再在泥里摆上几根木棍作为加强筋。泥一定要塞实、塞严、塞匀，坯面一定要刮平。如果鼓出个包来，炕不平，晚上咋睡?

说慢做快，其实真脱起来一气呵成。最爽的一道工序就是，两手猛然往起一抬，瞬间提起坯模。但见一块齐棱齐角、平平整整的大坯，就这样诞生了。

数天后，大坯基本干透了。然后把大坯集中在一起，两横两竖地摆起来。再在坯垛顶上苫上草帘子，就等着秋高气爽那最佳的盘炕季节到来。

盘炕是一门非常艰深的手艺，涉及建筑学、材料学、燃烧学、热力学、流体力学等诸多的学科领域。在炕和灶台的连接处，我们当地称之为"嗓子眼"的地方，就是双曲线造型的。现在火力发电厂的冷却塔外形采用的就是双曲线，至此，你才知道老祖宗传下来的炕，还有这么深奥的学问吧。

过去的手艺人盘炕全凭经验。比如，嗓子眼留得小了，没风天时抽力小，烟气就排不出去；嗓子眼留得大了，有风天时，炕内抽力大，烟火都抽进炕内，锅暂且开不了，做不成饭。

如果炕内冷墙部分单薄，保温不好，冬季冷墙就会上霜、挂冰，热量损失很大；同样，如果冷墙抹得不严，走风漏气也不会好烧。

炕面不平，上面可以用泥找平。但烟气接触炕板子底面时流动的阻力就大，影响分烟和排烟速度，又直接影响炕面的传热效果。

炕内的迎火砖和迎风砖摆放不当，也会造成炕内排烟阻力大，造成排烟不畅，增大炕头与炕梢的温差。

另外，如果"炕洞""狗窝""落灰坑"太深，炕内就会积存大量的冷空气。灶镬点火时，炕内的冷空气与热烟气就会形成热交换，产生涡流，致使灶镬不好烧。

用来做炕沿的木料很讲究。一条炕沿，最好用一块整的木料。木料必须直溜，没有疤结，没有横茬，宽度与厚度都要适度。最好的炕沿是枣木的，没有枣木水曲柳也行，只有穷人家才会用杨木或松木。

雁北人常说的一句话是"手艺人艺习人，吃不上就捉哄人"。如果得罪了盘炕师傅，不用怎么坑害你，只给你炕洞子里头摆上一块土坷垃，似堵非堵。三个月后，你家的灶镬就开始倒烟，莜面十几分钟还蒸不熟，因此盘炕师傅一定要招待好。

记得有一次五舅家盘炕，饭菜那个丰盛呀，我从来都没有见过。那张油光黑亮的榆木方桌上的两个大海碗里，白白的豆腐炖着白白的肥膘猪肉；黄澄澄的油炸糕堆满了盘；粉条拌绿豆芽里面还有瘦肉和豆腐丝。尤其那盆粉汤上面还漂浮着黄黄的胡麻油花和绿绿的葱花，真是馋死人不偿命。最恨人的是大碗里一丝一缕的热气四散开来，专往我鼻子里钻，我就用两只小手直往鼻子里紧搂。

那个师傅也太可恨了，谱大去了，全然不理一旁眼巴巴看着的我，滋拉一口酒，吧嗒一口菜。五舅频频给他夹菜，他没完没了地滋润啊！不过那位大侠真不白吃，炕盘得真好烧。

后来听五舅说，得胜堡有一家人盘炕时没招待好那位师傅，炕盘完，生起火来直倒烟，家里烟棚雾罩地就像在熏耗子。第二天晌午又叫来重新招待，吃饱喝足后，这家伙还在炕上睡了一觉。睡醒后，他又上了房，让东家给他递上一瓢凉水，往烟囱里一灌，立马烟气喷涌而出，灶镬里的火苗舔着锅底，欢快地叫着，锅里的水即刻就响了。

五舅说，其实是这家伙在砌烟道时做了鬼，在里面铺了一张麻纸。水一灌进去，麻纸一破，烟气自然通畅了。五舅由此推理到以前的地主，他说：你不给长工吃好，他能给你好好干？吃亏的还是东家。

在得胜堡，除了盖房垒墙、开山挖渠之外，最累的营生就数打炕了。一般土炕用个两三年，最多四五年就要打。打炕就是清烟灰，换炕板子。农村做饭大多烧柴草，炕洞子里积累了大量的烟灰。时间久了，烟不能顺利从炕下面的烟道通过，就会影响做饭和取暖，所以必须适时把炕洞子里的烟灰掏干净。炕面日久天长也会变形和开裂，烟从裂纹处冒出，所以过几年也得拆了换新的。

打炕是个苦差事。打炕前要先把家具行李铺盖苫严实。当你把炕板子揭开时，一股热浪腾空而起，整个家里充满了烟尘，呛得气也喘不过来。等把炕拆完打扫干净，再看拆炕人，全身上下早已乌黑，好像刚从煤矿出来的下井工人。

旧炕板子是很好的肥料，人们绝不会丢掉。把旧炕板子粉碎，在下雨前洒到地里，炕肥借雨水力量，很快就被庄稼吸收了。

关于老家的炕还有太多的故事，有太多的爱和温暖蕴藏其中。火炕凝聚着亲人无尽的爱，讲述着家乡最美的故事。

得胜堡是我的故乡，我总想写点东西给这个曾经养育过我的地方。自己虽有艾青对故土的深沉大爱，却无沈从文清新隽永的笔端，只好细数碎念记忆的片段了。

擀　毡

昔日雁北人都睡土炕，炕上大多铺的是用高粱秸编的席子，只有有钱人家才能铺得起炕毡。炕毡都是农村的毡匠用手工制作的，结实耐用、隔热耐潮、冬暖夏凉、御寒祛病。二十世纪五六十年代，得胜堡还有人家不但擀不起一条炕毡，炕上就连席子也没有，全家人只有一条破被子，晚上就直接睡在土炕上。

土改前，姥姥家在得胜堡属于大户人家。姥爷每隔四五年就会叫来毡匠，擀几条新炕毡。那时五个舅舅还没分家，擀好的炕毡一家一条。

史料记载，擀毡技艺最早产生于草原游牧民族。元代，多民族在大同地区聚居。当地原住民见蒙古人用毡作褥，非常实用，就主动向他们学习。从此，擀毡技艺在雁北扎根，也出现了专门从事这一行业的毡匠。

擀毡是一件非常辛苦的事情，说来易、做时难。一条炕毡制成需手脚并用，完成弹毛、铺毛、喷水、喷油、撒豆面、铺毛、卷毡、捆毡帘、擀帘子、解帘子压边、洗毡、整形、晒毡等十三道工序，无论哪道工序都马虎不得。

弹羊毛是擀毡的第一道工序，生羊毛铺好后，毡匠用一张两米长的大弓，左手握着弓背、右手操着拨子，上下拨动弓弦。随着弓弦的颤动，羊毛被弓弦弹得疏松白净，如同棉絮一般。弓弦在颤动时发出"咣当、咣当"的响声，这响声深沉、浑厚，虽然单调，却也铿锵有力、苍凉悲壮。

羊毛弹好后，一层层均匀地铺在竹帘子上，用水喷湿后平整。然后还要喷麻油、撒豆面，以增加羊毛纤维之间的紧密度。打理平整后将帘子卷成圆柱形，再用绳子捆紧，浇上热水，踩在脚下来回滚动，这就是擀毡。

擀毡一般最少得两个人，只有数人紧密配合，步调一致、用力均匀地滚动，才能使羊毛充分黏合、结构致密。其间还要打开整理，拉展四角，压好边子，再次放入竹帘中，进行第二次滚动。如此一而再、再而三地滚动，直到羊毛充分黏合，毛毡边界整齐为止。最后经反复清洗，一条炕毡就做成了。

旧社会有句话说，种地的是穷人、经商的是富人、做官的是贵人、饿不死的是匠人。那时，毡匠、皮匠、鞋匠、铁匠、木匠这些靠手艺吃饭的人被称为"五匠"。"五匠"给谁家做营生都要被奉为上宾，把家里最好吃的东西拿出来招待。"手艺人艺习人，吃不上就哄人。"听舅舅说，那年一个毡匠给他擀毡，一早妗妗给鸡剁菜，毡匠直以为是在给他剁肉馅包饺子，干起活来非常欢实。近午，看到妗妗给他端上桌的是烩酸菜、谷面窝窝，驴脸拉得好长。后来，那条炕毡没几年就磨烂了，妗妗才后悔没给人家吃好。

那时雁北有句民谚："咣当咣，三斤羊毛一裤裆。"意即弹羊毛的弓发出"咣当、咣当"的响声，羊毛飞得到处都是，无孔不入，就连裤裆里都有了。因此"木匠走了想三天，毡匠走了骂三天"。

说起擀毡，还有一件趣事：表哥儿时头发有些自来卷。农村人没有洗头的习惯，头油重、风沙大、出汗多，头发自然就擀了毡。一次，表哥的头发很长了，就是不愿意去剃。舅舅最后放出狠话，要是再不去剃，他就要亲自动手，用剪子给他铰。舅舅以前给他铰过，跟狗啃过似的，绝对是灾难性后果。

那天，剃头师傅刀笨，还要贴着头皮下家伙，连刮带薅，犹如上刑。表哥疼得不堪忍受，恨不得冲剃头匠大喊一声"你杀了我哇"！表哥回到家中，面对镜子才知道自己成了个鲁智深，心情难过得无以复加。他看啥都不顺眼，摔摔打打，郁闷得要死。妗妗一边假惺惺地安慰他，一边憋不住地笑，我和表姐也笑到岔气。

毛毡是目前人类历史记载中最古老的非编织性织品，距今至少有八千年的历史。它利用羊毛上的鳞片遇热张开竖起，经过外力的挤压、搓捣，相互纠结，且紧密地收缩在一起毡化的特点制作而成。在显微镜下观看，人的头发上也有鳞片，遇热出汗，鳞片自然也会张开，相互纠结毡化，这时你纵有天大的本事也无法梳理清楚了。以前生活条件不好，难免头发擀毡。眼下，除了流浪汉，再也见不到头发擀毡的人了。

搂　柴

　　二十世纪五六十年代，得胜堡的孩子们秋冬季常做的一件事就是"搂柴禾"。这个活又叫作"拾柴禾"，细微差别在于使用工具的不同。在雁北，用镐头刨挖收割后庄稼的根，叫拾柴禾，而用筢子敛拾柴草须叶则称搂柴禾。搂柴禾的主要工具是筢子，按制作材质和个头的不同又分为小竹筢和大铁筢两种。

　　白石老人曾画过好多幅竹筢，其中一幅题诗曰："似爪不似龙与鹰，搜枯爬烂七钱轻。入山不取丝毫碧，遇草如梳鬓发青。遍地松针衡岳路，半林枫叶麓山亭。儿童相聚常嬉戏，并欲争骑竹马行。"

　　那时收秋后，生产队里按工分分到各家各户的粮食不够吃，按人头分配的庄稼秸秆也不够烧。因此不但玉米秆子要全部割倒打捆拉回家，连剩下的玉米茬子也都要用镐刨出来。即便如此，烧柴仍然不够。常言道："巧妇难为无米之炊"，然而雁北还有一难，叫"无柴之炊"。遇到连阴雨天，许多家庭由于没柴烧，一天只能吃一顿热饭。人们看见可供填充灶底之物，眼睛都会发绿。

　　雁北的冬天，寒风呼啸、大雪纷飞。全村百十户没有一家生火炉的，人们都像冬眠一样蜷缩在稍微有点温度的火炕上。搂下的柴禾只用来烧水做饭，舍不得取暖。多烧一把柴草，都要被人骂"败家子"！

为了生火做饭，家家户户都要搂柴。雁北农村的半大小子们不吃闲饭，搂柴主要是他们的营生。记得村里和我这样大小的孩子，每至秋天，放学后，不用大人吩咐就主动背起柴筐拿着笆子去搂柴。一笆子一笆子地把柴筐搂满，直至冒出尖来，然后用绳子拦好系紧背回家。从秋搂到冬、从冬搂到春，一天三顿饭，灶镬的血盆大口不知要吞下多少东西。尽管不停地搂，做饭省着用，冬季炕凉也舍不得多烧一把，家里的柴禾垛始终高不起来。

那些年的秋天，我也常和表妹一起去搂柴禾，后面还跟一个叫小月的邻居姑娘。记得姥姥每天天不亮就把我们叫起来，临走塞给我一块窝头、一块咸菜疙瘩，又酸又凉，我不想拿，姥姥说，拿上哇，饿的时候可以啃一口。

那时，每天清晨，我俩起来抹把脸，就去喊小月。初秋的早晨天很凉，我们一人背一个柴筐借着月光往村外走。到了地里，趁着太阳还没升起，我们就开始搂。几张笆子一齐下地，那就成了一部大合唱，又像一首叫人热血沸腾的进行曲。"唰唰唰"，划破了寂静的黎明，惊醒了沉睡的布谷，显得那么清脆、那么富有节奏，远比今天舞台上的什么"嘻唰唰"中听。

柴草多时，拉着笆子走不了几步，就拉不动了。看着满笆子的麦秆和杂草，心中充满了喜悦。停下来"卸载"时，用一根木棍儿轻敲笆子齿儿，麦秆和杂草便会纷纷飘落下来。然后用手掬住，轻轻地放进筐里。

等太阳升起时，我们已经搂得差不多了。这时又饿又渴，我们就开始吃带的干粮，然后到御河边去喝水。如果有几个男孩子凑成堆儿，大伙就去地里搜寻漏收的山药蛋。一旦找到，各人就从自己搂的柴禾中取出几把，架上烧将起来。山药蛋烟熏火燎，烧得半生不熟，心急的娃娃拿出来在石头上擦一擦，或者在衣襟上蹭一蹭，外皮的黑灰还没擦净就开始吃了。热热的、甜甜的，味道好像还不错。

等到吃饱喝足，我们就开始捆柴，捆好后装进筐里，背着往家里走。尽管柴筐沉重，柴禾遮挡了头都，我们仍一路欢歌笑语，因为这些柴禾足够中午一顿饭用的了。

有时，我也和表哥去搂柴。表哥为显示自己搂得柴多，柴禾常常不压实，筐底用几根硬点的柴棍儿支撑起来。回到家中把虚虚空空的柴筐往院子中央一放，高声叫嚷："妈，我搂回柴禾啦！"那真比扛个泰山来家还要张扬。这时的姅姅不论手头多忙，都要停下来，极具夸张地赞赏一句："哎哟，看额们孩子搂了这么多柴禾，能把一只屎壳郎烧黑了！"表哥不知这赞语的戏谑性，总觉得受了巨大鼓舞，于是自动请缨："妈，吃了饭我还去搂！"不过一旦姅姅发现表哥在捣鬼，奖励就变为惩罚："枪崩货，再要是搂不满一筐就别吃饭！"

小孩子在沟边路旁搂的柴禾不禁烧，塞在灶镬内只听"哄"的一声就没了。不过冬天在屋内烤火最适宜，堆一堆在地当中，一根火柴就能点起腾腾大火。立时红光满屋，角角落落都暖融融的。美中不足的是，灰屑也随之在屋内飞舞。然而农家土房，谁在乎这些呢！

一次，一辆拖拉机来村里收麦秆，拖拉机突突突地开走时，有不少麦秆散落在地上。记得姥姥常跟我说过："出去别光顾着玩，看见能烧火的东西就捡回来。"我马上想到了：这个能烧火！于是赶紧蹲在地上拾掇麦秆，不一会，我就抱着满满一大抱麦秆，满头大汗地回家了。

到家后，没想到姥姥说："这玩意不禁烧，没用！"我不信，做饭时，把所有的麦秆都塞进灶镬里。果然，我的全部心血随着忽地一把大火，转眼就烧没了，真令人失望。

记得八十年代初，我回得胜堡省亲。四姈姈还讲起我儿时的笑话：那年秋天，小孩子们到生产队的打谷场边玩耍，大人们就把黄豆粒、玉米棒什么的塞进他们的衣兜，那些聪明的孩子就飞快跑回家，掏出来再回到场里，如是几番也能够给家里增添可观的粮食。这种事我干不来，姈姈也往我兜里装粮食并示意也像别人家孩子那样，可我却不吱声更不动，非得等她把这些"赃物"掏出来才肯离开。不知道在姈姈眼里，我自幼诚实还是愚钝。

民间关于搂柴禾的串话非常多，比如："个人的笆子上柴禾"，意思是谁也靠不住，要靠自己；"搂柴禾打兔子"，意思捎带；"扁担搂柴"形容管得宽；"男人是那笆笆，女人是那匣匣"，形容夫妻一心一意勤俭度日。还有，得胜堡的新媳妇过门，婆婆往往攥住手细瞅，见粗指大掌的，就说："唉，穷命，搂柴禾的料。"

数十年的变化天翻地覆，现在雁北农村也烧上了沼气。烧水做饭，"啪"地就点着了，连火柴都不用，蓝色火苗就在炉灶上跳跃。一次去博物馆参观，看见了昔日的大笆，既熟悉又亲切，勾起了我许多童年的回忆。是它锻造了我孩童时代坚韧、坚毅、坚强的品质，也是它在时时提醒我，别忘了过去的苦难，要珍惜今天的甜蜜。怎能忘记呢？我魂牵梦萦的柴筐、大笆！

拾　粪

"庄稼一枝花，全靠粪当家"，祖辈生活在农村的人们，打小就懂得这个道理。没有粪肥的滋润，什么样的庄稼，也长不出好秧苗，没有好收成。

拾粪，是一桩比剜青更艰辛的活计。阳春三月，草长莺飞，绿意都是一夜间的事，满地都是青草可供你割，根本不需要起早贪黑。而拾粪就不同了——"砍柴趁早，拾粪要巧"。拾粪这种活，没准头，早不得、晚不得。太早，猪牛鸡羊还没起圈，满村转悠，也不见得能拾到一两块；太晚，早被别人拾得精光。所以拾粪这项劳动，一不需要技巧，二不用力气，就是要把握时机。

一般天蒙蒙亮，听到鸡叫二遍，村子有了动静，此时打个哈欠，揉揉惺忪的眼皮子，就到了起身拾粪的时候了。

一年四季，最怕冬天拾粪。被窝暖烘烘的，谁想出来？若不咬牙硬挺，怕是一转眼，又迷糊过去了。有人说拾粪有瘾，纯属鬼嚼，不是为了吃饱肚子，哪个人愿意凌晨起身？

农村人一般冬天不洗脸，早晨洗脸出门，皮肤皴得不行。再说一出门就灰土扬尘，洗它何用？摸黑从墙旮旯抄起粪筐、粪铲，借着月色开门，朝村口走去就是了。

此时，大街小巷，早已鸡鸣狗叫、猪牛羊云集、欢叫连连。偶有几个人，影影绰绰的，想必也是起早拾粪的同行了。

拾粪多少，很大程度上要靠运气。因此拾粪的都是单打独斗，分头行动，还没见过一群人约好一起出去拾粪的。不期然两个拾粪的遇上了，也会心照不宣地选择不同方向，各自走开。

拾粪也有选择。猪粪太稀，颜色也不好，一片灰黑，会糊到箩头上面，不拾；鸡粪量少，拾鸡粪太耽误工夫，不拾；羊粪看上去很美，圆圆的黑色小球，我们称为羊粪蛋，确也如同蛋蛋一般可爱，既干爽，又不臭，肥力还好，可惜太小。一群羊走过后，看上去满街都是羊粪蛋儿，但要捡拾起来，实在太费事，只好割爱。

从丰镇到大同有一条油路，下大同拉炭的马车、牛车都要从得胜堡经过。如果是农历下半月，有月亮，车倌夜半出发，鸡叫时就到了新荣区炭窑上。便见灯笼火把、人欢马叫，内蒙古来的胶轮马车争先恐后地开始装炭。有的头一天下来迟，没有买到炭，就住在村里的车马大店，第二天赶早装车出发。也有一些马车头天已经装好了炭，鸡叫就从车马大店起程了。蹄声哒哒、铜铃清脆，因此把握马车经过的时辰非常重要。

那些大牲畜们拉车，跑远路，耗体力，就会把屎拉在大路上。大牲畜拉出的屎块大、分量重，一坨有几斤到十几斤不等。对拾粪者来说，这就是福音、财富。运气好的，遇上几坨，算是烧高香了，不大会就能拾满一筐。弄回家，还能再打个来回。有这等好事，自然对村里的鸡屎鸭粪不屑一顾了。

大牲畜粪中，马粪量最大，牛粪坨最大，骡子粪与马粪相近，驴粪量最小。马粪的形状像中等偏小的山药蛋，黄色，稍松散，拾起来方便。牛不仅个大体壮，拉的屎也与它的体型相匹配。牛粪外形呈宝塔状，分上下几层，色黄，质地较松软。拾的时候，最好用铁锨抄底，连土带粪一锅端。驴粪形状最小，色黑，接近正圆的网球，而且质地紧凑，外皮较硬，光滑，用一般的粪叉是拾不起来的，需要用手捡。不要小看驴粪蛋，老人们常说：一颗驴粪蛋，到秋天就是一碗糜米饭。

儿时听舅舅说，以前，干驴粪蛋可以下大同卖钱。干驴粪蛋城里人又叫"夜妪"，两枚铜子，可买一包。因包装精美，不知就里的人，常误以为是什么好吃的糕点。因为驴是直肠子动物，其粪蛋表面光滑里边粗糙，晒干后，无任何异味，可供市内大户人家冬天放入铜火炉内妪着取暖。那时有经济头脑的乡下人，专拾完整的驴粪蛋，晒干后用粗火纸按份包好，挑到城里出售赚钱。

有心急的拾粪人，看见牲口翘起尾巴便驻足等待。当一圪蛋一圪蛋金黄色的粪蛋从屁股眼里滚出来，不等落到地上，就一阵你夺我抢，拾到自己的粪筐里。有更聪明的、更胆大的，直接把粪筐靠在骡马的屁眼上，好让粪蛋直接滚落进粪筐里。

拾粪最高兴的时候，就是忽然遇见了粪盘。所谓粪盘，就是牛群或马群集体休息的地方。牛和马吃饱后就卧在一块儿，休息好后，还会站起来统一大小便，粪盘就是这样形成的。常年拾粪，碰见粪盘没有几回。一旦遇见，兴奋得不得了，就像发现新大陆一样。粪盘归为己有，那收获是大大的。碰见粪盘后，自己就不亲自捡拾了，而是大步流星地跑回家，叫家人推小车来拉。

冬天拾粪太寒苦，脖子使劲缩在领子里，双手互插于袖筒里。怀里搂着粪叉子粪筐，佝偻着腰，一副猥琐的样子。在风里、雪里，必须有视死如归的决心。

但冬天拾粪也有好处，大牲畜的粪便形状不错，也不臭。特别是严冬，这些粪蛋蛋被冻硬以后，拾到箩头里哗啦啦响，如同金色的卵石。相比夏天，虽然暖和，但身上的汗臭和粪臭味搅在一起非常难闻。遇到湿牛粪，往往弄得满身满鞋都是。

冬天拾粪最令人烦恼的是，常常等你赶去的时候，拉出的屎早已冻结成屎橛子，让风吹得死硬死硬的，得铲好几下。遇到大坨的，就不叫拾了，简直就是刨，手疼胳膊酸，恨得跺着脚亲娘祖奶奶乱骂一通。

冬天拾粪的人顾不上吃早饭。一般早上从家走时，拿个玉茭面窝头揣在怀里。有时走得远了，到中午也赶不回来。吃干粮时，拿出来一看，窝头变成铁疙瘩，根本咬不动。这时拾粪的人就找些高粱秆和干树枝，用火柴点着，就可以坐在火堆旁边烤火边烤干粮。如果从家出来时带颗山药蛋，用烧红的柴火埋住，一会儿就烤好了。在严冬的野外能吃到烫嘴的山药蛋，简直是一种享受。

拾粪的人常用装备是：一只红柳箩头，拴上两截绳子。背在身后，和现在小学生双肩包一模一样。用粪叉把粪铲起来，反手往后一扬，粪蛋蛋就撂进了箩头里了。如果路上有一长串粪蛋蛋，就把箩头放下，提着往里拾；如果路上的粪蛋蛋很多，一下拾不完，就赶紧把箩头扔在路边，拿着粪叉匆匆忙忙地把粪蛋蛋扒拉成一小堆一小堆，以防后面有人赶上来拾去。扒拉下就算是占住了，回头再仔细收拾。

记得有一次，我在出村的路上，发现一坨热气腾腾的牛粪，顿生喜悦，可惜没有箩头，回家取又怕别人拾走，手足无措，非常着急。忽然，我情急生智，捧上几捧泥土把牛粪掩藏，然后飞快地回家取来箩头背回了那坨牛粪。到家后，姥姥看见我如此懂事，脸上露出了喜悦的笑容。

姥姥说，如果遇到粪便，没带箩头，可以用石块把粪便圈起来，以示有主，别人见状便不再捡拾，此规则在雁北已成定俗。

说来有人不信，那时得胜堡的庄稼人，在外面有了便意，再憋也会往自留地里跑。人天生是自私的。那时，大牲畜的粪便都用在集体的大田里；鸡鸭猪狗的，则用到自留地里了。因为鸡鸭猪狗粪更具肥力。

那时，每个生产队都有个大的化粪池。化粪池呈长方形，宽有七八米，长二三十米。拾到的各种粪便，都要扔在里面，然后加水加土，沤着。

记得有一年冬天，队长他爹想拉屎，穿着拖到脚脖子的灰大氅来到粪池边。到底是年龄大了，正努力着呢，平衡没把握好，身子一仰，扑哧，四仰八叉就跌了进去。等捞上来，简直就是一个粪人，臭了大半个村庄。抬回家，脱光了，架起火，烤人烤大衣。围观的人站下一院，说甚的都有。

拾山药

拾，字典的解释是：捡，从地上拿起。此处特指农村秋收后，去别人的地里捡拾人家失落的庄稼。秋收再仔细、认真，丢落也在所难免，因此给了穷人捡拾的机会。拾山药，就是挖掘埋在地里失落的山药。

拾山药很难，难拾为什么还要拾呢？饥饿使然。那时的大人小孩每天喝一肚子稀粥，一跑起来肚里咣当咣当地响。贫困让人们惜米如金，自然不肯放过星星点点的遗落。星星点点是什么概念？像襁褓里孩子睾丸大小的山药雏儿都不放过，拾回家，洗干净，不管蒸煮，都能果腹。

有时，刚收完山药的地里，有许多被浮土掩埋的山药蛋，用脚踢踢土，就可能踢出一颗来。或者经过一夜细雨，山药蛋被雨淋了出来，这叫"露明山药"，这时去拾山药才是真正的"拾"。

将挖过山药蛋的坑再套挖一遍，转圈搜寻坑里漏网的山药蛋，发现的机会就多，自然收获颇丰。

到最后，山药地一块一块地被秋耕了，耕地的人自然顺便将土里翻出来的山药蛋拾走。此后的拾山药就是用锄头漫无目的地满地乱挖了。

经过多少次的搜刮，土里的山药蛋日渐稀少。这时偶尔挖出酒盅大的一个来，也会如获至宝；要是挖出一颗拳头大小的山药蛋，那就欢呼雀跃了。偶尔一铲下去，只听"咔嚓"一声，大叫一声不好，好端端的一颗大山药被铲烂了，更是心痛得不得了。

拾山药的过程是这样的：起早贪黑，背了筐、拿了锹，挑选一块"风水宝地"。脱掉外衣，手中吐口唾沫，插锹入土、脚踏深翻。一二三四、二二三四……无限重复。找不见山药很正常，只管埋头苦翻；有了山药是惊喜，常常擤一下鼻涕，手心中吐口唾沫再挖，希望惊喜继续。

拾山药要有耐心，因为毕竟是从已经收完的地里寻找遗漏的东西。每拾一颗山药需要很长的时间，有时甚至刨遍一片地，也不一定能拾到。农村人有经验，会判断，专找别人没挖过的地方拾。城里初来乍到的知青就无此眼力，在别人已多次拾翻过的地里瞎刨，终将一无所获、无功而返。

拾山药全凭运气，也贵在坚持。有时，你在一片地里挖了老半天两手空空，扫兴而去。但你刚走，就有别人来到这里接着挖，他却一爪子下去就刨出颗山药来。

儿时，得胜堡秋收后，我和表哥常常去拾山药。一肩背筐，一手提着比自己高得多的铁锹，选择一块看似别人没拾过山药的地，就开始一锹一锹地翻了。若是表哥翻出颗大山药蛋，我会眼气得不行，促使我一锹也不肯放弃，更加认真仔细地搜寻起来。

拾山药是个力气活，只一会儿工夫就气喘吁吁、满头大汗。但是，因为是捡拾，所以也不着急，这块地里不多，就挪到另一块地里去。

记得有一年，已经过了白露，竟然下了一场大雨。御河水溢，顺着地里的渠道漫到了大田里。玉米不影响收成，但山药地却连蔓子也埋了。水退下去后，淤泥有一尺多厚，根本找不见山药蛋的苗子了。队长放话，谁能刨出来，山药蛋就归谁。这一下，山药地里像炸了窝。男女老少、大人孩子，锄头铁锹板镢齐上阵。掘开一尺多深的泥土，将深埋于泥水里的山药蛋全刨了出来。那次，只要不断地掘开泥土，就有黄灿灿的山药蛋滚出来，半天就装满了一大帆布口袋。那是记忆中拾得最多的一次，那时我还背不动一口袋山药蛋。

最难忘的野外盛宴是烧山药。用小锄在田边挖一个三面临土的坑，把柴火点着放在里面，等到没有明火时，找几块不太大的山药放进去，用炭火蒙好，上面再掩上土，等到下工的时候，山药就熟透了，又香又甜。

烧山药得用硬一点的柴禾，软柴是烧不透山药的，但可以用来烧蚂蚱。我们经常分头去逮一些蚂蚱来，先用"谷谷友"把它串起来（记住不能串嘴，串嘴它就会把"谷谷友"咬断跑掉，得串它的脖子）。然后逐一揪掉脑袋，把内脏也拖出来，并在每只蚂蚱的腹腔内塞入一颗黄豆。

一切就绪，我们就开始点火，用小棍子叉起来烤。烤的时候不要离火太近，那样会把蚂蚱烤焦、把蚂蚱的腿烤掉。随着时间的流逝，蚂蚱由绿变红，一股清香直透心扉，等到蚂蚱全部变成深红色时就算烤好了。蚂蚱再小也是肉，咀嚼起来唇齿留香，那味道现在想起来还满口生津。

深秋，大人看见孩子们无事可做，仍然打发他们去已经刨过山药的地里去拾翻。然而，此时只能拾到一些小毛毛根，和伤了镢的小山药块。人不能吃，但可以用来喂猪。反正圈里的猪正饿得嗷嗷叫，地里也没草了，总不能眼瞅着让它们饿死吧。

山药是得胜堡人整个冬季的主食：焖山药、蒸山药、煮山药、烩山药、烤山药，熬山药粥、炒山药*丝丝*、蒸山药*片片*、熘山药*丸丸*，那时社员的肚子里全是山药。

许多人吃山药吃得"烧心"，又吃不起药，只好到商店买些苏打粉暂缓症状。苏打粉凭票供应，得胜堡有一位五十多岁患了胃溃疡的男人，当年下大同买小苏打时，营业员说：票呢？他眨眨眼说："农村人，没有。"营业员瞟他一眼说："没有？不卖！"他好话说尽也不行，最后，干脆趴到柜台上大口大口地吐酸水，作践得营业员不得不卖给他一包。

忽一日，得胜堡土地承包，家家户户的山药突然堆成了山。至此，拾山药才真正成为历史，从人们的生活中彻底消失了。然而，回忆起来仍不胜唏嘘。

后　记

捡拾地里遗失的农作物古已有之，白居易在《观刈麦》一诗中曾对贫妇人抱子拾麦穗有过精细的描写："复有贫妇人，抱子在其旁。右手秉遗穗，左臂悬敝筐。听其相顾言，闻者为悲伤。家田输税尽，拾此充饥肠。"

听老年人讲，旧时的雁北乡间，大户人家秋收，一般也不将地里的庄稼收获殆尽，总有残余，便于穷苦人捡拾。

老旧物件

出租马车

呼和浩特没有过公共马车，但曾经有过一辆出租马车。直到二十世纪六十年代初，还每天停在新华大街老市立医院的大门口，接送病人或产妇。

呼市市立医院旧称"公医院""归绥公教医院"，是由天主教圣母圣心会于1923年创建的。出租马车也是当年传教士从比利时漂洋过海运来的，样式就像那种老式汽车：前面是两个小车轮，后面是两个大车轮。厢体上有漂亮的玻璃门窗，车前左右两侧各有一盏欧式玻璃灯。车里是沙发软座，宽大蓬松。

拉车的马是一匹棕红色的高头大马，毛色如锦似缎。马的两只大眼睛总是向周围高贵地巡视着，深蓝色的瞳仁里放射着光芒。颈上披散着的长鬃，流泻着力与威严，燃烧着火焰般的光彩。它披红挂绿，脖子上挂着一圈铜铃，头两侧佩戴两片护眼。昂首行进时，踏着有节奏的弹跳步，简直就像T型舞台上时装模特儿在表演。一旦嘶鸣，响彻晴空。

赶车的人身着西服、头戴礼帽，神采飞扬地端坐在车外面的高座上。那是个幽默的老头儿，他有时一面赶车一面唱戏，常常逗得街上行人哈哈大笑。

据博友回忆，赶车人叫陈大力，北京人。五短身材，蓄长须。家住在旧城聚隆昌街，会些武术。也有人说，那个车夫还在原中山西路铁路售票处旁边的院子里住过，不知道他们说的是否是同一个人。

那辆马车除了在市立医院门口候客，有时还在九龙湾巷口逗留。除了接送产妇，还有许多新郎雇用这辆马车把新娘子娶回家。

那时，母亲在市立医院工作，我常常有幸围观、欣赏这辆马车。有一次，我甚至偷偷地拉开车门，坐进去一试，感觉既舒服又惬意。

当年，我们这些孩子最喜欢模仿马跑起来的声音：踢哩卡拉，踢哩卡拉……那节奏真是好听。马的脖子上的十几个铜铃，跑起来叮当作响、清脆悦耳。这声音与马的铁掌在水泥路上发出的声音交织在一起更加美妙。再加上马车夫的吆喝声、甩鞭子声，简直就是一首马路交响曲。

使我们最感神奇的是马车夫手中的鞭子，甩起来清脆响亮。记得有一次，几个大孩子拿过来试了试，怎么也甩不响。好心的马车夫教了半天，才刚刚甩出一点声音。他告诉我们光是甩响还不够，还要甩得准确，要响在马耳朵附近，这样才有威力，马才能听话。车夫的话让我从小明白了一个道理，每一个行当的技术，都是需要下功夫苦练的。

起初那辆马车没有粪袋子，马一边跑，一边把马粪蛋子抛洒在马路上。后来开展爱国卫生运动，不允许马车一路撒粪，车夫就在马屁股后挂了一个帆布袋子，马粪可以直接掉进去，这下可就干净省事多了。

那时，市立医院附近还有钉马掌的，我每次走到那里都喜欢停下来看一会儿。我总觉得钉马掌时马一定会很疼，一定不老实，可看到的并非如此，马很通人性，钉马掌时一般都很安静。

"文革"开始，市立医院就搬到中山路民族商场的对面去了，精美的老市立医院被拆毁，内蒙古测绘局在那里建起了火柴盒式的大楼，我儿时的梦境消失了，出租马车也从此不见了。

2007年我去美国考察，在费城也见到过一辆精美绝伦的出租马车，颜色洁白，一对新婚夫妻乘坐着去教堂举行婚礼。我愈发睹物思情，想起儿时呼市的那辆马车。

后　记

早在人类进入汽车时代以前，"出租车"就出现了——只是它的动力不是来自发动机而是马匹。据考证，1588年伦敦就有出租马车了。伊丽莎白女王喜欢乘坐四轮马车出行，令伦敦人倾慕不已，于是乘坐私家马车成为风尚，王公贵族和富人纷纷仿效。

私家马车象征着地位和财富，但并不是每个富人都供养得起。于是，有人开始经营出租四轮马车的生意。起初，出租马车只能在固定站点静候乘客租用，随着需求的扩大，1634年，出租马车得到许可，可以沿路招揽乘客。于是定期往返的公共马车也出现了。

由于当时没有橡胶轮胎，马车驶过寂静的街道，包着铁箍的车轮碾过石头砌成的路面，辚辚的响声在夜空回荡，再加上马匹的嘶鸣，住在马路两侧的人们彻夜难眠。

捶板石

我清楚地记得，丰镇县城隍庙后街 14 号院，正房前的台阶上，摆放着一块五十公分见方，厚约三寸的捶板石。那块捶板是大理石的，表面光滑温润，有底爪，四边雕刻着云纹。捶板石的旁边还立着两根桃木捶棒，那捶棒是旋匠旋出来的，有五十公分长，七八公分粗。后面有一个手柄，形似箭柄，便于把握。

那块捶板石是姥姥的陪嫁，据说传了七八代，少说也有二百年了。1957 年，我们举家乔迁呼和浩特时，无法携带。再说后来人们已经没有浆洗衣服的习惯，要它何用？

依稀记得，那时每年春节前，姥姥都要浆洗被褥衣物。每次捶衣，姥姥都把捶板石摆在堂屋中间，盘腿坐在一块草垫子上进行捶打。姥姥上下挥舞手臂，用捶棒击打出来的"乐曲"，此时还在耳边萦绕："嘭、嘭、嘭、嘭、嘭……"

捶衣又称为"捣衣"，由来已久。在古典诗词中，凄冷的砧杵声又称为"寒砧"，往往表现征人离妇，远别故乡的惆怅情绪。词牌中有《捣练子》，即其本意。此处的捣衣主要指妇女把织好的僵硬的麻布帛，铺在平滑的砧板上，用木棒敲平。以求柔软熨帖，好裁制衣服。虽然用的也是捶板石，却与浆洗无关。当然也不排除，将头次洗过的脏衣放在石板上捶击，去浑水，再清洗。自从有了机织的细布，捶板石成了专司"浆洗"的工具，因为浆洗也离不开捶打。就连京剧《沙家浜》中，指导员郭建光说沙奶奶时也有这样一段唱词："缝补浆洗不停手，一日三餐有鱼虾……"可见，浆洗方法已年深日久。

浆洗过程很简单。把要浆的布，先洗干净，然后晾干；再将淀粉用滚开的水稀释，待稍凉后将需要浆洗的衣物放入其中浸泡个两三分钟；之后，待衣物完全浸透，揉洗均匀后，晾到半干，就可以捶打了。

布在浆的时候，浆子的浓度不同，出来的效果也不一样。浆子稠，布就非常硬。要想回软，就要费一点时间和力气了；浆子稀，布就没有那么硬了。浆子越稀，布回软的速度也就越快，但"抗造"的能力就相差很多了。

捶布时，要把浆好的布，叠成比捶板石稍小一些的正方形，或者是长方形；然后，把布放在捶板石中间。双手各持捶棒，左右交替、上下挥动手臂，来回击打捶板石上面的布；将布的一面击打到一定程度，翻转后再均匀击打；然后，把布里外更换一下，再进行击打，直到击打到自己想要的柔软程度就可以了。捶板石上放布的厚度也要适中。太厚了，击打时费力不说，布还往上反弹；太薄了，容易把布边捣坏了。所以，要在实际操作的时候，进行适当调整。

浆洗、捶打过的衣物就像用过"定型胶"一样，叠成啥样是啥样，平平展展。穿在身上整洁庄重、富贵体面，散发着暖烘烘的香味，令人感到舒服。浆洗过的衣物，最大的好处在于下一次拆洗时，可以轻松地洗干净。

那时的浆子好像比现在炼乳和藕粉都好喝，稠稠、黏黏、热气腾腾，里面还裹着小小的气泡儿，芳香四溢。舀上一碗，放点砂糖，搅呀搅，搅出一圈圈的旋涡。用小勺儿一撩，能拉开丝儿；往嘴里一放，那味道那感觉，真是无可言状。浆子在我嘴上糊的到处都是，刚吃完，又会觍着脸向姥姥要，于是一小碗接着一小碗地喝。我喝好了通常会坐在家门口的小板凳上晒太阳。闻着那浆子香，仰着脸看姥姥和邻家大妈浆衣服，她们的一举一动都吸引着我的小眼珠子。

那时，小件、不浆的衣物一般不用捶，而是直接采用熨烫的办法。姥姥用的那个熨斗，外形真的如同"斗"，又像一只没有脚的平底锅。熨衣前，把烧红的炭放在熨斗里，待底部热得烫手了再使用，所以又叫"火斗"。现在的年轻人真是难以想见了。

那时也没有洗衣粉，姥姥洗衣服主要用天然碱。天然碱俗称碱土，碱地经风化脱水，地表即有白粉状天然碱长出。扫去一层，隔几日又复出一层，春秋干燥为扫土碱的好季节。碱土可食用，亦可作为洗涤剂去污。

有时候，姥姥还自己做"猪胰子"（猪胰与碱面砸和而成）。"猪胰子"主要用来洗脸，洗衣服时舍不得用。

听姥姥讲，她做闺女时，大同的街上就有浆洗房了。有钱的人家人口众多，逢年过节或人手不够时，往往把衣物送到浆洗房洗。听说，2008年奥运时，奥运场馆中的各国国旗就是京工红旗厂用人工浆洗的方法洗涤、熨烫、包装，再送往各会场的。中国的传统技艺真是博大精深。

山西民歌唱道：亲圪蛋下河洗衣裳，双圪膝跪在石板上……若做成 MTV，一定要用到捶板石这个道具。花衣裳、齐刘海、大辫子扎着红头绳的村姑，在捶板石上，时而揉搓、时而捶打，河水哗哗、杨柳依依，让多少人想起了村里那个叫"小芳"的闺女……

浆洗是很古老的法子，现在再也没人会用了。姥姥也早已不在了，我再也吃不到那么幸福、美好、快乐的浆子了，冬天的铺盖也不再会有暖烘烘的浆子味了。

我想念姥姥，想念浆子！

煤油灯

印象中的煤油灯有三种。一种不需要花钱，是最简单的油灯：找一个墨水瓶，剪一片比瓶口大点的洋铁片盖在瓶口；在洋铁片上用粗洋钉打个孔，再找一小块洋铁皮卷成小筒插在孔里；往小筒里穿根棉线做灯芯，往墨水瓶里倒上煤油，待煤油顺着灯芯慢慢吸上来，就可以点燃了。

第二种是精致的铁皮做成的，形似茶壶。灯芯从壶嘴插入，灯油从一侧带盖的小孔注入，这是供销社常用的一种。

第三种我们都叫它洋油灯。洋油灯简便实用，由三部分组成：玻璃瓶，用来盛煤油；灯头一侧有一个调节灯芯的旋钮；底座和把柄，用来固定玻璃瓶。只要划一根洋火，立马将洋油灯的灯芯点燃，要亮一点还是要暗一点，调控方便，还可以拿过来拿过去，移动也轻便。

还有一种高级的洋油灯，叫作"美孚灯"，大约最初出自美国美孚石油公司，是西洋舶来品。儿时，我家用的就是"美孚灯"。"美孚灯"有高高的玻璃灯罩，中间部位是鼓鼓的"大肚子"。灯座四周有多个爪子，"大肚子"就卡在爪子上。灯座旁边有一个可控制灯芯上升或下降的小齿轮。灯芯的下方伸到灯座内，灯座内注满煤油，灯芯便把煤油吸上来。只要用火柴点着灯芯，并罩上灯罩，便完成点灯的动作。

"美孚灯"的灯芯点燃后，金黄的灯花在玻璃灯罩里跳舞。虽然灯花如豆，但散开的灯光却能驱尽屋内的黑暗，聚拢一屋的温暖和温馨。玻璃灯罩每隔几天就得用棉布擦拭，拭去灯罩里乌黑的油烟，就像新的一样锃亮透明。

儿时的晚上，一家人围坐在土炕上。姥姥阅读圣经，母亲做针线，我趴在炕桌上写作业。那时感觉它真的很亮，能看清母亲明亮的眼睛。在那双眼睛里，也有盏煤油灯在跳、在闪动。它也常把我的脸照得红红的、烤得热热的，给人一种兴奋、一种喜悦。

记得有一次玻璃灯罩被我打碎了，一时半会配不上，入夜只好凑合使用。我写作业时，为了能看得清楚，脑袋不自觉地往前凑。当头发和火苗接触后，发出急促的噼啪声，并闻到焦煳味。虽然以最快的速度把头闪开，并用小手去摸被火烧过的头发，总会捏住一小撮黑色的粉末。有时，不仅是头发，眉毛也会让它燎黄，一根根地卷起来，然后是一阵阵笑声，随着昏黄的灯光飘出窗外。

家里人都说煤油很臭，但我却感觉它有一股特殊的香味。每次当姥姥拔开玻璃灯罩点灯时，我总喜欢凑上去闻一闻。先是火柴燃烧后的硫磺味，继而是煤油燃烧后的味道。混杂在一起的那种特有的香味，难以用语言来形容。

那时的火柴头是白磷做的，随便往什么地方一擦就着了，可以是墙壁，可以是木头，也可以是衣裳，反正除了有水的地方，往上一擦就着。记得舅舅来了，点灯时常常在布袜底子上划火柴。后来为了安全，这种火柴停止生产了。

依稀记得，灯火如豆的夜晚，煤油灯散发出微弱的赭黄色的光亮，我在灯下喝了一碗面糊糊，然后依依不舍地放下碗。姥姥把空碗拿过去，整个脸埋进碗里，手旋转着碗沿，伸出舌头舔着碗里残留的面糊……这是留在我人生记忆里最早的画面。

煤油灯很小，可以随便放在很多地方。可以挂在墙上，可以挂在门旁，也可以放在窗台上。过年煮饺子的时候，透过浓浓的蒸气，看见挂在墙上的它，发出微弱的光，就会有一种因朦胧而产生的飘飘欲仙的感觉，伴着要吃饺子的情绪，心里激动而兴奋。

那时，即便是冬天，母亲也起得很早。我在炕上被热醒，先听见拉风箱的声音，睁开眼看到煤油灯在闪亮，知道母亲在做饭。一直等到饭做好，我才起来洗漱、吃饭、上学去。不知有多少个夜晚，我一觉醒来，看到母亲仍然在煤油灯下给我纳鞋底、缝补衣裳。我长大了才知道，天下所有的母亲都是如此辛劳。

我喜欢煤油灯的另一个原因是，打煤油时，可以买到甜甜的糖。每次要打煤油的时候，母亲就会拿出两毛钱、一个玻璃瓶说：去，倒一斤煤油，剩下的钱买两颗糖。这时候，我就会蹦蹦跳跳地提着瓶子跑出去，回来的时候，嘴里含着的糖甜在了心里。

在很长一段时间里，煤油要凭票供应，而且价格昂贵。为了节约，灯芯拔得很小，灯光如豆、闪闪烁烁，连灯下的人也模模糊糊、影影绰绰。忙碌奔波了一天的人们，望见从自家门窗里透出来的灯光，疲倦与辛苦顿消。

在得胜堡，油灯也不是随便可以点的，有的人家只有在春节这样的重大节日才舍得用油灯照明。煤油当时是三角多一斤，有很多人为了省油，吃了晚饭后早早睡觉，晚上邻居串门也是黑着说话。冬天做晚饭时，灶镬里燃烧的柴草可以把家里照亮，孩子们在炕上跳跃，墙壁上鬼影幢幢。

在那些岁月里，每到夜晚，村子里便一片漆黑，黑得伸手不见五指。为了度过漫漫长夜，老人们便给孩子们讲些妖精和鬼怪的故事。

在舅舅家，我曾经在吃晚饭时要求点灯。姥姥生气地说："不点灯，莫非能把饭吃到鼻子里去吗？"是的，大人们即使不点灯，依然能把饭准确地塞进嘴巴，而我却不行。依稀记得，一次姥姥摸黑把一盘羊肉端上炕，我摸不到盘子和羊肉，急得大哭。突然鼻子上被塞了一块羊肉，原来是姥姥在喂我。我黑灯瞎火地把羊肉塞进嘴里，却怎么也嚼不烂，顺口吐到了炕上。后来姥姥发现炕上黏糊糊的，慌忙点灯查看，然后就气急败坏地骂我。

1984年的夏天，我回得胜堡住了几天。那时虽然村里早已通电了，但不少乡亲们觉得电费贵，仍然使用煤油灯。记得在摇曳的灯光下，妗妗用高粱秆缝制盖帘、舅舅用黍子秸秆扎笤帚。每当我半夜醒来时，总会看见墙壁上舅舅的身影，在昏黄的灯光下不停地变幻，耳边传来窸窸窣窣编织声和轻微的咳嗽声。清晨醒来，不知什么时候舅舅已经下地去了，夜里缝好的一片片盖帘和扎好的一把把笤帚，已用绳索捆好，在门后放着，准备背到大同卖了，再换回生活必需品。

我家里现在还有一盏煤油灯。尽管历史已经翻过了一页，但随着年龄和生活阅历的增长，我对这盏油灯的情感不但没有退减，反而对它更加强烈。多年来我一直珍藏着这盏煤油灯，也曾不止一次地向儿子讲起油灯的故事。为此，我还特意到化工商店，买了一瓶煤油，有时破天荒地，关闭房间所有的电灯，点上煤油灯，油灯的光亮虽然不大却充满着温暖。

在我记忆深处，那如荧的煤油灯，依然跳跃在家乡那漆黑的夜晚，远逝的岁月也都深藏在那橘黄色的背景之中。

铜　盆

母亲祖籍山西大同，铜器在当地人民生活中占有特殊的地位。可谓家家有铜器，人人爱铜器。雁北有句俗话："家里再穷，也有二斤铜。"这"二斤铜"指的就是铜盆。大凡百姓人家有闺女出嫁，只要不是太穷，都要陪送一只铜盆。于是，铜盆成了居家过日子的必需品。如果哪家没有铜盆，好像日子过得不那么踏实似的。

雁北人家，从陈设装饰用品到日常生活用具，使用铜器极为普遍。如铜火锅、铜锅、铜壶、铜瓢、铜勺、铜漏勺、铜铲等等，差不多家家皆有。老式家具上都喜欢用铜来做饰件：大平柜上镶嵌的铜饰件，被家庭主妇擦拭得锃光瓦亮，犹如一轮金黄色的圆月，满室生辉；做工讲究的大立柜对开的柜门上镶嵌着铜拉手，形似悬挂着的两个小月牙；楠木大柜配上这些金黄色的铜器装饰及长方形黄铜锁，显得格外富丽堂皇；上年纪的老人，衣服上也爱绷个制作精巧玲珑的铜扣子；抽烟的人也爱用个铜烟锅；就连大同人骂人傻都说某人是"铜锤"。

我的姥姥清光绪七年（1881年）出生于山西雁北阳高。光绪二十四年（1898年）出阁时，陪嫁品里就有一只铜盆。那只铜盆是用黄铜制成，盆壁古朴厚重，表面光滑圆润，四围有精致的花纹，泛着幽幽的光泽，拎起来沉甸甸、敲起来响当当，令人爱不释手。雁北人讲究到老归宗，姥姥1963年病危时从呼和浩特回到雁北，那只铜盆也陪伴她到寿终正寝。

当年义和团起事时，姥姥家因系教民，被拳匪杀死好几口人。姥姥全家往大同逃难时，行囊里大概也只有这只铜盆。我曾仔细端详过那只铜盆，其实也没什么特别，八十多年人手的打磨，让它光滑锃亮。整个外形还是圆润的，没有磕碰的痕迹，看不出是那样年代久远的旧物。想来姥姥平时使用，一定是格外的小心。这个盛水的容器，记载着姥姥的青春、爱情、家庭，还有三个朝代的风风雨雨。

那只铜盆除了洗脸外，还成了我儿时的洗脚盆。每天晚上，姥姥端着一铜盆温热的水过来，我总要兴奋地将脚伸进盆底。"泼啦"一声响，便能震出细细的波纹来，久久不散。

儿时，家境不好，好像连镜子也没有。那只铜盆还成了母亲梳洗打扮的照物。闲暇时，母亲常将铜盆搁在桌面上，细致地梳理着自己的秀发。铜盆里的水平光如镜，映照着母亲的笑容。

听姥姥说，以前在江湖上行走的侠义之士，到老或不想再理江湖上的事时，就用铜盆洗手也叫金盆洗手。看古装戏，仕女们都用铜盆洗手、洗脸，个个手如柔荑、肤若凝脂。但我儿时经常用铜盆洗脚却不知有啥说道。

每至七夕，那只铜盆便派上了另一个用场。母亲将铜盆盛满了清水，把它放在院子里。这时，铜盆里的水仿佛一面圆圆金色的镜子，把月亮和星星都映到了水里。天上有一个弯月，水中就有弯月一个。如果凑近去，还能看清我自己的小脸。我在铜盆里一边捞月，一边听母亲讲牛郎织女的故事。听到凄婉处，我便着急地往铜盆里看，盼着牛郎带着一双儿女和织女在鹊桥上早点相会，还想听听他们说的悄悄话。可惜我根本等不到午夜，就早早地睡着了。第二天早晨爬起来，除了那只和往常一样的铜盆，哪里还有牛郎织女的影子。

1958年"大跃进"时，铜盆有了新用场。在"除四害"运动中，我和同学们也在大街上奔跑，用木棍用力地敲打着铜盆。目的是穷追到底，让它们筋疲力尽，然后掉下来摔死。但我没看到什么战果，只是盲目地跟着大人们乱跑。那时，人人手中都有响器。响器不同，敲出的动静也不同。但哪个也比不上我家的铜盆，敲出的声音像铜锣的鸣响，有时脆生，有时敦实。

铜盆在"除四害"运动中给我家长了脸。每次再用它洗脸时，不由得轻拿轻放，像端着一个聚宝盆似的。铜盆也以功臣自居，放射出奖牌似的光辉。

可惜好景不长，紧接着便开始了大炼钢铁的运动。各家各户都要献出能炼出钢铁的材料。街道干部看中了我家的铜盆，我们自然舍不得献出去。然而家里除了铁锅，再无其他铁器。翻箱倒柜找了半天，只有一些大小不一的钉子，可这咋能拿得出手？于是，母亲只好用一口铁锅替换下了那只铜盆。

那时，家里不锁门也放心。毕竟家里没啥，就是小偷进来，也会沮丧而去。我家唯一能让人牵挂的，就是那只铜盆。然而，麻绳总从细处断，漏洞多自粗心来。万分之一，自己赶上就是百分之百：1963年秋，姥姥已经去世，家里磨山药粉子。山药粉子打澄好后，捞进那个铜盆，放到院子里晾晒，入夜忘记往家里端，等想起来时，已不知所踪。为了那只铜盆，母亲不知道难过了多长时间，从此那只铜盆只能在梦境中再现了。

后 记

俄国文豪高尔基的姥姥也有一只铜盆。高尔基在《童年》里记述了他在姥姥家用餐时，两个舅舅之间爆发的一场争吵，及至厮打。"姥姥用铜盆里的水给雅可夫舅舅清洗脸上的血迹，他哭着，气得直跺脚。姥姥痛心地说：'野种们，该清醒清醒了！'姥爷把撕破的衬衫拉到肩膀上，对着姥姥大喊：'老太婆，看看你生的这群畜生！'姥姥躲到了角落里，号啕大哭：'圣母啊，请你让我的孩子们懂点人性吧！'……"

因为我崇拜高尔基，因为我也有舅舅，因为我的姥姥也有只铜盆，使我对此段文字的记忆刻骨铭心。但我的姥爷脾气暴烈，舅舅三十多岁时，如果不听话时，姥爷还满院子追着打，因此他们不敢在姥爷、姥姥面前造次。

捵　布

　　捵布，亦作展布，略近于抹布。主要用于洗锅、刷碗、擦桌子、抹锅台等。也用于擦手，故亦称捵手。

　　儿时，姥姥天天捵布不离手。早上起来，姥姥就开始四下捵抹了，先捵锅盖、锅台、案板、面瓮。摆了捵布，再捵炕沿、家具。

　　家里的八仙桌和太师椅是硬木上了大漆的，枣红色的漆皮光亮如镜。每天用捵布捵桌椅是姥姥的例行工作。八仙桌上的铜茶盘里有一套茶壶茶碗，也要天天捵抹；背后的墙上有一幅玻璃中堂，因为高，姥姥探不着，那是只有过年时才捵抹的。

　　捵完桌椅捵大柜。大柜上的锁具是黄铜的，钥匙孔居于铜饰件的中央，铜饰件是一个微鼓的大圆盘，姥姥每次都用捵布蘸着炉灰面儿来捵，这样才能捵得锃明瓦亮，犹如一轮满月，照得蓬荜生辉。

　　那个大柜的锁具非常精致，插进钥匙扭动时，会发出"当啷"的震颤声。上房开柜，东西厢房都能听见。据说，这种机构是为了防止孙媳辈偷拿东西。

　　煤油灯的玻璃罩子也需要用捵布来捵。记得姥姥先要冲着灯罩哈一阵子气，再把那块捵布从一头塞进去，转着圈儿捵一阵，然后再从另一头拽出捵布，灯罩就立时明亮了。

　　生活中处处离不开捵布，但干净人家的捵布根据用途的不同，分得很清。蒸包子做馅时，白菜剁碎了，要用揝布包住，使劲拧，才能把水分挤出来；炖鱼时，刮鳞、开膛、去脏、挂糊，最后要垫着揝布捏住鱼头，将鱼身放入急火油锅。

山西人爱吃手擀面，手擀面很见功夫。姥姥和面时能做到手光、面光、盆光。和好的面总要用一块湿揝布苫好饧上一会儿，才可以擀。

就连过年蒸糕也离不开揝布：在蒸笼里铺块揝布，把黄米面用温水拌匀，薄薄地撒在揝布上，然后添足水上锅蒸。

我儿时喜欢吃干烙儿，还喜欢吃红薯。干烙儿是一种烧饼，五分钱一个，特香，特怀念。有时，晚上姥姥用揝布包一个干烙儿或两块红薯放到枕边，等我醒来时吃。

那时，舅舅家过年蒸点馒头，要放在篮子里，吊在房梁上。吊的时候，还要呵斥着把几个半大小子撵出去，怕他们趁机抢夺。为了遮挡尘土，在篮子的上面总要苫一块揝布。

在舅舅家，妗妗给下地的人送吃喝时，也离不开揝布。揝布兜住饭盆，上端系好用手拎着。生怕凉了，总是走得急匆匆的。

舅舅的对门院，有个小妹妹名字叫"揝布疙瘩瘩"。常常能听到她妈站在大门口喊她回家吃饭："揝布疙瘩瘩，欢欢儿回家吃饭呀！"揝布疙瘩瘩只要听到妈妈的呼唤，总是像燕子一样向家里飞去。

儿时，妗妗总是笑话我穿衣不俭在，说我把衣服弄得皱皱巴巴跟揝布似的。你想一个"七八九厌死狗"的孩子，一天爬高爬低的，衣裳能展括得了吗？

揝布虽小，却无处不在。依稀记得，二十世纪五十年代呼市的饭馆，顾客只要一落座，服务员就拿着菜单揾布过来了。你一边点菜，她一边揾桌子。听说"麦香村"有个师傅，切里脊时，在自己的大腿上只铺一块揾布，在上面就能把肉切出花来，却不伤布的一丝经纬，切出的肉也不连刀，厉害吧？

1975年，我去武川下乡搞社教。那里的老乡，全家就一块揾布，概不分工。揾锅台、揾炕沿、揾柜顶，完了还要揾饭碗。吃派饭时，我一进门就把碗用清水涮了放在锅台上，再三叮嘱主妇不要揾了。然而常常无效，本来已经很洁净的碗，她冷不丁用揾布一揾，里面顿时云雾缭绕，成了一幅大写意的山水画，常常使我哭笑不得。

父亲从事公共卫生工作，对揾布深恶痛绝。他说，揾布是细菌最集中的地方，不信，可以带我们去显微镜下观看。妹妹小的时候，父亲天天叮嘱姥姥，奶瓶和奶嘴要用开水烫，不要用揾布揾。但姥姥认为，不干不净吃了没病。她一生养育了十个孩子，都活得好好儿的。

只要父亲不在眼前，妹妹的奶嘴，姥姥照揾不误。有时，母亲已经用开水烫过了，递到姥姥手中，姥姥还要下意识地用揾布揾一下。

据说不洁能提高人的免疫功能。市医院有些大夫有洁癖，夏天吃西瓜时，菜刀和西瓜皮都要用酒精棉球揾一遍。但是，只要一次不揾，必然上吐下泻。

姥姥是山西阳高人，我常能想起她那亲切的乡音。不知何故，在我的记忆中，那些话都与揾布有关："桌子上淋勒的都是水，欢欢儿地拿疙瘩揾布揾一揾哇，不揾都流得炕上去啦。说话中间，流勒在席子上去啦，再不捝，管握连炕板子也得蒙塌。"

"这些些碗盏们都荡扑得灰溜不腾的，不洗涮也得寻疙瘩捰布抹擦抹擦。放在桌子也是个好看的，端起吃饭，也是个搁净的。"

后来才知道，捰布系古汉语。捰，以干布按压水渍，即揾也。揾，《集韵·谆韵》的解释说："揾，拭也。""揾"与"扻"在揩拭的义项上，与"捰"相近。正如把香菜称之为芫荽；垃圾称之为恶色（读如 lè sè）。捰布一词至今仍在晋北及内蒙古西部流行。捰布一词庄重、典雅，富有历史的沧桑感。我鄙夷抹布一词，让抹布见鬼去吧！

现在，我只要看见捰布，眼前就会即刻浮现出早年的生活场景，心中就像打翻了五味瓶，酸甜苦辣咸顿时涌上心头，幸福与哀痛纠结得我说不出话来。

风　箱

风箱，将空气压缩而产生气流的装置。最常见的一种由木箱、活塞、活门构成，用来鼓风，使炉火旺盛。——《现代汉语词典》（第 6 版，第 390 页）

做风箱必须用柳木，因为柳木不但有弹性，而且性软、不裂、耐磨。最好的风箱应该是柳木箱、枣木杆，杆的作用是牵动"猫耳头"。所谓"猫耳头"，就是词典中所说的"活塞"，实际上它是一块立在箱内可以来回活动的长方形夹板。为了不漏气，风箱扇的大小尺寸，几乎和风箱的内腔差不多大，四周还要用牛筋绳紧紧地箍着一圈鸡毛。软软的鸡毛既不影响风箱扇的推拉，又能起到密闭的作用。活门共三个，前后各一个，很小，像个小窗口。活门的"门儿"是用小薄木板制作的，挂在窗口上，吸风时能张开、推风时能合紧，把产生的气流压向一隅，然后通过风道送出去。风道在箱底一侧，俗称"老鼠洞"，方形，两端留有风口，风道出口处还有一个可以左右摆动的活门。

风箱是谁发明的，已无从查考。听说在风箱没发明以前，先人们都是用竹筒子吹火，用树叶子扇风的。有了风箱以后，就更加快了社会发展的进程。活塞式风箱最早见于明代，记载始见于明代宋应星著的《天工开物》。我在沈阳的故宫里，就看到过这种风箱。但也有人考证，双动式活塞风箱宋朝就有了。

俗话说：人是铁，饭是钢，一顿不吃饿得慌。人要吃饭，除了柴米油盐外，还要生火、烧锅，这才能把生米做成熟饭。几十年以前，内蒙古西部人烧火做饭，那灶镬的大、小、旺、乏，全凭着锅头旁边的那个木头风箱。只有把风扇进炉膛，才能把锅底下的灶火烧旺，才能把饭做熟。

二十世纪六七十年代，我们院里几乎家家都有风箱。拉风箱的声音颇好听，"呱哒哒，呱哒哒"地很有节奏。众多的风箱声汇在一起，就给人一种"村饮家家醸酒钱，竹枝篱外野棠边"的错觉。

事实上，那会儿不但人少吃的，就连灶镬也是饥饿的。煤是"国控"物资，凭票供应。去煤场买煤，很少有块儿。大多是煤面儿，煤面儿必须用风箱鼓风才能燃烧。为了省钱，许多人家烧光了所有的可烧之物。

那时，一到做饭的时候，主妇们就紧紧迫迫地忙着择菜、洗菜、和面、擀面。那烧火、拉风箱的事，一般都叫家里的娃娃来干。娃娃们坐在那灶口前，用俩小手攥着风箱把儿，鼓圆了劲，啪嗒、啪嗒地拉来推去。做一顿饭，少说也要把那风箱把儿拉上几百上千下，直拉得手困腰酸。

拉风箱既是个体力活还必须讲究技艺。有时风箱要轻拉慢送，叫游火；有时要急拉狠送，叫赶火。大锅里水未开要赶火，蒸饭时气圆了就要游火。特别是刚生火时，在灶膛内点燃引柴，只需轻轻拉动风箱把柄即可。如果风一大，很容易将火吹灭。随着柴草的点燃，要根据实际情况来控制火候。一般情况下，即便看起来拉得自由欢畅，其实也挺费力气的。

我家的风箱最早是由姥姥来拉。那时父母亲下班晚，我下学回家也晚。姥姥八十多岁了，还要承担做饭的任务，她老人家为此苦不堪言。再说煤都是面子，不好燃烧，任凭风箱怎么拉，灶火都旺不起来。烧一壶开水至少也要拉上半个钟头。

如果放假，拉风箱就成了我的专利。印象最深的是，我上小学五年级的时候，一天午间，我边拉风箱边听收音机。那天正播放刘兰芳的评书《杨家将》中《八虎闯幽州——退辽兵御驾亲征》一段。刘讲得绘声绘色、惟妙惟肖。我一下子便沉浸于故事当中，竟忘记了拉风箱，以至于灶镬里的火差点熄灭了，气得姥姥劈头盖脸地打我。

还有一次，恰好碰到一本心仪的小人书，我如获至宝，一边拉风箱一边翻阅着。等到姥姥闻到锅里的糊味赶过来时，发现锅里的水全干了，我再次被姥姥狠狠地数落了一顿。

后来妹妹稍大些，也能帮姥姥拉风箱了。妹妹出生在1961年，身体孱弱多病，拉风箱对她来说也是重负。现在她回忆起来仍然感到刻骨铭心。

"文革"期间，表姐从得胜堡来呼市看我们。一进门，母亲就问她："你吃饭了吗？"

表姐回答："坐了一路火车，去哪吃呢？"

"火车上有餐车，也卖饭呢！"

"火车上还能做饭？"

"是呀。"

"我说呢，一路上听见'呱哒哒，呱哒哒'的风箱声音不断。"

我们全家老小几乎笑至断气。

1973 年，我家的风箱终于废弃了。我花了十一块钱给母亲买了一台手摇的鼓风机，从此全家的劳动力得到了进一步解放。再后来粉碎"四人帮"、改革开放，家里又用上了电动鼓风机。1990 年呼和浩特又通上了管道煤气，幸福的生活不期而至。

现在的孩子们根本不知风箱为何物，想看风箱只能去博物馆了。

石板与石笔

现在的孩子们已经不知道石板和石笔为何物了，二十世纪六十年代以后出生的人大多没见过这种东西。对于今天使用电脑的学生来说，石板和石笔就像一个古老的传说。

当年使用的石板长约三十公分、宽约二十公分、厚度也就半公分。有的还用木框框住，防止边角摔坏和磨损。石笔则长短不一，粗细与筷子相似，好石笔写出来的字跟粉笔差不多。

五十年代，小学生上学基本上都是背着书包，拎着石板的。石板一般不敢放在书包里，因为经不起摔打及挤压。记得我买来石板后，父亲在石板的木框上锥了两个眼，再用麻绳拴牢，便于我上学时提在手里。

那时，由于贫困，一般孩子，除了学校统一发放的作业本外，多余的本子很少，石板是最好的学习用具了。课堂练习，全靠石笔和石板。三毛钱一块的石板、一毛钱一盒的石笔可以一直用到小学毕业。

上课时，老师把生字用粉笔写在黑板上，我们用石笔写在石板上。有时，老师念几个生字或一段课文，让我们在石板上默写。或者老师在黑板上出一道造句或数学题，我们在石板上做。做完后，课代表收起来擦在讲台上，老师批改后打上分数，再把一块块石板分发给我们。

在石板上写字，通常不用粉笔。一是粉笔太贵，我们用不起；二是写完用板擦一擦，粉笔灰太多。石笔是天然石料，是一种比篆刻用的石料还要软得多的白色滑石。用它在石板上写出的字很小很清晰，在只有十六开大小的石板上能写不少字。

我特别喜欢的是另一种石笔，小朋友们称之为"滑石猴"。它原本也是一块手章大小的长方块石笔，但石匠对它做了一点小小的雕琢，把小方块的石笔雕琢成一只双臂盘于胸前、双腿蜷缩着的小猴。"滑石猴"又能写字又能把玩，掉在地上摔不碎，平时就装在衣裳口袋里。

石板上写满字后，可以用"石板擦"随时擦掉。石板擦就是用呢绒布缝成的高四公分、直径三公分的卷。石板也可以用布擦，最好的方法是用湿布擦，既干净又省力。大部分男孩子直接用手擦，也有一些孩子用袖口擦。时间一长，袖口结板、锃亮乌黑，手也是"黑炭锤"。

我也曾经用袖子擦石板，时间一长，袖口都磨烂了。母亲见状，便从旧羊毛毡上给我铰下来一块当板擦用。只要轻轻一擦，石板便干净了。

石笔平时放在衣裳口袋里。男孩子在地上下土棋，用石笔画棋盘，或用石笔在校院里画高楼大厦；女孩子玩"跳房子"，用石笔在地上画方格。

小学生们淘气的时候经常在墙上地上树上任意写画，个个都是宋江和陆游。至于如今在旅游景点上随处可见的"某某到此一游"，我却不能断定是不是石笔种下的孽。

那时，家庭条件好的，都花钱来买石笔，但大部分孩子是自己做石笔。做石笔需要技巧，也需要耐心。原料是破损不能用了的石板，工具是废旧的钢锯条。先在废石板上刻了线，然后用锯条沿线锯下来，再经过打磨，就成了石笔。

记得那时也有同学用砖头、土块、泥巴充当石笔，反正能画出道道就行。有一个同学，找了一块胶泥，回家用手搓成粉笔粗细，晾干后，放到灶镬中去烧，泥棍儿就变成砖棍儿了，写出的字还是红色的呢。

还记得，一些同学一写不出字来，就拿石笔轻轻敲起了石板，嗒、嗒、嗒、嗒嗒嗒、嗒嗒嗒……老师拿教鞭猛地敲了一下桌子："别敲啦，跟谁学的臭毛病，要饭的才敲碗呢！"

石板还有一个用处，那就是可以当乒乓球拍来使用。五十年代的学校，乒乓球台大多是水泥抹的，中间摆一溜砖头代替球网。一下课，我们就跑出来抢球台。那时，有一个木板球拍是很奢侈的事情，更不要说贴胶皮的拍子了，于是石板就成了最好的代用品。

遗憾的是，因为打球过程中的争抢与碰撞，石板很容易断裂。断裂与破损，回家就无法交代，因为许多家庭就连三四毛钱的石板钱也是拿不出来的，等来的是家长的责骂或殴打。

即便小心翼翼，时间一长，石板周边的木框也容易脱落。石板是易碎品，木框脱落了就更不容易保护。于是有人就用纳鞋底的锥子在木框四角上锥了眼，再用细铁丝缀结实。这样，石板即便是摔裂了，有木框在周边束着，也能凑合着用。

1957 年，郎神庙的北面建起了呼市展览馆，里面经常举办各种展览。在展览馆的后院，天天都有美工人员倾倒出来的垃圾。

垃圾堆里有尚未用尽的广告色、笔头磨损的画笔、三合板锯成的美术字、半截的中华铅笔、砂纸、钢锯条。我每天下学从那里经过时，总要兴奋地在里面拾翻。我翻捡出来的"宝物"，都用来和同学们换了石笔，他们高兴，我也高兴。换来的石笔，我一直用到小学毕业。现在看来，我是否很有经济头脑呢？

我和石板、石笔已经阔别五十多年了，近来才知道，生产石板的石山都是沉积岩，远古时都在海底。沧海桑田，在宇宙的时空里，一亿年也是弹指一挥间，人生犹如梦境一般。我今天坐在电脑前打稿子，不由得想起儿时用过的石板、石笔，感到既温馨又怅惘。天地玄黄，人生有多少稍纵即逝的事，值得我们回味与叹息呀！

大喇叭与手摇电话

一

听舅舅说，得胜堡是在开展"四清运动"那年，安的有线广播。正式播放那天，大队部门前人山人海，喇叭里放着《走西口》。有人说："日怪呀，莫非有人在喇叭里头唱？"别看那个喇叭头子，真让人开眼界。

开始时，有线广播是用杉杆架线，从广播站连接到大喇叭的是裸露的铁丝。遇到刮风下雨，喇叭里只听见断断续续的或"嗞嗞"的声音，大喇叭罢工歇菜也是常事。

没有广播电视的时代，高高矗立在电杆上俯视众生的大喇叭，就成了堡里的信息发布中心。喇叭一响，家家户户都要支棱起耳朵来听听喇叭里在说什么。什么四清运动搞社教、阶级斗争天天讲、学习雷锋好榜样、大寨精神代代传、风霜雨雪天冷暖、说古论今刘兰芳。上至国家大事，下到聚众开会、下地劳动、上河挑渠，事事离不开大喇叭。队干部在大喇叭里发号施令，社员们在大喇叭的指挥下春种秋收。天天听着"东方红"出工，日日伴着"日落西山红霞飞"收工，成为老一辈记忆中永不消逝的声音。

"文革"中，大喇叭更是自早至晚地鸣响。那铿锵有力的男女高音播送着"两报一刊"社论和大批判文章。那时，大喇叭是阶级斗争和政治的风向标。发布最高指示、宣读大批判文章、造反派互相攻讦……无不通过乡村广播站这块滩头阵地。人们几乎每天早晨都是被大喇叭震醒，山呼海啸一般的声音，仿佛连大喇叭的铁皮都热得发烫。

大喇叭除了声嘶力竭的政治腔，当然也有温情的一面。农村最热闹的时节莫过于赶集唱大戏了。"哥哥你走西口，小妹妹我实在难留，手拉着那哥哥的手，送哥送到大门口……"一曲《走西口》，道尽了民间戏曲的魅力。早先的戏班没有麦克风，全凭演员一副好嗓子。有机会一饱耳福的，仅限于场子里的观众。后来不知道谁灵机一动，把村里的大喇叭和无线电连在了一起，于是锣鼓一响，大街小巷从此飘满了曲调悠长的韵味。

当年得胜堡有个从大同来的知青非常会捣鼓，于是队长让他在大喇叭上讲《三国演义》，为此给他记最高的工分。1979年，每天午间大喇叭都要播放刘兰芳的评书《岳飞传》。有人为了不耽误收听，端着饭碗就出来了，蹲在大喇叭下边吃边听。吃完饭，电杆下的空碗摆下一片，家家户户的女人们还得出来收碗。

得胜大队有一个能说会道的妇女，喜欢张家长李家短地议论，也擅长传播一些道听途说的新闻，人们就给她起了个诨名"小广播"。据了解，各地有"小广播"诨名的不在少数，大喇叭的传播功能被认可程度由此略见一斑。

"得胜堡广播站，刚才说的都不算。"得胜堡人经常这样调侃村里的广播站。一次偶然的机会，我去过得胜堡广播站，它设在得胜大队队部办公室旁边的套间里。站内靠墙处放着硕大的铁壳电子管扩音机；静卧的四速电唱机旁有不少彩色薄膜唱片和黑色胶木唱片；话筒头用红绸布包裹的送话器，置于播音桌的正中；年轻的女播音员正在整理"自办节目"的文稿……

随着农村土地承包到户，大喇叭渐渐失去了忠实的听众。听广播看电视成为农家人新的信息渠道，昔日喧嚣一时的大喇叭开始安静下来。有一个时期，大喇叭沦为村干部催收各种税费提留的传声筒："×× 社员，赶紧去交电费！""×× 社员，赶紧去交水费！""二队的社员们，该交春播费了"等等，还有一些稀奇古怪的内容有时也穿插其间，令人既忍俊不禁，又不胜其烦。

后来大喇叭又成为廉价广告充斥的乐园。小商小贩们再也不用走街串巷地吆喝了，只需掏上几块钱，就能在大喇叭里滚动播出："城门口卖沙子水泥！""大队部门前卖沙瓤西瓜，八分钱一斤，不甜不要钱……"

村干部娶媳妇、聘闺女、给孙子过满月，也都在大喇叭上吆喊："村支书给孙娃子过满月，一会有车来接。搭礼的到村长家门口集合！"人情是债，扒了锅也得卖。可去可不去的人，最后也都去了。

得胜堡的社员爱听天气预报。但播音员用普通话播时，老人们听不懂。比如播音员说"有间断的雨"，人们常常听成"有简单的雨"。有一次，天气预报说"雨量比较大"，有一个老太太说："广播里尽鬼嚼呢，既然老天爷下大雨，咋还'月亮比较大？'"引起人们一阵哄笑。

二

二十世纪六七十年代，得胜堡"出门基本靠走，通讯基本靠吼，治安基本靠狗，取暖基本靠抖"。那时通讯也很落后，电话远没有普及。只有大队部才装有一部电话，以保持与公社的联络。那时用的电话都是手摇磁石电话机，在打电话前，需先将手柄"呼呼呼"地转动几圈。本公社的可直接摇，如想打到其他地方，还需公社总机转接。即使这样，电话也常常不能一下打通，令人郁闷不已。

那些年，有线广播和电话共用一条线。如到早中晚的定时广播时间，电话就会被掐断，不能使用。待到广播结束后，才会恢复接通电话线路。有时电话打得好好的，突然断了，原来是广播时间到了。所以打电话时，还得时刻注意时间。

得胜堡大队部的那架摇把式电话机，表哥领我去看过。那天我们没敢进屋，只是隔着玻璃窗往里瞅了瞅。那东西黑黑的，有摇柄，机子还拖着一根长长的线……表哥神秘地对我说："那是'会讲话'的机器。那个东西，这头说话，那头就有声音传过去。"令我感到非常神奇。还有一次，队长的儿子领我去大队部摇那个玩意儿，当听到公社那边在"喂！喂！"时，我笑得喘不过气来。

小时候被管电话的人吓唬过，说这种手摇磁石电话机千万不能摸，高压很危险。后来才知道，手摇电话确实可以产生瞬间高压，被电一下可了不得。

铁匠炉

得胜堡有个铁匠炉。儿时在舅舅家，我经常去那里玩，帮着拉风匣、帮着牵牲口挂掌。打铁师傅锤起锤落火星四溅的火红场景，一看就是半天。

那个铁匠炉很简陋。一间不大的房子里有个砖砌的、好几米高的凸字形烘炉，烘炉旁边有个风箱，是用来给炉子鼓风的。

昏黑的小屋里炉火烧得很旺，火焰是跳动的心脏，呼呼的声响是风箱沉重的呼吸。老铁匠手持长长的铁钳子，不停地翻动着炉火中的铁料。猛然间，将红红的铁料从烘炉中迅速夹出，放在铁砧上，火红的铁料顿时把漆黑的屋子照得通亮。小铁匠朝手心里吐两口唾沫，绷紧全身的肌肉，双手抡起铁锤，朝铁砧上那块通红的铁料砸去！

打大锤的人要听从掌锤师傅的指点和调度。小锤打到哪里，大锤便跟到哪里。小锤子打得时快时慢，大锤打得就时轻时重。叮叮当当，铁砧上立时火花四溅，崩落的火花如昙花一现，落地便成黑黑的铁屑。烧红的铁料像面团一样被揉来揉去，不一会儿，一把锄头或一把镰刀就成型了。

老铁匠二目炯炯，黝黑的胳膊上肌肉隆起，红黑的太阳穴上青筋暴突。小铁匠全神贯注，随着师傅的指点，双手抡动大铁锤上下翻飞。锤击声此起彼伏，那节奏，就是一曲优美的打击乐！

此时，拉风箱的人手握横杆，丁字步站立，双臂前拉后推，身子时弓时直，动作连贯协调。风箱拉起，曲子奏响。随着加热的需要，风箱会在平缓匀称的节奏中加速。炉中的火苗，随风箱的节拍跳跃，在劲风的吹奏中升腾。

等铁件冷却下来敲打不动时，老铁匠就会把初步成型的铁件重新放回炉火中焙烧，此时风箱拉得更加急迫。火苗舔着铁件，发出呼呼声音，铁件又渐渐地红了起来。师傅再次把铁件夹出来放到砧子上接着敲打，渐渐趋于完美。

俗话说，好钢用在刀刃上。若要刀具锋利，须在刀口加钢。钢和铁都是死硬分子，要把它们贴在一起，谈何容易！先将铁料烧红，放在铁砧上，将刀口錾出一条小沟，沟内夹进一条钢；放进火炉再次烧红，继续在铁砧上锻打；反复几次，钢便夹在铁里，密不可分。当铁件烧到血红的时候，师傅就拿长长的铁钳钳出来，放到水槽里淬火。

火红的铁件见水发出"呲呲"的响声，爆裂的水珠与雾气从水中泛起，腥腥甜甜的铁味便强劲地升腾起来。

烧红的铁件每打一捶都火星四溅。老小两位铁匠的衣服、裤子、鞋上都是被烧出来的洞。可老铁匠说："衣裳烧烂了不怕，如果只顾着衣裳，烧好的铁凉了，就没法打了。"夏天，他们都是光膀子，皮肤被阳光与火烤成古铜色。

那时农村的铁匠炉不会打别的东西，大多以农具为主。印象中，他们打造最多的当属镰刀、锄头、镢头、镐头、钉耙、马镫、马嚼子、门饰件，还有斧头、菜刀等等，这些都是常用的生产生活工具。在我的记忆中，钉耙是制作起来最费工费时的铁器了，而且对铁匠师傅的技艺要求极高。一个铁匠师傅能锻制一把七齿钉耙，就算是技艺高超了。

每打出一把镰刀或是别的什么农具，老铁匠都要在上面打印上自己的姓氏或是符号之类的印迹，以此扬口碑、闯名声。有铁匠的日子，每件农具都是在火里烧了，再这么一锤一锤地敲打出来的。一锤一锤地让大家感觉踏实，像挖地时印在田里的脚印一样。

烘炉、风箱、砧子，这些铁匠必备工具都在正对门口的位置。铁匠炉门上过年贴的对联上写的是："锤头生碧玉，炉内炼黄金。"寄托了老铁匠的希望。

铁匠都对祖宗留下的技艺有敬畏之心。遵从老祖宗的规矩，砧子是永远都不能用脚踩或用屁股坐的。他们在上面打铁，那是他们的饭碗。

那时，得胜堡每个生产队都养有驴、马、牛。这些牲口是主要的生产及运输工具，人们出行、拉货、犁地全靠它们。牲口多了，给牲口钉掌子是铁匠炉的主要收入来源。

记得有一次，我到供销社买东西，路过铁匠炉，看见正在钉马掌，我便驻足看起热闹来。钉马掌前，老铁匠先穿上一件能盖住自己膝盖的大围裙，把马凳等专用工具摆好。铁匠炉门前有个门字形的木架子，和现在的单杠类似。两侧是深埋在地里的两根十多公分粗细的木桩；上面是一根与桩子粗细一样的横梁，高度在两米左右。钉掌开始，把牲畜牵到架子里，把缰绳系在横梁上。缰绳要尽可能地短，几乎把马头吊起来，防止钉掌时牲畜的头摇来晃去。横梁的前后还各有一条固定好的十来公分宽的皮带，分别从牲畜的前腿后侧和后腿前侧穿过，用力勒紧。这时虽然牲畜的蹄子并没有离开地面，但它已经用不上力了。再烈性的牲畜，也只能束手就范，不能乱踢乱刨了。

铁匠师傅半蹲着，左手娴熟地抬起马腿放到帆布遮盖的大腿上；右手用钉锤先把旧马掌和钉子起掉。然后再用铲刀把马蹄上的老茧齐刷刷地铲下一块，再把新马掌放到马蹄创面上。如果不妥帖，则要在不平整的马蹄创面上又割又切又磨，直到修理切割得平平整整，才用马掌钉钉牢。最后还要用铲刀把铁掌外边的马掌边削净、削齐，才算完结。

儿时，我认为钉马掌是世间最残忍之事。将一匹驯良的马儿五花大绑在门字形木架中间，好端端的四只蹄子都被人强行钉上铁掌犹如上刑。固定铁掌的钉子，足有一寸长。钉掌时，为了牢固，还要有意偏斜、把钉头从蹄子的外缘穿出来，然后再用锤子把露出的钉头砸弯。想一想，若是在指甲里插根针，那得有多痛。我非常佩服马坚韧的毅力。

氽　壶

在物质匮乏的二十世纪五六十年代，归化城里家家都有氽壶。氽壶，五十岁以上的人都能记得，而再年轻些的人就未必知道了。那么，这氽壶究竟是何物呢？

氽壶是一种直径七八公分、高一尺左右，下有底、上有把的铁制桶形烧水工具。简陋点的氽壶上边无盖，精致考究的上边有盖，盖与桶把以铜链相连。

早期的氽壶是铜制的，配以可翻的盖。因为铜比铁传热快，所以烧水速度更快。但铜制品长期不用易生锈，且铜锈中含硫酸铜，有毒，会致病；此外铜制品保养太麻烦，氽壶使用几年就会报废；再则铜价太高，普通人家用不起。

自从马口铁在中国广泛使用后，氽壶才不再珍贵，进入了寻常百姓家。马口铁又叫镀锡铁，铁皮的表面镀有一层锡，不易生锈。因为当时这种制造罐头用的镀锡铁皮是从澳门（英文名Macao，音译为马口）进口的，所以这种材料在中国很长时间被称为"马口铁"。

加工氽壶的手艺人，也被称为"焊洋铁壶的"，此前不成行。戏曲理论家齐如山先生曾说："专做铁壶、铁盆、铁罐等器。从前此行甚微，只焊铁锁皮、铜器等而已，因无论中外铁匠，绝对不管焊活也。自马口铁、倭铅铁输入中国后，用以做成各种器皿，这种手艺始行发达，近来满街都是焊洋铁壶人矣。"

依稀记得，洋铁氽壶使用一年半载，底就漏了，这时可以到焊洋铁壶的摊上去换底。不过一换底就得裁去一段筒边，氽壶就短了一截，再漏了就只能换新的了。业此者以洋铁皮焊接水壶、水勺、喷壶、漏斗等器皿。货担一头放一小火炉、焊锡及一小瓶镪水；另一头为木箱，内装铁剪、丁字砧、木槌、烙铁等工具。其串街游走，吆喝"焊洋铁——壶来"。

五十年代，归化城里有暖瓶的人家很少。想及时喝上一口热水，只有靠氽壶。尤其冬季，家家都有洋铁炉子，把炉盘中间的圆盖用炉钩子挑起，将装满水的氽壶插入。因盛水少，离火源近，只需几分钟，里面的水就会沸腾。

如遇贵客登门，用大壶烧水很费时；沏好的茶水须臾即变凉，以冷茶待客，又礼数不周。所以用氽壶烧水，即烧即喝。因其方便、快捷，成为家家必备之物。

汪曾祺先生在《寻常茶话》里曾说："老北京早起都要喝茶，得把茶喝'通'了，这一天才舒服。无论贫富，皆如此。1948 年我在午门历史博物馆工作。馆里有几位看守员，岁数都很大了。他们上班后，都是先把带来的窝头片在炉盘上烤上，然后轮流用水氽坐水沏茶。茶喝足了，才到午门城楼的展览室里去坐着。"

氽壶在全家仅有一口大锅的年代，其不仅仅是烧水，还兼有小锅的作用。记忆里，氽壶里的水沸腾了，母亲抓几根粉条放在壶里，然后在里边揪上十几块面片。煮熟倒在碗里，拌点油盐葱花，就算一碗特殊的片汤。偶或还可以在壶里给我煮颗鸡蛋。

氽壶不仅城里人用，在乡间也很普及。浩然在《艳阳天》中曾写道："锅里的水不是等着熬粥吗？等氽子里的水热了再使不行吗？"但农村使用的氽壶更长一些，有的甚至达六七十厘米，又称"水吊子"。

雁北农家都是连炕灶，灶台与土炕相接。在灶台上面坐锅做饭，灶口开在下面，用来添柴。在灶台上靠近灶口的地方另有一个垂直的圆孔，这便是插氽壶的地方。做饭时可顺便将氽壶伸入那个圆孔中，利用灶膛的火就能同时给氽壶加热，做饭烧水两不误。用氽壶烧水，无需专意，即便用饭后的柴火余热，也能烧开几壶热水。

雁北不适宜种茶，乡间也没喝茶习惯。我常想，倘若此处农家也有喝茶习俗，这氽壶就是最方便的烧茶水工具了：生火做饭之余，顺便将氽壶伸入灶镬内，须臾间便可烧滚一壶泡茶的沸水，多及时，多方便！试想，用滚烫的沸水沏一壶上好老茶，坐在纸窗下的土炕上慢呷细品，那该有多悠闲、多惬意！几杯香茗入唇润喉，满口生香。舌根沁津、浑身通泰，两腋习习风生，所有烦热与躁动顿时消遁尽净。如此农人生活不失为享受，倘再能有一碟野蔬或几颗山果佐茶，那就更是真正的田园生活了！

"小小子儿，倒拿锤儿，开开怯屋子两扇门儿，八仙桌子漆椅子儿，足蹬着脚搭子儿。水满壶，洗氽子儿，四样儿菜有名景，嫩根儿嫩韭菜，八大碗烩虾仁儿，烧猪烧鸭子儿，天上大娘是个道人儿，扯下荤席摆素席儿，叫声大娘吃饱了，上南台，听大戏，芭蕉扇儿，打蚊子儿。"这首老北京儿歌，经美国传教士何德兰整理，收入中英文的《孺子歌图》中，1900 年正式出版。其中"水满壶，洗氽子儿"，恐怕今天知道它的北京人也不多了。

自从进入新世纪，籴壶已逐渐离开农家的灶台，遗弃了的籴壶也多被当作废铜烂铁卖到废品收购站了。

后　记

"籴壶"似应为"爨壶"，因"爨"有炊煮之义。如《诗·小雅·楚茨》："执爨踖踖，为俎孔硕，或燔或炙。"《孟子·滕文公上》："许子以釜甑爨，以铁耕乎？"《周礼·夏官·挈壶氏》："及冬，则以火爨鼎水而沸之，而沃之。"汉代王充《论衡·感虚》："夫燃一炬火爨一镬水，终日不能热也。"《水经注》："常若微雷响，以草爨之，则烟腾火发。"《广雅》："爨，炊也。"《说文系传》："取其进火谓之爨，取其气上谓之炊。"宋代周密《齐东野语·温泉寒火》："水为火爨，则沸而熟物。"由春秋战国至宋代，其义一贯，盖因字形复杂，举国上下皆写作"籴壶"。长此以往，以讹传讹，已成定局。

夜 壶

夜壶，现在城里的年轻人多不知其所以然了，但几十年前却是家家必备之物。夜壶，陶瓷烧就，口小、肚大、背驼，像只望月的蛤蟆。常置于床下，供人方便之用。俗话说：水火无情，夜半尿胀憋醒，急需释放。提出夜壶，直泻其中，顿时全身通泰、眉梢舒展。

夜壶应该起源于北方。因北方天寒，尤其在冬夜，人们极不愿意钻出热被窝下地去尿尿。而老男人到了一定岁数就会尿频、尿急，频频起夜，这是非常难受的事情。当然年龄也意味着地位，有一定年龄的男人在家里通常都是一家之主，所以就有资格在被窝里尿尿了。用来接尿的器皿就是尿壶，因为是在夜里使用，所以就把尿壶文雅地称之为夜壶了。

夜壶，古代壶口作虎口形，故称之为虎子。唐以来，虎子改称马子，是避李唐先人李虎讳（《云麓漫钞》卷四）。夜壶不是什么人都有资格使用的，小孩与女人就不能随便用夜壶。所以男人对夜壶情有独钟，对夜壶的质量也要求甚高。有钱有地位男人的夜壶往往是金的银的，稍微差一点的就是铜的，铁的少见。普通的夜壶是瓷做的，也有用陶土做的。用陶土做的不上档次，也不结实，如果釉子上得不均匀的话还可能渗漏。

我印象最深的当是五舅那只红陶夜壶了。耐腐蚀、防渗漏，且敲击铿锵有声。五舅即便去队里的仓库守夜、照看场面，也离不开他那把夜壶。他右手提着夜壶，嘴里哼着小调，不紧不慢，小心地借着夜色前行。那把夜壶每次都被他儿媳揾得洁净明亮，那红陶所呈现的淡黄色，在月光下格外耀眼，让我这个对什么都好奇的孩子总想上前去抚摸一下。有时想帮他提提，但他总是推托，说那是他爷爷的爷爷传承下来的，生怕我不小心会失手摔破。

让我好生奇怪的是，每到早晨，五舅总要小心翼翼地将那盛满尿液的夜壶往回提。我问他：为啥不把尿倒净了再拿回去呢？而他总是说，提回去可以浇菜呀。这人尿浇过的蔬菜香甜可口，味道不一般。用现在的观念，那菜才是正宗的绿色蔬菜了。

看来，五舅走在蜿蜒的小道上，提着的那把夜壶，不只是防备晚上方便时受凉，更在乎的是那能给自留地里的青菜催肥的尿液了。

二十世纪五十年代的中国，处处"政治挂帅"。虽说夜壶只是一件区区小物，可壶上的图案也各有千秋。记得五舅的夜壶上面歪歪斜斜地画着一个小丑，身上写着"杜鲁门"三个字，旁边是一只张牙舞爪的螃蟹。

听五舅讲，民国年间有个比利时人特别喜爱中国古陶器。一天，他来到大同城里的一家古玩店，一眼就被店内角落摆放的一个陶罐吸引住了。那个乌黑瓦亮的陶罐口小肚大，胎质厚实，口沿和内壁上还有一层浅白色的"包浆"。老外拿起来一看，眼睛立刻瞪得老大。凭经验，他感到自己遇到了一个"古董"。再用舌头一舔，碱性味道很大。于是他进一步断定，这陶罐的烧制年代最晚也在战国时期，而且还是用北方碱性土烧制的。这样的"古董"可谓千年不遇，老外欣喜若狂，赶紧问价。谁知店伙计说老板不在，这罐子不卖。老外一听急了，央求道："我多多给钱，卖给我吧，我是真的喜欢这个东西。"客人如此，伙计无奈，只好把心一横，说："这罐子真不能卖。既然你这么想要，那就把它送给你吧，我一分钱也不收！"老外大喜过望，很义气地放下一块"劳力士"，喜出望外地抱着罐子走了。店老板回来后，闻知此事笑弯了腰，说："一个夜壶换一块劳力士表，值！"

　　眼下，你走在大街小巷，若问那些先生小姐们，有某个夜壶是杰出的艺术品，你信吗？十有八九是摇头的，或者觉得你有神经病。可1917年，法国艺术家马塞尔·杜尚先生受邀参展，一烦之下，买了个小便器，题名为《泉》，签了个大名，随手送到展览会上，一时四座皆惊。然而百年以后，专家评二十世纪最佳艺术品时，它仍独占鳌头。十年前，我置身巴黎蓬皮杜艺术中心，看到那只著名的便器，仍静静地在那里，令人感叹不已。不才如今退休赋闲在家，犹如故旧的夜壶，无人问津。却每以夜壶自勉："持而盈之，不如其已""有容乃大，无欲则刚"，因此活得怡然自得，其乐融融。

大襟袄、缅裆裤

一

从清代到民国，至二十世纪六十年代前，大襟袄、缅裆裤，是雁北农村最常见的装束，曾数百年引领当地服装潮流。时至今日，在雁北农村，穿大襟袄的已不多见了；因为舒适，缅裆裤仍被部分老人钟爱。

大襟袄，顾名思义，两侧的衣襟一大一小，是不对称的。穿它时，大襟覆盖小襟，并一直延长到小襟一侧的腋窝下边系扣。扣子也不是现在我们衣服上的那种纽扣，而是自己制作的盘扣。

盘扣用"袢条"编织而成，"袢条"是用细布条折叠缝制的，这个过程称为"缲"（音 qiāo，系一种缝纫方法。把布边儿往里卷，把针脚藏到里边，从外面看不出来）。用缲好的"袢条"编成桃疙瘩形状，缝在大襟上；扣门也用"袢条"做成环状，缝缀在小襟一侧，上至腋窝，这样具有纽扣功能的疙瘩扣门就齐全了。

扣门有九扣的，有七扣的，最常见的是五扣的。扣门的个数绝对不能缝成双数，那叫"四六不成人"。意即，如果扣门是四个或六个这样的双数，那这人一辈子也不会有出息。虽然说起来有些荒诞，但已成定则，无人敢不遵循。其中之奥义我至今揣摩不透。

严格意义上说，大襟袄这种装束，更注重的是实用效果。在缺吃少穿的年代，不具备现在里三层外三层的御寒条件。一件光板棉袄大人穿过改改给孩子穿，甚至男人穿过改改给女人穿。冬天能有棉衣棉裤穿，那已是很幸运的事了，至于布料、颜色、款式、做工，就没那么多讲究了。

北方的冬天，寒风凛冽，冷风会直接冲击胸口。人不仅容易受寒，更容易得病，大襟袄很好地解决了这个问题。宽阔的大襟，正好把整个胸腹部包裹起来，再大、再冷的风也不能直接侵袭人的身体了。这种着装看似人们的无奈之举，但仔细想来，却是先辈们为适应大自然环境，聪明才智淋漓尽致的发挥。

为何女人更钟情于大襟袄？这也是由它的实用性决定的。天寒地冻的冬天，母亲要给孩子喂奶，把光溜溜的婴儿从被窝里抱出来，裹在大襟袄里面，恐怕再也没有比这个方法更让孩子暖和的了。孩子依偎在母亲的怀里，肌肤相贴，在母亲温暖的呵护下，吸吮着乳汁，很快就进入了梦乡。

那时的传统服装，不管是棉袄、长袍还是褂子、背心，都没有过肩和袖窿。更为神奇的是，这些衣服通常都是用一片布缝起来的。如果将它们展开，就可以完整地平铺在地上，形成一个"十"字。而现代人穿的衣服，一般都是由多块布片缝制而成。

这是一种简单的二维平面式直线裁剪法，只需将袖底缝和侧摆缝缝在一起，再缝上盘扣，一件最简单的上衣就算做成了。

二

汉语词汇中，衣裳二字密不可分。上衣下裳，是一个整体。与大襟袄搭配的裤子就是缅裆裤了。在温饱尚未解决的条件下，无论是衣，还是裳，最大的功用是遮体、御寒、保温，而缅裆裤把这些功能充分地糅合在一起了。凡是看过电影《红高粱》的，对里面男人们光着脊梁，穿着缅裆裤抬轿子的镜头，印象一定很深刻。

缝制缅裆裤不用量体裁衣，只要大致估算一下腿长就行了，腰围臀围皆不用考虑。缝制缅裆裤的工艺流程是：先用粉块在家织粗布上画出裤子的轮廓，然后用针线把剪下来的四张裤片缝在一起，主体就算完成了。然后再在腰部接上四五寸宽的白布作为裤腰，一方面是便于系裤腰带，更重要的是有利于腰部保暖。穿着时，把腰部多余的部分向中间折过来，用腰带扎紧。再用布条将腿部扎紧，防止风从裤管里灌进来。这样，再冷的天、再大的风都难以直接侵袭身体了。

这才是真正的中式服装，毫无科学合体的裁剪和缝制理念、技术。在受西裤影响之前，大多数中国老百姓没有修身、收腰的概念，很难做出合体的裤子。直至西方服饰传入中国之后，我们的西裤设计才有了前后片之分。

缅裆裤没有裤兜，因为那时的人没有那么多鸡零狗碎的物件要带在身上；前开门或是侧开门也是没有的，男人们想要尿尿，得把裤子使劲往下褪才行。也有男人偷懒，小解时不解裤带，把裤子前方拉下，裤带仍勒着裤子的两侧和后部的上腰。小解毕把肚皮收缩，前端裤腰再拉入裤带。

腰带呢？也就是一根稍粗一点的布条。束腰时先把肥大的裤腰挽好，再用腰带勒紧，然后系上个活扣就行了。

这样的腰带用起来自然很不方便。"方便"时为了避免掉在地上，通常都是搭在脖子上的。唯一的好处是，如入农村男女通用的露天茅厕，只要把腰带搭在门旁的土墙上，即可警示里面有人。这样就能避免误闯误入造成的尴尬。

裤腰肥大是缅裆裤的传统风格。那么缅裆裤的裤腰到底能肥大到什么程度呢？听说裤腰可长及胳肢窝；至于裤腰有多肥，讲一个故事你就明白了：那时，得胜堡的社员们都是集体出工，一群人在一起干活时就免不了扯闲篇、开玩笑。一天，一个队长犯了众怒，几个社员悄悄地嘀咕了几句，突然间一起动手把他摁倒在地上。解开他的腰带、扯开他的裤腰、拧住胳膊让他上身前屈，强行把他的脑袋摁进裤裆，用腰带穿过腿弯把脖子和大腿紧紧地系在一起。再用别人贡献出来的一根腰带把这人的双手绑在身后，然后任由着这人挣扎叫喊，大家则是站在一旁拍手大笑。试想，要是裤裆小了能摁得进去吗？

穿缅裆裤还有一个好处就是逮起虱子来方便。在地里干活歇着的时候，如果跟前没有女人，你就看吧，准就有人耐不住虱子的骚扰，当众解开裤子逮虱子。那个年代虱子是大众宠物，每人身上都养着一大群，谁笑话谁！

那时，不管男女，穿缅裆裤都是直进直出，无人有内裤。讲究些的女人裆里缝块破布，经期完了可以拆洗一下。别看缅裆裤

"方便"时不方便，也穿不出形体美来，不过那也被咱们老祖宗们穿了数百年了。"运退黄金失色，时来顽铁生辉"，听说新版《红高粱》一火，缅裆裤也跟着火了，"九儿"同款网上卖到了上千元。不得不说，我们的祖先再一次引领了时尚。

后 记

中国的传统汉服，自古以来都是左襟叠盖在右襟之上，因为衣襟是朝右开，所以便称为"右衽"。这种穿衣方式的起源，当然为了方便惯用右手的人伸手入怀中取放随身物件。但既成正统之后，"右衽"便成为华夏文化"尊礼成服"的概念里一个基本象征"文明"的符号，可以用来识别"左衽"的胡人之邦。

而游牧民族则相反，游牧民族右襟叠盖在左襟之上的原因，是骑马的时候右手往往控制缰绳，左手来拿物品。昔日，你要区分游牧民族和汉族不要看长相，只看衣服穿着就可以了。

至于现代服装男子左襟叠右襟、女子右襟叠左襟的"男左女右"式穿法，据说是起源于中古时代的欧洲。西方男装衣服的纽扣，像东方一样，自古至今都开在胸前，所以把衣钮缝在右襟、把钮门开在左襟，方便右手扣上自己的衣衫。

红主腰

我的姥姥家在雁北得胜堡。昔日，那里即便家境殷实的人也没有像样的内衣，内衣就是一件无领无袖的红主腰。

这种类似坎肩的衣裳，用红布做面，白布做里子。除腰围是一整块外，上面还有两个"爪儿"从肩膀上搭过来扣在腰围上。红主腰的纽扣一般是用布缲的桃疙瘩，桃疙瘩也有用黄铜制的，上面还有好看的花纹。

红主腰式样独特，穿在身上紧裹腰身，有着很好的保温作用。大同有句民谚，叫作"腰里没棉，冻得可怜"，这个"棉"，指的就是棉主腰。只要穿上棉主腰，并把它束在裤腰里，全身也就暖和了。

从明清开始，红主腰就在雁北流行，至今已有几百年的历史。红主腰原本为妇人之物，后来才进入男装。民国时期的《临河县志》有《竹枝词》一首："砭骨朔风塞上高，毡裘重复尚轻飘。男儿学如妇人样，一律束装红主腰。"而腰里别着把镰刀，肩上扛着条扁担，身穿红主腰，腰上盘圈绳子，肩上搭条毛口袋，这是走西口的雁北人最典型的打扮。镰刀是打短工帮人家收莜麦的工具；扁担的一头大都镶着锋利的铁制尖尖，不仅能打狗打狼防身，过黄河时不小心掉进冰窟窿还能用它撑起来；红主腰里藏着可怜兮兮的一点盘缠；毛口袋的作用就大啦，刮风下雨套在头上防雨保温，晚上露宿荒野就钻进口袋里睡觉。

在得胜堡，大多数人家，红主腰入冬前要絮上棉花；入夏前再把棉花掏出来。棉改夹、夹改棉的过程，只好赤肚皮等待。在得胜堡，即便是寒冬腊月天那些赶马车的，也都贴身穿一件红主腰，扎一条红裤带，腰上拴着皮烟袋、插着铜烟袋锅子。外穿一件白茬子皮袄，感到热时，干脆敞开怀，真是一道独特的风景。

红主腰、红裤带、红鞋垫，也是大同下井矿工的特有包装，也是煤矿特色。在井口，在更衣的人群里，红主腰紧紧贴着胸；红腰带别有情趣地藏掖着；红鞋垫子脚踩着，粗粗拉拉的矿工们内里花儿朵朵。其实那是矿工与矿山女人们心灵深处的一种期盼，平安在里头，她们的幸福也在里头。

雁北给儿童过一周岁生日，要宴请亲朋。姥爷、姥姥、舅舅、妗妗必到。民间除了要举行"抓周"仪式，还要给体弱多病的小孩，找长寿之人认干爹、干妈。由干亲给小孩戴红线锁，以求人丁兴旺。生日的前一天称"寿日"，早上要熬红豆粥，中午吃长寿面，还要给小孩穿一件红面白里的红主腰子。大同有乡俗"七开心，八补裆"。"七开心"就是七岁才开始穿红主腰，"八补裆"就是八岁才能穿上补裆裤子。年幼的得胜堡娃娃，冬天的黑棉袄里裹的就是一个瘦骨嶙峋的身子。空心棉袄四处进风，解决透风的办法只有扎住进风的袖口、裤口，切断寒风侵入普遍使用的办法是腰间系根草绳。

"腰上没棉，冻个圈圈"是老年人劝导年轻人穿棉腰子的话。"圈圈"指的是没穿棉腰子，被冻得搂着肚子、弯着腰的模样。我是在棉腰子的温暖中长大的，自然不晓得没有棉腰子穿的那种寒冷。

记得儿时的冬季，最难受的是早晨穿衣服的时候。那时家里的火炉子，一到后半夜就灭了，早晨起来时，寒冷彻骨。我还缩在被窝里时，母亲就已把棉腰子放在炕席与褥子的夹层处预热，等我一钻出被窝就能穿上，免得受凉。

有时，母亲早早起来就把炉子生着了，我睁开惺忪的睡眼，总能迷迷糊糊地看见母亲手里拎着棉腰子，在炉边儿来来回回地烤着。热乎乎的棉腰子上身，那种暖，从皮肉一直流淌进心窝里。

大同人有守岁的习俗，即在旧历年除夕夜不能睡觉，倘若想睡，一定要穿上红主腰。若脱了红主腰睡觉，人的灵魂就会在除夕夜走掉，很可怕也很神奇。儿时除夕夜，我从来没有熬到天明就睡去了，而且睡时脱得精光，不着寸缕，却一直没有丧魂落魄过。上了年纪的人，在过年换新衣裳时，先要将红面白里的红主腰在旺火上烤热，再回屋里穿在身上，以求旺气随身。

红主腰还有一个特殊功用，在民间认为可避邪消灾。某个人若逢本命年或逢九年，当年的流年运气于己不利，穿一个红主腰便可逢凶化吉。这可能是火崇拜的一种流变。

后 记

据专家考证，早在先秦时期，人们便使用两根带子绑两块布在身上，不仅限于女子，男人也穿。当时称这种衣服为"膺"，这个字意思就是胸部，暗喻遮住胸部的衣服。屈原的《九章》中就有诗句："吾将纠思心以为纕兮，编愁苦以为膺！"

主腰由抹胸演变而来，抹胸是妇女胸间的贴身之衣，以方尺之布为之，紧束前胸，以防风寒内侵。"主腰"之称始于明代，"主"乃系扣的意思。其物自后向前围束，因可同时围系裙腰，故有主腰之称。主腰与抹胸的区别在于，抹胸仅有前片，而主腰则有完整后片了。清代的抹胸有两种款式，一种是短小贴身的，缚于胸腹之间，俗称"肚兜"。另一种是束于腰腹之间的，称为"抹胸肚"。《清稗类钞》记载："抹胸，胸间小衣也，一名抹腹，又名抹肚。"其外形与背心相似，将所有襟带系紧后形成明显的收腰，可见那时的女子已深谙凸现身材之道。

又据专家考证，"主腰"原作"麈腰"。元代曾瑞著有《麈腰》散曲，云："千古风流旖旎，束纤腰偏称襄王意。翠盘中妃后逞娇娆，舞春风杨柳依依。喜则喜，深兜玉腹，浅露酥胸，拘束得宫腰细。一幅锦或挑或绣，金妆锦砌，翠绕珠围。卧铺绣褥酿春光，睡展香衾暗花溪。粉汗香袭，被底无双，怀中第一。"

袜板子

二十世纪五六十年代，得胜堡家家炕头上都有一个针线笸箩，虽然不大，但里面少不了袜板子。记得妗妗一闲下，手里便拿着破袜子，把针线笸箩拽过来，在里面翻腾。闲时，常有邻居女人也拿着袜板子过来，一边拉呱，一边补袜子。

那时，不管是城里人还是乡里人，鲜有人没穿过带补丁的袜子。一双袜子会反反复复地补了穿、穿了补，直到无法缝缀为止。那时民风淳朴，穿带补丁的袜子似乎并不丢人，不似眼下，竞相以奢侈为荣。记得很多儿时的玩伴，从小到大就没穿过袜子，赤脚度过了童年和少年时代，现在的年轻人无法想象。

补袜子离不开袜板子，袜板子是"补袜神器"。那时三乡五里之内，就有专门做袜板子的木匠。因为这种袜板子是用一整块木头砍的，所以雁北人称之为袜楦子，叫这种木匠为砍楦头的。曾有人把袜楦子认成鞋楦子，是一种无知，因为这样的整体楦头是无法打进鞋里去的。真正的鞋楦子是分段的，前后摆好，中间用楔子楔紧。

有时，走乡串户的小商贩的货郎担里也有袜板子，但他们卖的袜板子构造简单，巧手的村妇自己也可以制作：用一块质轻而又稍厚的木板，削成足形，用碎玻璃将底部及边缘的毛刺刮光，再在后跟处钉一个寸把高的半圆形木块，在足尖与木块之间连一根窄木条作为支撑，就算做成了。这种袜板子侧看就似一个直角三角形，有点简陋，远不如匠人做出来的讲究。因为袜子不分左右脚，所以袜板子是直的，俗称直底。

不论穿啥样的鞋，袜子的趾尖和后跟处总是先破，此时就只好缝补了。缝补时将袜子套在袜板上，就像被一只脚给撑着，袜子的边边角角会变得特别服帖。这样针线就能行走自如，打上的补丁既平整又挺括。

袜板子还可以用来绱袜底子，绱了底的洋袜子更经久耐用。绱袜底之前，先将新买来的洋袜子铺在桌子上抹舒整，用剪刀对着袜底子中间的折痕剪开。但是，袜底前后两头须留寸把长不得剪开，然后将袜板子伸进袜筒子里到袜底。破开的袜底中缝必须对着袜板的中间，不歪不斜，用布条子在袜板子的后跟上面扎紧，不得上下乱动。将缝好的袜底子从剪开处伸进去铺在袜板子的上面抹平，再将破开的袜底子四周向里折叠平整。用针线将袜子折叠的底边缝到袜底子上后，再用蓝布剪成两块半圆形，一块缝在袜头子上面，防止脚趾甲顶破袜头子；另一块缝在袜子的后跟处，起到耐磨的作用。

这样一来，洋袜子就有"铜帮铁底"，跟老式的布袜子一样皮实耐穿了，但从鞋外面看，还是跟线袜子一样美观"洋气"。中国的妇女呀，也真是费尽苦心了。儿时，我经常在煤油灯下看姈姈补袜子，每当我看到姈姈用剪子往开豁新袜子时，总想心疼地阻止，姈姈看着我慈祥地笑着，但却毫不手软地将袜子豁开。

尼龙袜是六十年代中期才有的。尼龙袜最大的特点是结实，但因价格昂贵，很少有人穿得起。后来随着我国化工业的发展，尼龙袜日渐普及，袜板子才退出了历史的舞台。

其实尼龙袜并不值得留恋。尽管它弹性很好，但透气性极差，穿在脚上并不舒服。然而在那个贫瘠的时代，仅仅因为结实，便成了人们神往的珍品。而尽管小心翼翼地穿，它也会有破的一天。先是足跟薄了，藕断丝连，而后就漏了，袜板就派上了用场。

我的第一双尼龙袜始于 1960 年，那是母亲给我的生日礼物。刚穿了一天，我就洗了它，洗完就放在炉边的凳子上烘烤。也许离炉壁太近了，一不小心让炉火把袜子烧了个洞，我急忙用手去灭火，结果手指让融化的尼龙烫了个泡，母亲心疼地捧着我的小手，一直用嘴吹。

那天晚上，母亲坐在昏暗的灯下，一边给我讲她小时候跟姥姥学绣花的故事，一边用五色线给我织补袜子上的洞。母亲的手真是巧极了，她竟然在小洞上绣了一朵小花，不但让烧破了的袜子跟新的一样，而且变得更美丽了。

不知多少次，我在睡梦中，依稀看见母亲正在灯下给我补袜子！蓦然惊醒后，心狂跳不已，再无法安睡。

每只袜板，都套过无数双袜子，慰藉过无数颗叹息着的心灵。每只袜板的后跟，都挤满了密密麻麻的针眼，一个个深深浅浅的样子，像一只只忧郁的眼睛，里面藏着如豆的煤油灯光，还有糊满麻纸的窗棂。

灯芯绒

灯芯绒是表面形成纵向绒条的纺织物，由绒组织和地组织两部分组成，通过割绒、刷绒等加工处理后，织物表面呈现灯芯状明显隆起的绒条，因而得名。

灯芯绒的英文"corduroy"来源于法语"corde du roi"，意思是"国王的绳子"，路易十四时期，外出狩猎的贵族们会选择灯芯绒材质的服饰，灯芯绒在那个时期是只有皇室贵族才能享用的。1494年前后，灯芯绒甚至和黄金平起平坐。几百年后，制造商做出了平价的灯芯绒，用来制作工装。在工业革命时期，曼彻斯特成为纺织工业中心，所以当时的平价灯芯绒也被称作"曼彻斯特灯芯绒"，自此灯芯绒才得到普及。灯芯绒最早是用丝绸制作的，它作为一种奢华昂贵的面料流行于英国和法国，后来因为棉质灯芯绒的耐用性让它在美国成了非常普遍的成衣面料。

自从二十世纪五十年代起，穿灯芯绒在我国就开始流行，无论阶层与年龄几何，每个人都身穿灯芯绒出堂入室。进入六十年代，灯芯绒彻底成为时尚的标识。

五十年代，雁北农民穿着以土布为主。灯芯绒在他们眼里属于高档布料，婚嫁时才敢置办。那时的灯芯绒，是得胜堡闺女们理想的衣料，村里买不到，必须要下大同去买。因此她们常说："能有灯芯绒，就是好老公。"

那时，雁北农村一进腊月就掀起婚嫁高潮。村民趁着过大年有点荤腥，赶紧娶媳妇聘闺女。那些天，在人烟稀少的乡间小路上常出现迎亲队伍。每当有迎亲队伍出现在村头，村民都要冒着严寒，从头看到尾。尤其腊月二十八，一片唢呐声在遥远的山川回荡。新娘骑在毛驴上，穿着碧绿的灯芯绒裤子与鲜红的灯芯绒对襟上衣，在雪地中夺目生辉。

雁北出美女，新娘大多不高不矮、不胖不瘦，齿白唇红、杏面桃腮。乌黑的秀发拢成一根大辫，与那一身鲜艳的灯芯绒衣裳相映成趣。摇魂动魄，引来一片赞叹之声。

我对灯芯绒的记忆始于童年。印象中的它既厚实又温暖，穿在身上总要忍不住用手来回摩挲它柔软的毛绒。虽然它比不上呢料丝绸豪华典雅，但它可以为你献上最质朴的温暖。早春或初秋，乍暖还寒的时候，灯芯绒是最好的选择。

如果说有什么衣裳能让人联想起母亲的慈爱、父亲的关怀，那就是小时候穿的灯芯绒了。母亲一针一线缝制的灯芯绒衣裳，哥哥穿过，弟弟可以穿；姐姐穿过，妹妹也可以接着穿。灯芯绒结实、禁脏，尽管许多人穿过，也不会显得陈旧。除了撕破挂烂，把条绒磨平是不可能的事情。

我穿的第一件灯芯绒衣服是新做的，但布料却是旧的。是用母亲穿过的灯芯绒上衣改的，就这也足以让我开心无比。记得我兴奋地把棉衣脱了下来，一下子抛到身后，新衣穿在光溜溜的身上很合身。我左看右看，用手摸着毛茸茸的面料，心花怒放。

记得得胜堡舅舅家对门院有一位大脚奶奶，她也有一件紫红色的灯芯绒罩衣。这罩衣看上去很新，颜色也算得上鲜艳。但你如果仔细观察就会发现，袖口和领口已经有些磨损。大脚奶奶这么大的年龄穿带颜色的衣服，似乎显得有些不伦不类，但那是她的行头。那些年大脚奶奶一直是得胜堡社火队的主角，她演丑角时，根本不用化妆，手在锅底抓上一把黑往脸上一抹即成了"疯婆子"，在社火队前扭来舞去地惹人大笑。

大脚奶奶的这件灯芯绒罩衣是她出聘时的嫁妆。在五六十年代里，那是得胜堡最显眼的衣裳。她平时从来舍不得穿，只有在耍社火时才穿。因此十几年了，仍然整洁如新。大脚奶奶是土改那年作为一个寡妇嫁到得胜堡的，据说她年轻时颇有些姿色。大脚奶奶紫红色的灯芯绒衣裳给村民的生活添光溢彩，也在我孩童的记忆里留下了欢乐的印象。

我至今仍清晰地记得大脚奶奶从紫红色的衣服里掏出一把洋糖，给我们孩子每人一颗，她自己嘴里也含了一颗。她一边吸吮着洋糖的味道，一边给我们扭秧歌。她猫着腰往前走两步，又后退两步；再往前走两步，又接着后退两步，手在头顶上乱舞，一边扭一边还要柔声柔气地唱着山曲。

八十年代，城里人基本不穿灯芯绒了，农民却还认为灯芯绒是高级衣料。那时城里流行一个顺口溜："老农进城，一身条绒。没有裤带，扎根麻绳。先进饭馆，后进联营。看场电影，不知啥名。看了球赛，不懂谁赢。挨个电炮，不知哪疼。钱不花光，誓不出城。"虽然对农民极尽调侃，但首句说的就是灯芯绒，可见那个时候灯芯绒在人们心中的分量。

我喜爱灯芯绒的平民性。它虽然不属于阳春白雪，但富人穿它不会掉价，穷人穿它也能增色。就像一餐粗茶淡饭，虽然不怎么能吸引眼球，勾动味蕾，却因为于身于心都多有裨益而使人们钟情。人不会总是在巅峰上风光，云淡风轻的日子，才是我们的归宿。

灯芯绒给人一种说不清道不明的怀旧之感。在五彩缤纷、绚丽多姿的华衣美服的面前，它不但不会黯然失色，反而会使你格外安详妥帖、风采独具。普通面料的西裤很难打理，好不容易熨烫整齐，坐下来才一会又皱得不成样子。休闲的灯芯绒却不挑剔也不做作，任你怎么折腾它都温柔包容。灯芯绒是低调的，它宁静而安详，象征着平和与简约。能把灯芯绒穿出品位的人，才是真正儒雅的人。如今，灯芯绒这种经久不衰的元素终于又回到了时尚舞台，喜欢怀旧的人千万不要错过。

塞北风味

归化城的烧卖

烧卖在中国土生土长，历史相当悠久。最早的史料，元代高丽（今朝鲜）出版的汉语教科书《朴通事》上，就有元大都（今北京）出售"素酸馅稍麦"的记载。该书关于"稍麦"的注说是："以麦面做成薄片包肉蒸熟，与汤食之，方言谓之稍麦，麦亦做卖。"又云："皮薄肉实切碎肉，当顶撮细似线稍系，故曰稍麦。"如果把这里"稍麦"的制法和今天的烧卖作一番比较，可知两者是同一样东西。

到了明清时代，"稍麦"一词虽仍沿用，但"烧卖""烧麦"的名称也出现了，并且以"烧卖"出现得更为频繁些。如《儒林外史》第十回："席上上了两盘点心，一盘猪肉心的烧卖，一盘鹅油白糖蒸的饺儿。"烧卖至今有人写作"稍麦"，是沿用明代的写法。北方麦子在四五月间，麦梢有一层白霜，而稍麦在制作收口处，也有好似白霜的淀粉。乾隆年间，有位叫杨米仁的诗人在《都门竹枝词》中就有"稍麦馄饨列满盘，新添挂粉好汤圆"的诗句。

归化城烧卖是用特制的擀面锤（烧卖锤）把和好、揉透的面，垫上土豆粉擀成极薄的荷叶皮。然后用新鲜羊肉切粒配葱姜等作料拌成馅，再勾以熟淀粉，成为干湿适度，红白绿相间，香味扑鼻的烧卖馅。把馅放在烧卖皮里轻轻捏成石榴状，上笼蒸七至十分钟即熟。烧卖出笼，顿时鲜香四溢。观其形，晶莹透明；食其味，清香爽口。皮薄如蝉翼、柔韧而不破，用筷子夹起来，垂垂如细囊；置于盘中，团团如小饼。

据《绥远通志稿》载："惟市内所售捎卖一种，则为食品中之特色，因茶肆附带卖之，俗语谓'附带'为捎，故称捎卖。且归化城捎卖，自昔驰名远近。外县或外埠亦有仿制以为业者。而风味稍逊矣。"可见早年归化城的烧卖，都是在茶馆里出售。食客一边喝着浓浓的砖茶，一边就着热腾腾的烧卖，天南地北地海聊，那浓郁的香气久久飘荡在茶肆之间。

又据民间传说，烧卖真正的起源就在清朝的归化城，即现在的呼和浩特。明末清初时，归化城大召附近，有哥俩以卖包子为生，后来哥哥娶妻，嫂嫂要求分家。包子店归哥嫂，弟弟在店里打工包包子，只管吃住，并无收入。再后来，哥哥为了弟弟今后成家，同意弟弟做些薄皮开口的"包子"，捎着来卖，卖包子的钱给哥哥，卖开口的"包子"的钱由弟弟积攒起来。没想到这个不像包子的包子卖得很火，干脆取名捎卖，后来名称演变，向南传播就改叫烧卖了。

可见烧卖属于市井小吃，不登大雅之堂。那时，归化城的烧卖馆系塞外茶楼，茶楼不同于饭店，二者大相径庭。那时的麦香村、凤临阁、汇丰轩，都是几进院落，楼阁巍峨。大馆子只包办酒席，不经营早餐。现在呼和浩特大饭店都经营烧卖，而且价格奇高，是与茶馆争利，夺别人的饭碗。

昔日大西街德兴源、大召前沁春园的烧卖都很好；旧城北门外清真寺南二十米左右有一家同和轩的烧卖也挺出名。现在德兴源没了，沁春园更名庆春园。

由于呼和浩特的羊肉又肥又嫩还没有异味，做出来的烧卖无与伦比，于是羊肉大葱馅烧卖成为烧卖的一统天下，且具有极强的排他性。呼市烧卖最为有名，尤以清真馆子为正宗。经数代人的潜心钻研，呼和浩特制作烧卖的匠人已练就高超技艺。因皮薄如纸，呼市的烧卖一两面可以做出八个，但到了包头，一两就只有六个——功力不逮，皮厚了！

呼市包头近在咫尺，烧卖都有很大的变化，外地的烧卖更是令人无法恭维了：皮厚如城墙，肉干如废蛋，凡是吃过呼和浩特烧卖的人，别处的烧卖都无法下口。因此，你不承认传统的力量是不行的。

烧卖因为拌馅时掺入淀粉，吃多了不易消化，因此一般人早餐时有一两足够，超过二两，午饭就吃不进去了。如今烧卖馆遍及呼和浩特。清晨，目睹老大爷、老大娘们一壶砖茶、一两烧卖，点上一支烟谈古论今，有说不出的轻松和惬意。谁说塞外没有博大精深的地域文化呢？

后 记

关于烧卖还有一个说法，烧麦传到山东、浙江、安徽、广东等地后，因"麦"与"卖"发音相谐，"麦"便成了"卖"。也有人说，因为北京的烧麦大都是早晨卖得多，早晨称"晓"，故而得名"晓卖"，南方人"晓"和"烧"发音相近，后来便成了"烧卖"。

《资治通鉴》卷二百一十六《唐纪》二十三中，记载唐明皇李隆基宠爱"胡儿"安禄山的情景时写道："上（指李隆基）每食一物稍美，或后苑校猎获鲜禽，辄遣中史走马赐之（送给安禄山）……"这里的"稍美"当然不是烧卖，而是有与其他食物比较而言更好更美味的意思。因此，我想内蒙古至今有人将烧卖称为稍美，不知是否也有这样的含义。

荞面拿糕

荞麦起源于我国，是一种古老的粮食作物，早在公元前五世纪的《神农书》中已有记载。荞麦因生产期短，多在主作物收获后，作为补种，既增加产量，又便于与其他作物轮作换茬。《天工开物》说"凡荞麦南方必刈稻，北方必刈菽稷而后种"。

荞麦的营养价值极高，不说维生素及微量元素，仅氨基酸就有二十余种，还含有丰富的膳食纤维，含量是一般精制大米的十倍。

荞麦在雁北有多年的种植历史，一到秋天，雁北高原丘陵上一垄垄的荞麦遍开白花，非常好看。白花下吊着一串串三棱形的颗粒，风吹来，瑟瑟抖动，那就是荞麦粒。这样的形状很特殊，晋西北民歌就有"三十三颗荞麦九十九道棱，妹妹是哥哥心上的人"的唱词。

我喜食荞面，和荞面有不解之缘。记得从小母亲就经常给我搅荞面拿糕吃，凉汤滋润，碗端在手上，拿糕吃在嘴里，爽在心头，甜在心坎。那时的美味、那时的情景、那时的心境，用多少语言也难以描述。

在内蒙古西部或雁北，鲜有没吃过拿糕的人。做拿糕的过程叫打拿糕，"打"是动词，在西部方言里有"圪搅"的意思。打拿糕有"三加水，一浇油"的说法，所以说做好这道吃食是不易的。

打拿糕首先要把水烧开，然后一只手攥一把荞面薄薄地撒，另一只手紧握四根筷子顺时针或逆时针不停地搅，直到把撒进锅里的荞面搅成固体为止；搅成固体后，用铁匙把拿糕划成数块，倒入适量的开水，盖上锅盖用水焖上一阵，待锅内的水蒸发干净，拿糕块里外彻底熟透，然后揭锅再使劲搅上一气；再次划块、倒开水、煮面块、圪搅。此时，铁锅里便出现了一团软溜筋道、滑顺可口的"三水拿糕"了。最后用铁匙铲几下锅底，往锅底浇一股胡麻油，拿糕就算大功告成。胡麻油当然也可以不倒，但还是倒些好，因为这样拿糕就不粘锅了。此时，拿糕的香味已经充溢了整个房间，把受苦人的食欲诱发得淋漓尽致。

坐在乡间的热炕头上，主人给你盛上半碗盐汤，铲上半铁匙拿糕，热拿糕入凉汤，"吱"的一声，有点铁板牛柳的意思。刚出锅的拿糕，可不能着急着吃。那年，有位南方干部来得胜堡参观，队里特意用荞面拿糕来招待他。岂知这位仁兄从未见过此物，慌忙中夹起一大块拿糕未蘸盐汤便囫囵吞下。顿时喉咙如同火灼，咽不是咽、吐不是吐，情急之中急高蹦低地直喊救命。他缓过来后说："这叫什么饭了，真是整死人！"

原来拿糕不能趁热吃。刚搅好的拿糕上桌，食用时不能夹得块过大，需用嘴吹吹，温度下降后再蘸盐汤入口。那位南方人不知此物的厉害，惨状终生难忘。

二十世纪五六十年代，城市居民的粮食定量每月二十七斤。百分之七八十是粗粮，主要是玉米面，其次是小米和荞面，白面极少。那时，大多数人家，天天吃玉米面窝头，吃得很腻歪，胃里直涌酸水。当时又没啥好菜，土豆白菜大烩菜，油水极少，母亲偶尔给我们搅一顿拿糕，也算一种享受。绵软、筋道的拿糕，让人终生难忘。

拿糕说到底还是荞面的好吃。但在七十年代，荞面都出口日本了，人们无奈，只好用玉米面来代替。玉米面没有黏性，搅拿糕时必须要加蒿籽，不加蒿籽的拿糕发酥，没法吃。

其实用玉米面搅拿糕是日哄肚皮的一种办法。记得那时有一种说法，叫"一三五窝窝头、二四六钢丝面、星期天改善生活打拿糕"。

吃拿糕是很有讲究的，首先盐汤要好。夏天，将黄瓜、水萝卜切成细丝，蒜切末，香菜切段。把切好的食材放盆里，蒜末放黄瓜上面。热锅倒入适量的胡麻油，油热，放几粒花椒，扎蒙花、葱花少许，待花椒微黑的时候关火倒入盆里的蒜末上炝出香味。然后再加陈醋、食盐、凉开水拌匀，就是一道香味扑鼻的盐汤了。如果喜欢吃辣的，再用油炝点干辣椒，由个人取用。

冬季没有时令新鲜菜蔬，一般就用烂腌菜汤来配制。用胡麻油炸几粒花椒，炝点扎蒙花、葱花、干辣椒，即可用拿糕来蘸着吃了。

拿糕还有另一种吃法，那就是做碗坨。碗坨一般只在夏天，尤其是伏天时食用。做碗坨的拿糕制作时稍微精细一些，拿糕搅到不再加面之后，要稍微勾兑一些淀粉水，以此增强拿糕的黏结度。拿糕搅熟后，盛到大碗里，等到彻底凉透后，切条，拌了油盐酱醋，如同凉粉一般好吃。

陕西的小吃里有种搅团，有人叫"老搅"，虽叫法不同，却是拿糕的近亲。陕西的搅团又叫水围城，据他们说这道饭食是诸葛亮发明的，但不得详考。

九十年代末我在咸阳学习时，吃过一回当地主妇做的搅团。搅团的基本做法和我说的拿糕相同，搅一阵小歇时，舀一勺向空中一提，欻地，在气雾中就会看到一条溜滑溜滑的蛇线穿雾直下。在旁观者的感觉中，那"蛇线"好似一种劳动成果的展示，而实际上呢，那只是妇人在试看搅团的软硬。只有软硬稀稠合适，这搅团才越搅越光、越搅越筋道。

听当地人说，他们那里看谁家娶的媳妇贤不贤惠，主要看她打的搅团光不光或筋道不筋道。陕西的搅团以玉米面搅团最为常见，兼有荞面搅团、杂面搅团等多种形式。

拿糕是生活贫困时的家常饭，现在除非怀旧，一般人家都不再吃了。前几天我突发奇想，想重温一下荞面拿糕的味道，于是从塔东菜市场买了一斤烂腌菜、二斤荞面，又买了一小包扎蒙花，兴冲冲地回家搅拿糕吃。幸得妻子的老家在土右旗沙尔沁，从小对拿糕司空见惯，做起来得心应手。那顿拿糕吃得我大汗淋漓，浑身舒畅，不由得想喊：荞面拿糕万岁！

饸饹面古今谈

荞面饸饹（古称河漏）这种美味食品，有着悠久的历史，早在1500多年前就是北方的一种大众化食品。元代农学家王祯在《农书·荞麦》中有记载："北方山后，诸郡多种，治去皮壳，磨而为面……或作汤饼，谓之河漏。"明代医学家李时珍在《本草纲目》中写道："荞麦南北皆有，立秋前后下种，八九月收割……磨而为面，作煎饼，配蒜食，或作汤饼，谓之河漏，以供常食，滑细如粉。"所谓"汤饼"，就是如今的面条，可见，李时珍是熟知荞面河漏这种面食的。到了清代，有关饸饹的记载就更多了。如清代文献《黑龙江外记》《尔雅谷名考》等，对河漏都作了较为详细的叙述。就连清代乾隆皇帝每次去围场狩猎，途经一百家子时，都要吃这里的白面、荞面饸饹，而且还特地传旨，调承德一百家子的厨师进宫，专到御膳房为皇帝和后宫皇妃们压饸饹吃。

不过，用来做荞面饸饹的荞麦一向名列五谷之外，属于杂粮。因此，许多显贵看不上荞麦，甚至对其存有偏见。但荞面饸饹是典型的北方面食，在雁北及内蒙古西部的城乡非常普及，从古至今常年都有小贩制售。在民间，几乎为家家户户一年四季必食之品；在农村办红白喜事，老人寿诞或小孩满月，节日待客，特别是赶交流、唱大戏都要吃饸饹。儿时家里最好的吃食就数饸饹面了，吃饸饹面的日子就是我们的盛大节日。早晨，母亲就把面和好了，放在炕头饧着。饸饹面的软硬很有说道，一定要揉到饧好，硬了压不动，软了捞起来都是圪节节，没法吃。

吃饸饹面要有好浇头，羊肉臊子为最好，猪肉小煎肉也行。如果打卤，再搁点蘑菇、木耳、黄花那就更好啦。我还喜欢用炸酱拌起来吃，味道也不错。下岗职工，吃低保的人家，浇上酸菜豆腐卤子，配上小泡菜，也很顺口。

压饸饹的工具，俗称饸饹床子。小的不足二尺，大的可横跨最大的铁锅。床身用粗壮而弯曲的硬杂木料制成，前后双腿，中间挖一个圆洞，下面镶一块布满小孔的铁皮。与床身平行有一臂干，臂干也必须是优质的硬杂木，硬度及柔韧性极强且不裂不朽。臂干上带一个木芯，使之可以像活塞似的上下运动。

将饸饹床置于锅上，紧拉风箱，滚汤百沸时，将饧好的面团塞满圆洞、木芯置于洞口，再将臂干用力压下，面条便从小孔落入锅中。待面条煮熟捞入碗中，浇上各种卤汁，即可食用。

我在老家见过木匠制作饸饹床子。饸饹床的骨架一般木匠都能做，关键是那个圆孔和那个木芯（或曰"杵棒"），过去只能手工加工。用凿子和木锉，细心地凿，精心地锉，还要用砂纸一遍遍地打磨。有的饸饹床特别精致，可算得上一件传家宝了。

我家的那个饸饹床子估计有一百多年的历史了，底子是铜的。依稀记得，每次吃完饸饹面的下午，姥姥戴着老花镜，迎着阳婆，用大针细心地清理饸饹床的铜底子，便于下次使用。

自从农村合作化，得胜堡的饸饹床子也成了公共财产，大约十几户合用一台。谁家用时要从上家搬，光使不送，往复循回。

但有一规矩，谁家用完后，一定要清理干净，以免剩面干在里面，下家不好用。如果谁家不自觉，第二天下地时，就会受到众人的谴责。再有各家用完后不得锁在屋里，通常放在屋外的窗台上，以免下家用时拿不到。经过长时间的磨合，慢慢成为一种自然、和谐、约定俗成的规矩了。

昔日饭馆里的荞面饸饹，荞面要用淋过石灰的水来和，为的是筋道。石灰水的化学成分是碳酸氢钙溶液，也就是我们熟知的小苏打水。家庭吃荞面饸饹也可掺榆皮面，否则荞面无法成形。我在姥姥家，曾经和舅舅们去剥过榆皮。剥榆皮首先要将外表那层老树皮用镰刀或刮刀除去。上好的榆皮出在壮年榆树，树过老或过小，榆皮的质量和黏度都不够。剥下来的榆皮要切碎晾干，干后用碾子碾成面。有了榆皮面，玉米面也能压饸饹了。听舅舅说，用榆树根磨出来的榆皮面又白又黏，压出来的饸饹成色也要好得多。不过和面时一定要注意榆皮面的比例，榆皮面多了条子滑而无味，不易消化；榆皮面少了吃起来糟了吧唧，一拌就都成了圪节节，失去了吃"饸饹"的感觉。

饸饹适应性强，人多人少都能应酬。人少甭说，多到百八十人也行。不过我很久不在家里吃饸饹了，因为街上的饸饹馆到处都是。

荞面㧎饼

荞面"㧎（音 chuā）饼"是雁北独有的一种用荞面做成的快餐食品，其制作过程如下：先在盆中放入荞麦面粉、盐、葱花，然后添水搅成糊状。面糊的稀稠很重要，搅面糊时要慢慢地添水，面糊太稠不容易摊开，太稀则流动过快不好成形。然后在㧎饼鏊子上刷油，待油热后，用勺子将面糊舀入锅中，只听"㧎"的一声，面糊流向四周，然后急速用锅铲摊薄、摊匀，摊成圆形。最后盖好锅盖，待熟后翻面，对叠装盘。

"㧎"为象声词，因面糊进入热锅时，水珠汽化激变，使热锅急速降温，而发出的短促而响亮的声音。

刚出锅的㧎饼，既薄且软，香气扑鼻。趁热咬一口，沁人心脾。如果再就几口自家腌的烂腌菜，喝几口小米稀粥，那就美不胜收了。

㧎饼非常好吃，虽与山东煎饼同宗，但较煎饼口感更好些。

为何摊㧎饼时需要在鏊子上刷点油？道理很简单，因为没油的话，面糊粘在鏊子上，随着大火的烧烤，就揭不下来了。

儿时，母亲经常给我们摊㧎饼吃。尤其 1963 年秋天，武川县遭了灾，除了荞麦，补种甚都来不及了。那年冬天，粮站的供应粮以荞面为主。也许南方人不适应，北方人却喜形于色，非常振奋，因为那比玉米面顺口多了。

荞面除了推圪团、搅拿糕、擀条条、压饸饹，摊欸饼也是最好的选择。母亲是一个极度节俭的人，平时炒菜都不舍得放油，摊欸饼时，更加吝啬。她经常因不舍得放油，面糊粘在鏊子上。此时灶镬里的火还在烧着，面糊发出焦煳难闻的气味，母亲不得不用铲子将这张坏了的欸饼戗下来。

虽然欸饼糊了，可站在灶边的我和妹妹们早已经等不及了，将母亲戗下来的碎欸饼用手抓着就往嘴里塞。咬一口，嘴被烫着了，也不舍得吐出来。母亲生气地骂我们都是饿死鬼转世。

如果天气不好，淫雨霏霏，柴仓里柴禾便是湿的。湿柴禾燃烧起来，家里就会烟熏雾罩。母亲眼被烟熏红了，嗓子干咳不已，烙出的欸饼也有一股糊味。此时母亲会很烦躁，将鏊子弄得唰唰响，我们也低眉顺眼，不敢作乱。

得胜堡人摊欸饼，喜欢用荞麦圪糁子。所谓荞麦圪糁子，就是虽然经过石磨，却未过箩的荞面半成品。这样的荞麦圪糁子，要在清水中浸泡十几分钟，然后用手在案板上反复使劲地揉搓，直到比较松软时，再兑水、过箩，即成为荞面糊糊。

摊欸饼时，先用柴火把鏊子烧热，再用少许油擦一下鏊子，就可以摊了。擦油既可去掉鏊子上的杂物，也使熟了的欸饼容易与鏊子分离。将荞面糊糊舀到鏊子上，然后再用小铲子来回刮薄、抹匀。等欸饼熟了，用锅铲沿边一戗，一张欸饼就摊成了。

据史料记载，明代大同为九边重镇。边墙、边堡不断增筑，驻军人数不断增加，隆庆年间兵马多达十三万人以上。千军万马屯集于大同，烽火狼烟搅得天昏地暗。

据传，一次戍边将士被围在御河边，锅灶尽失，饥饿困乏，又不能造饭。伙夫便以水和面粉为浆，将铜锣置于火上，用竹片将米浆摊平，摊出香喷喷的欸饼。将士食后士气大振，杀出重围。大同人目睹后也习得此法，但铜锣昂贵，且易开裂，人们遂用铁铸成锣状的欸饼鏊，从此欸饼在雁北大地上流传……

不才喜吃荞面欸饼，但从不敢与人言，以为此物乃走卒贩夫、引车卖浆者之流的粗鄙饮食。好久没吃家乡的欸饼了。现在城里人摊欸饼用的都是电饼铛，虽然省力，受热均匀，效率也高，但因为没有烟火气，总感觉不如柴灶上摊出来的好吃。啥时还能吃上几张家乡的柴禾欸饼呢？我常常痴想。

后 记

煎饼与欸饼同祖同宗，因操作方法、面糊的稠稀程度不同，摊煎饼时不会发出"欸"声。

鏊子是摊煎饼的专用工具，《康熙字典》有"鏊"字条；《朝野佥载》中有"熟鏊上猢狲"语，可知煎饼历史之悠久。

在甘肃嘉峪关发现一批魏晋时代的墓葬，出土大量彩绘砖画，很多画面都表现了当时的厨事活动，其中就有两幅摊煎饼的图像，有一位厨娘双手举起煎饼，似乎成色还不错。

南北朝时有一则煎饼入谜语的故事。北齐高祖皇帝以"卒律葛答"为谜面，让人们猜。卒律葛答可能是突厥语，译成汉语是前火食并。或说是汉字拆字而得这四字，"前火"和"食并"正好组成"煎饼"二字。

隋人的《述征记》说："北人以人日食煎饼于庭中，俗云薰天。"这话本自南朝梁宗懔《荆楚岁时记》的记述："北人此日食煎饼，于庭中作之，云薰天，未知所出。"此日指正月七日人日这一天。

《唐摭言》说：唐人段维"性嗜煎饼，尝为文会，一饼熟成一韵诗"。《唐六典》记述光禄寺备办百官膳食说："三月三日加煎饼。"《文昌杂录》

说："唐岁时节物，元日则有屠苏酒、五辛盘、胶牙饧，人日则有煎饼，上元则有丝笼。"

"补天穿"是惠州一个很古老的民间习俗，早在晋人王嘉的《拾遗记》中已有记载："江东俗号正月二十日为天穿日，以红缕系煎饼置屋上，谓之补天穿。"宋人李觏则有《正月二十日俗号天穿日以煎饼置屋上谓之补天感而为诗》："娲皇没后几多年，夏伏冬愆任自然。只有人间闲妇女，一枚煎饼补天穿。"此外，明杨慎的《词品》和清俞樾的《茶香室丛钞》，也都有着关于"补天穿"的记载。

荞面圪团儿与山药片片

一

荞面还有一种吃法,就是推圪团儿。荞面条条吃腻了,想改换一下胃口,推圪团儿也就成了首选。在家乡还流传着有关圪团儿的优美故事,故事说:宋仁宗在位时,整日价山珍海味吃腻了,总嫌饭菜不香。一天,厨师用鸡肉蘑菇作汤,把荞面做成圪团儿,成一道酥而不散,肥而不腻的荤饭。仁宗吃罢赞不绝口,命厨师每日做一顿。至今,家乡民谣还有"荞面圪团儿蘑菇汤,三天不吃想得慌"的说法。

圪团儿的名字来历不详,很可能是因为它中间有个窝窝,形状就像抱团儿吧。圪团的做法是,把和好的荞面稍微饧一下,然后把面搓成指头粗细的条条,再用拇指和食指在条上揪下一点面,用右手的拇指肚儿在左手的掌心里一推,就成了一个指甲盖大小的卷状物。巧媳妇们推出来的圪团儿个小,均匀,形美,很受人们的赞誉。现在,市场上也有机器挤出来的圪团儿,白面荞面的都有,死硬僵倔,远不如手工推出来的好吃。

圪团儿好吃,还要看臊子。荞面喜油,人们常说的"油荞面,素豆面"就是这个道理。最好吃的还是羊肉臊子,羊肉钻入或渗入圪团儿,一咬满嘴肉香,沁人心脾。因此信天游里说:"荞面圪团儿羊腥汤，死死活活相跟上。"

羊肉臊子荞面圪团儿，算是日常家居的上等好茶饭了，即便待客也算有档次的。如果臊子里再加点蘑菇、金针、木耳、豆腐、山药丁之类，那就是顶级的口味了。吃荞面圪团儿，有一味调料万不可缺，那就是油炸辣椒。辣椒首选托县辣椒，入口时，依个人口味，适量添加。当然也少不了陈醋，如果再有几瓣腊八蒜，食客就犹如活神仙了。

我还会唱一首关于荞面的爬山调，你听听美不美：

> 荞麦开花呀白瓣瓣，
> 做上一顿荞面给哥哥解个馋。
> 碎圪蛋蛋的圪团儿鸡肉汤，
> 哥哥你吃上一碗实难忘。
> 满坡坡荞麦花儿白朵朵，
> 你一想起荞面就想起妹妹我。

二

还有一道家常美食，估计多数人没吃过，那就是山药片片。山药片片的做法是这样的：先将焖熟的山药剥去皮，放在锅里用礤子擦碎，也有用饸饹床子压碎的，更省力些；再掺适量莜面或白面揉成面团，用臂力反复揉，一直揉到感觉柔韧为止；然后，取面团一小块合掌揉成团、压成片片，整齐摆放在笼里；之后上笼蒸十五分钟即熟。此物用蘑菇羊肉丁汤或蘑菇豆腐汤蘸食最佳，也可按各人的口味和不同的季节来添加佐料。夏天有人家以盐汤、时令蔬菜，再加一些辣椒、蒜蓉调拌，也很可口。

山药片片分熟山药片片和生山药片片两种，以上说的是熟山药片片。生山药片片的做法，这里就不说了，说多了你也记不住。总的来说，山药片片好吃难做，尤其擦山药时需要全身运动。现在人们的生活水平提高了，大锅换成小锅了、黑锅变成白锅了、胳膊越来越细了，会做这种高级饭的人是越来越少了，能在电视上看看视频，饱饱眼福就不错了。

后 记

阿城先生成名后，谈吃的随笔很多，他在《闲话闲说》里把中国的饮食说得神乎其神。记得阿城说，一个人小时候所吃的食物，会在体内分泌一种什么"酶"，日后吃不到了，人体会因为缺少这种"酶"而怀念它。眼下，我经常在身体的某处生出对山药片片的怀念，渴望山药片片美好的味道，估计这就是那种"酶"在起作用吧！

有人曾问我："老韩，让你去美国定居你去吗？"我斩钉截铁地回答："不去！"他说："为甚？"我说："吃饭就是个大问题。美国没有莜面、荞面、胡油、韭菜花、猪头肉、油炸糕、白焙子、羊杂碎……我也知道欧美空气好，住得宽敞，但是吃得就像喂猪，住在那有甚意思呢？"

"稠粥莜面软黄糕，荞面圪团搅拿糕，冬涮羊肉夏旋粉，白苣皮袄红主腰。"爱吃的才是最好的。

肉蘸糕与抿拨股

一

在所有的吃食当中，我最喜欢最钟情的还是黄米糕。黄米糕是黍子成熟后剥皮磨面，再上笼蒸成的。儿时没有电磨，在吃之前人们要提前把黄米用水淘一下，再在太阳下晒一晒，然后拿到碾房压成糕面，端回家来上笼蒸。糕面蒸前要拌成干湿适度的面粒，一层层撒在笼布上，熟一层、撒一层。蒸透后，将面团倒进瓷盆，手蘸凉水，使劲儿在面团上按压揉搓，这个过程叫"搋糕"。搋糕动作一定要快，动作似慌慌张张、叨叨夺夺。虽说烫手，却不能懈怠。搋好的糕，绵软筋道，为防外表干裂，再趁热抹上一层胡油，使之油光光、金灿灿、香喷喷。

此时的黄米糕为素糕，如果包馅后再用油炸就叫油糕。这两种吃法中我还是偏爱素糕。吃素糕时总要蘸点东西，比如羊肉汤或者鸡肉汤，再不济，豆腐烩粉也行。

对于我这个吃货来说，当然最喜欢蘸肉汤了，蘸肉汤吃就叫"肉蘸糕"。夹上一筷子素糕，蘸点肉汤，送到嘴里，香甜可口，快慰无以言状。

在雁北，羊杂泡素糕也很流行。据传，元世祖忽必烈由山西入中原，途经晋南曲沃县时，其母庄圣太后染疾，曲沃名医许国桢为其治愈。许母韩氏善厨，随其子侍奉庄圣太后。韩氏见蒙古人吃羊肉，下水弃之，甚感可惜，遂将羊下水拾回洗净、煮熟，配以葱姜辣椒，其味甚美。太后品尝后，赞誉不止，即赐名"羊杂酪"，从此流传，成为山西民间风味小吃。

雁北人熬羊杂大气粗犷，大锅置于火上，连汤带料一锅烩煮。因多置辣椒、鲜姜、大葱，观之色泽灿烂，食之香味浓郁。软溜溜的素糕泡在又香又辣的羊杂中，远胜陕西的"羊汤泡馍"。

儿时猪、羊肉很少，自家养的鸡不再尽心尽责地下蛋，或小鸡长大需要更新换代了，就把它杀掉炖了蘸糕。杀鸡一般都在早上，因为此时鸡在窝里好抓。把鸡从窝里拖出来，鸡绝望地扑扑腾腾、咯咯乱叫，做最后无谓地挣扎。父亲把它的两只翅膀向后一叠（有点像把人的手反绑了），用脚一蹬，鸡就没法再动了。然后用一只手揪住鸡脖子，另一只手噌噌几下，在鸡脖子上薅毛露出一片鸡皮。这时，父亲吼喊我赶紧端个碗来接在鸡脖子下，他拿起菜刀对准没毛的脖子，"唰"地就是一刀，鸡血"嗞"地一下喷涌而出。

鸡血很少，流了小半碗就干了，然后父亲把鸡扔出去就进家了。看着鸡在院子里翻滚、扑腾，我心里有点难受。但一想到鸡肉蘸糕，心中就释然了。等父亲从家里再出来时，鸡已经不动了，拎回家放在开水锅里，三几下就褪光了身上的毛。之后开膛破肚取出内脏，除了鸡嗉子，其它都扔掉了。鸡嗉子又叫鸡内金，据说这东西晒干后可以入药，用于小孩子开胃化食。儿时常听大人评论某人"嗉子低"，百思不得其解。及至成年，才知道此"嗉子"绝非彼"素质"。

光葫芦鸡身上还有很多细微的绒毛。父亲点几张纸，在鸡周身上下燎一遍，就可以剁碎下锅了。家养鸡一般比较老，要炖一上午。炖出来的汤清凌凌、黄澄澄，色香味俱全。

其间，我这个馋猫不知道要偷偷地捞起来尝多少次。未熟时，往往囫囵吞枣地咽下去。那醇厚、浓香的味道，现在的肉鸡无法可比。

眼下吃糕已不再稀奇，我也不再那么渴望了，但儿时的"肉蘸糕"却永远难忘！

二

"抿拨股"是雁北的家常饭，家家户户都会做，儿时经常吃。

用于"抿拨股"的工具叫抿床子，一个木制长方框子上面钉着一个向下凹的弧形铁皮，铁皮上面有许多小孔。把和好的面放在上面，手持抿子在上面平行挤压，这个动作称之为"抿"。

具体做法是：把土豆用磨礤子擦成糊状，再加些许莜面，搅拌均匀，稠稀适度。然后把锅里的水烧开，把"抿床子"架在锅上。用铲子将糊状物铲到抿床子上，右手拿着抿子不停地挤压，抿床底部密集的孔中不断地往锅里漏出筷子粗细的短节。随着不断地"抿"，不断地漏，锅里的"抿拨股"不断地增加，直至适量。煮沸后再翻滚一两次，即可用笊篱捞出食用了。

"抿拨股"也有用豆面做的，所以又称抿豆面，或豆面拨股。做豆面拨股须掺少量白面，否则入锅会化成汤。

"抿拨股"的辅料很简单，就是大葱、韭菜、盐和胡油调制而成，外加农家腌制的咸萝卜条。当然肉炸酱或者卤子，味道更好。

"抿拨股"出锅的第一碗口感稍差，一般人们都不喜欢吃。我一般第二锅才开始吃，最后一锅那是必吃无疑。

抿、拨皆系动词。既然抿何以还要拨呢？因为拨股是另一种食物，而此抿面因粗细、长短与拨股相似，所以雁北人称之为"抿拨股"。"股"系人腿，特指胯至膝盖的部分，引申为事物的分支或一部分。

四十年没吃"抿拨股"了。眼下一切美食对我都不再具有诱惑力，唯有想起"抿拨股"，舌根下才会有津液涌出，向往的馋虫一直延伸到心里去。有人说，爱吃的才是最好的，此言乃是宇宙之真理。

块垒与稠粥

一

雁北的家常饭颇具特色，块垒就是其中一道。块垒系方言，发音更接近"傀儡"。老夫自幼吃莜面山药块垒长大，现将此物做法陈述如下，以飨食客。

先将山药蛋放入锅内，加适量的水，用小火焖约半个小时。出锅后，待不烫手时将皮剥去，用礤子（一种擦萝卜丝的厨具）擦碎。再加相同比例的莜面、适量的盐，用手搓成碎块状。然后撒在铺有笼布的屉内，厚约五六公分，盖上锅盖蒸约十分钟，闻到香味后即可揭笼入口。吃时可以就着烂腌菜、生葱、大蒜，最好再熬上一锅小米稀粥，稠稀搭配。用雁北话来说就是：一吃一喝多么入法。

块垒用油炒着吃当然更佳。炒块垒有两种不同做法：一种是炒蒸块垒；一种是炒普通块垒。

炒蒸块垒：块垒像上述那样蒸熟后，在锅内倒入少量胡麻油，油熟后将切好的葱花、蒜片放入锅内爆香，然后倒入块垒用小火翻炒三四分钟即可出锅。

炒普通块垒：搓擦好的块垒不必上锅蒸，直接用干锅翻炒约十分钟左右，待闻到莜面香味后出锅。然后在锅里倒入少量胡麻油，油熟后加入葱、蒜，再将炒过的块垒二次翻炒，直至颜色焦黄。这样做出来的块垒吃起来口感香醇，越吃越有味道。

听父亲讲，昔日雁北的车马大店里，晚饭一般都是炒块垒、小米稀粥。有时，客人突然增多，临时加饭已不赶趟。这时，掌柜的就会吩咐厨子在炒块垒时，多浇一瓢胡麻油。此时即便人再多，块垒也够吃了。

据博友说，雁北块垒的做法类似于陕北的洋芋擦擦。陇东叫不烂子，天水叫洋芋蒸疙瘩。家乡饭，吃不厌。

二

在古代，谷子叫"粟"，唐诗有"春种一粒粟，秋收万颗粮"的句子。这里的"粟"就是谷子，谷子去皮就是小米。小米是雁北地区传统家常主食，"谷"在雁北地区种植始于何时，现在已无从查考。

小米系雁北特产。说起家乡的小米那真叫一个好，颗粒光洁，色泽金黄，胶黏滑润，香甜可口。

相传唐时，一位名叫吕翁的道士因有事要到邯郸，巧遇一名姓卢的书生。卢生渴望得到荣华富贵，吕翁一番劝解不见成效，便让卢生在他的枕头上睡觉，在梦中得到荣华富贵。卢生在梦里历经大起大落，最后在安富尊荣中度过余年。卢生梦醒后，发现店主人蒸的黄米饭还没熟，此即成语"黄粱一梦"的来历。这里的"黄粱"指的就是小米，古人把上等之谷称为"粱"。

改革开放前，雁北人早上吃的是小米稠粥，晚上喝的是小米稀粥，久吃不腻。稠粥的做法看似简单却也是一门学问：做稠粥讲究火候，火候把握不好，做出来便呈混沌状态，非稠非稀，吃起来没甚滋味。

做稠粥时，先将小米淘净，倒进开水锅煮上一阵。发觉熬得快要炼糊了，就抓紧撇出米汤，然后用微火焖。焖好后，用勺子在锅里搅动，这就是所谓的"搅粥"。而后将粥铲进一只瓷盆里，上下左右颠摇，变成了一个圆圪蛋，即为稠粥。雁北的主妇们善于掌握火候，做的稠粥色泽金黄、不软不硬。有时，还将山药和小米放在一起焖，稠粥吃起来更具滋味。

记得儿时吃稠粥时，每人碗里铲一块，然后趁热在碗里一颠一颠地形成圆球。吃小米稠粥，配菜一般是烂腌菜，也可用稠粥蘸烂腌菜汤食之。如果有条件，也可以配凉拌菜：把山药丝、胡萝卜丝、菠菜用开水焯熟，再浇入热油炝过的花椒、蒜末、姜末、尖椒丝，加醋、酱油、香油、芝麻、盐拌匀即可。

社队干部家也吃稠粥，区别是，人家多半往碗里倒上一股胡麻油。胡麻油入味，即便就上烂腌菜，吃起来也很可口。当然如果有豆腐可拌，或凉拌用炭火烧好的茄子，那滋味就更好了。

腌葱面与和和饭

一

余幼家贫，经常无菜可吃。记得 1960 年，蔬菜都要供应，茴子白、茄子都要称斤论两地切开来卖，那点菜根本不值得一炒，没菜时常常腌碟葱花下饭。后来饥荒虽然过去，但父母工作忙，午间常常来不及做菜，腌葱为餐桌上常客，及至"文革"，"革命造反"狂潮骤起，繁忙的日子，亦多用腌葱来佐餐。

中国有句俗语，叫作"看菜吃饭，量体裁衣"。意思要看着菜的多少来吃饭，否则饭没吃完，菜已经光了；量好了尺寸再剪衣裳，可节省布料。一碟腌葱，全家用来下饭，日子过得是否有点凄惶，或令人唏嘘？但充满解放全人类革命豪情的我们，当时并未感到有多么不堪。

腌葱非常简单，没有技巧。将葱切碎，里面倒上酱油、醋、胡油拌匀，比例约为 4∶2∶1，当然也可根据个人口味调整。最好再加一些盐，这样葱花即便一顿吃不了，葱叶仍然碧绿，不会发黄。

我喜欢吃腌葱面。那时因为贫困，如果有幸能吃到一碗腌葱面，简直幸运之极。只有得了感冒，不思饮食，才能享受到母亲的腌葱面。如果再有点发热、面色潮红、精神萎靡，母亲还会加

159

颗鸡蛋。因此,小时候我经常盼着生病!

腌葱面的制作方法是,先在碗底舀两匙腌葱,水开了之后,倒入适量开水稀释。之所以需要这个步骤,是因为开水可以将葱的生味去掉。我不太喜欢生葱的那种刺鼻的味道,对我来说,最不可以省略的就是用开水勾兑腌葱汁的过程,因为开水可让胡油以及葱的香味彻底扩散开来。

我最喜欢煮面的过程,沸腾的水面上热气氤氲,面条在水里欢快地上下翻腾舞蹈。面不能煮得太烂,多少有点夹生就要捞起,然后再浇上腌葱汁。一碗白水腌葱面下肚,额头便开始渗透出细微的汗珠,鼻尖也亮晶晶的,整个人都暖了起来。

腌葱面属于快餐,五分钟即可搞定。如果面条下锅时再同时煮上几片菜叶,捞进碗里时再搁进一小勺猪油,那味道就更加完美;如果再有一颗荷包蛋,胜似锦上添花了。

我吃腌葱面时,喜欢把面条卷到筷子上,然后一口吞下去。有时还一根一根地吃,找到面条的头,然后嘘地一声吸下去,那种感觉真爽。有一次,我吸得过猛,呛着了,害得我难受了好半天。从那以后,我再也不敢吸着吃了。

我直到如今仍然喜欢腌葱面的味道,清淡、醇香。在外面大鱼大肉吃好了,回家就想吃一碗腌葱面,方便、快捷、熨帖。除了腌葱面,还有啥饭更能满足人的怀旧感呢?

《菜根谭》中写道:"醲肥辛甘非真味,真味只是淡。神奇卓异非至人,至人只是常。"所以,把简单的食物做成美味,与把简单的生活过得有滋味,一样是种境界。

二

"和和（音 huò huò）饭"，是曾经盛行于雁北的一种极其普通的家常饭，"和"就是把各种食物混在一起的意思。

和和饭年深日久。元代《雍熙乐府》卷六《粉蝶儿·悭吝》说："早饭白粥才餐过，到晚来又插和和。""炒菜水休要丢，煮肉汤争忍泼。碟儿中剩菜又有偌来个。不分老少由他吃，那问尊卑一例喝，只有两件儿难发落。馒头皮晒成酱，黄菜馅儿插作和和。"

通常雁北人所说的"和和饭"系指莜面、豆面、荞面、白面以及熟豆面糊糊等五种。

"莜面和和饭"的做法是：将山药切块切条同小米熬到一起，再将适量的莜面溶成生面汤倒入，旺火熬之。将近熟的时候，加入适量食盐，直至熬成烂熟，趁热盛食。它兼有稠饭、稀饭的两种特色，连吃带喝，热乎入法。

豆面、荞面、白面和和饭，皆是将面擀薄、切成"柳叶"状的面片煮入小米稀饭中。其中事先已加入适量的山药，熬熟后用素油炝入葱花，加盐食之。兼有面饭与粥之特色，既节约，又适口。

将豌豆炒熟，去皮后磨成面，叫作"熟豆面"。"豆面和和饭"是把适量的熟豆面撒入小米稀粥中，熬成乳状的糊糊。喝之香甜可口，颇有油茶的韵味。

和和饭其实并无技术含量，往小米稀粥里添加何物亦无定则。晋中、晋南也有将白面、杂面做成面条、"圪蚪""擦尖"，煮入其中混合食用。具体做法是先在水中煮上适量的小米、黄豆、南瓜、山药、红薯、红萝卜、白萝卜等，待熬成粥状，基本熟后，再下入面食。有些人家为了提味，最后还要加些韭菜、葱、姜、芫荽、盐之类，和和饭就算做成了。

刘宝瑞相声里的"珍珠翡翠白玉汤"是和和饭的近亲。他说的杂合菜、剩菜汤，是用乞讨来的白菜帮子、菠菜叶、馊豆腐与剩锅巴碎米粒熬成的汤。如果里面再加点面疙瘩，活脱脱一锅和和饭。

昔日农家人口多，用七勺锅熬一大锅和和饭，全家人盘腿坐在热炕上，一人端一个粗瓷笨碗，同时吸溜，呼啦啦响声一片，人人喝得汗泼流水。一碗和和饭，似热糊涂、热浆糊，一点点润开干渴的喉咙，食物顺着食道滋润下去，竟熨帖得五脏六腑有说不出的舒服。

在"瓜菜代"的日子里，人们没有足够的粮食来果腹，于是，"和和饭"就成了家家户户的常食。为了节省粮食，主妇们抓一把小米熬成粥，然后把捡拾来的土豆、南瓜、菜帮子、菜叶子一股脑地煮到粥里。再下点杂面片，炝点葱花，撒点盐面，一锅最简单的"和和饭"就做成了。最困难的时候，有些家庭甚至还往"和和饭"里加入糠麸来凑数。因为没有多少"油水"，这样的"和和饭"当然不会耐饥了，正是"有奈变成无奈，西瓜皮拌成凉菜"。

我有个老乡常年在北京定居，对和和饭一直魂牵梦萦。去年冬天他回雁北探亲，非让老母亲给他做一顿解馋。但和和饭上桌，他却怎么也吃不出当年的味道了。

跌鸡蛋下挂面

北方人喜欢吃面食，因为便捷，挂面在塞北大行其道。将和好的湿面团搓成小手指一般粗的面条，盘挂于木头架子上，下坠一个较短的圆形木棒，粗面条在木棒的重力下逐渐被拉细拉长，并自然风干，即成为挂面。此法为元朝北方人首创。

而新的研究表明，远在唐代，中国人就已经在食用这种"快餐"。专门从事敦煌饮食研究的高启安博士说："检阅敦煌文献发现，远在唐代就出现了挂面，当时叫作'须面'。"过去，学术界一直认为成书于元代的《饮膳正要》所记的"挂面"，是中国有关挂面的最早记载。而在敦煌文书中，已不止一次地出现"须面"，并记述此物常被装入礼盒送人，如当时敦煌的一户人家将"须面"用作婚俗中的聘礼。至今中国仍有地方将挂面称作"龙须面"。

相传古时，军卒和百姓不分酷暑严寒日夜苦干。家人为使亲人能吃上面条，便把擀好切细的面条挂在竹竿上晒干捆把，连同调好的酸汤送往工地，让亲人在劳作之余，下锅煮熟，入酸汤食之。这种吃法既能充饥又能解渴，被誉为上等慰劳饭食。后来有人将晒面条改进为手工挂面，在酸汤中加入"漂稍"（鸡蛋煎饼、嫩韭菜、白菜心切碎即成），就成了如今在民间及筵席上广为流传的酸汤挂面。

清朝大臣谢墉《食味杂咏》记载:"北地麦面既佳,而挂面之入贡者更精善,乃有翻嫌其太细者。"这种太细的入贡挂面,即所谓上用银丝挂面。今扬州、盐城一带,亦称银丝挂面。

我对挂面最早的记忆就是酸汤面了。儿时,偶感风寒,母亲就会给我做酸汤面:将铁锅烧热,依次加入猪油、葱花、花椒、姜末。待锅中滋滋地冒起小泡,溢出香味。然后添水,加入适量老抽、米醋继续熬煮。与犀利的陈醋相比,米醋的口味更温和,有一种香甜的味道;猪油也比胡麻油口感更好。

煮挂面也有诀窍。因为挂面本身很干,如果用大火煮,水太热,容易煮成烂糊面。另外,煮挂面时不应当等水沸腾了再下挂面,而应在锅底有小气泡往上冒时即下。然后搅动几下,盖好盖,等锅内水开了再适量添些凉水,等水沸了即熟。挂面煮得差不多了,用漏勺往边上一拨,跌进去一颗形状完好的蛋,很快就出锅了。

好的酸汤面是不能油腻的,否则就不能痛快地品味汤的滋味了。熬好的葱花油变成很小的油滴悬浮在汤里,汤是清澈见底的,用筷子搅动一下,可以看到面一丝丝分明地盘旋、漂动在汤里。吸溜吸溜地吃面、咕嘟咕嘟地把汤喝完,汤里的葱花也要挑出来仔细咀嚼、品尝其香味。热腾腾,酸溜溜,香而不腻,吃完,全身都感到舒畅。

儿时,我就盼着父亲去北京出差。因为他只要去北京,就会给我买好吃的东西。每次父亲回来,买的最多,除糖果之外,就是挂面了。

买北京挂面需要全国粮票,父亲出差之前,总要先去粮店兑换全国粮票。换粮票是要抵扣供应粮的，还需要单位的介绍信，上面清清楚楚地写着出差的天数、允许兑换的斤数。如果工作紧凑，节余的粮票就用来买了挂面。

我清楚记得，北京挂面都是一卷一卷的，包装十分精良，白底绿字或者是白底红字。挂面有全封口的，还有大半截纸包装的。这样的包装，是为了防止断散，也为了卫生。北京挂面雪白、精细，是用富强粉制作的，不像呼和浩特用八五粉制作的挂面那样粗劣。

内蒙古西部和雁北一样，男方通过媒人去女方家正式求婚时，媒人必须要携带"四色礼"，四色礼里就有挂面（其余三样为香烟、白酒、白糖）。去女方家求婚，女方家同意便接受"落话礼"，并约定订婚日期，否则，拒收此礼。

此地，招待新女婿也有条规矩：一定要给头次上门的新女婿跌鸡蛋下挂面。我第一次去岳母家，吃的第一顿饭就是跌鸡蛋下挂面。那年大学放暑假，母亲让我去包头拜见岳母大人。进岳母家，已近午时，岳母急忙下厨房给我做饭。我说："不饿、不饿，等晌午一起吃吧！"

"早起都没吃，先跌颗鸡蛋，下束子挂面垫补垫补哇！"岳母说。

她走进了正房南面的凉房里，那里是她家的厨房。一进去就忙开了，先是剁姜末、切葱花，然后生火、添水、拉风箱、跌鸡蛋、下挂面。很快，鸡蛋挂面就做出来了。

刚好这个时候，我的未婚妻从外面回来了。"绊女子，快洗洗手，陪你女婿吃哇。"岳母说。

"我不饿，让他先吃！"其实，她是有点儿害羞。

"不饿也得陪！"岳母没有一点松动的样子。

"大家一起吃哇！"我说。

"不了，我们刚吃过！"岳母说。

不一会，妻子就把鸡蛋挂面端上了炕桌。

我的碗里有两颗鸡蛋，而她的碗里却一颗也没有，我便给她捞了一颗。

"你吃！"她又给我捞了回来。

"你不吃，我也不吃！"我又给她捞了过去。

她这才说："我吃，我吃！"

岳母的手艺是一流的，咸淡合适、酸甜可口，加上我和她女儿的初恋味道，美得不能再美了。

以后，只要我去岳母家，她总要给我跌鸡蛋下挂面，特别是结婚前的那几年。就是结婚以后，我还陆续吃过几年呢。

岳母家的左邻右舍见了，都夸我说："这后生就是实在，一点作假的样子也没有。"

我也就实话实说："在岳母家吃饭，还需要作假吗？"说得大家哈哈大笑。

以前我不会跌鸡蛋，每次不是粘锅就是成了蛋花。那次岳母亲自对我面授机宜，她说，鸡蛋一定要新鲜，跌鸡蛋时火不能太大。水刚开时候，要用勺子向一个方向搅动，使水旋转，然后把鸡蛋打在旋转的水中。这样做有两个好处：一、鸡蛋边旋转边煮，不会粘锅；二、鸡蛋外层的蛋白迅速均匀受热而形成一层膜。只要你下面条时小心一点，别去戳破它，就可以煮成一颗完美的蛋啦!

　　还听岳母讲过她们老家土合气村里的故事:有家邻居,每吃跌鸡蛋下挂面时,男主人总要蹲在街口,面条汤上漂着两颗圆圆的鸡蛋。有人路过就把跌鸡蛋推在汤面,等路人过去,赶紧把跌鸡蛋拨拉到碗边,生怕吃到嘴里。直到挂面吃完那两颗跌鸡蛋还完好如初,又端回家里。我于是想到了"面子"和"实力"的问题,其实人幸福不幸福,不是给外人看的。

　　随着人们生活水平的大幅度提高,现在新女婿到丈人家,不再用跌鸡蛋下挂面了,而是下馆子招待。岳母现在已经高龄,因脑梗卧床。每当我想起数十年前她给我跌鸡蛋下挂面的情形,心里便充满了温馨与哀伤。

粉 汤

在雁北，办事宴早晨喝粉汤算是传统风俗了。可惜现在城里人为了省事，大多已取消了这顿饭，唯有乡间还乐此不疲地保留着喝粉汤的习惯。大清早热热乎乎地喝一碗浓稠的粉汤，吃两片刚出锅脆生生的炸糕，是非常惬意的事情。

粉汤是猪肉汤，里面有过了油的瘦肉丝，再搁点黄花、豆腐丝、粉条，有的地方还放些海带丝。煮开后加少许糖、盐、味精，再加淀粉勾芡，撒少许香菜，浓香四溢、口味极好。

我的表哥很会熬粉汤。亲戚们每逢儿女婚嫁，都要请他去熬。熬粉汤很费事，头天晚上吃过晚饭就开始张罗了，一宿不得歇息。待第二天早晨朋亲底亲上门时，已大功告成。

人多，熬的量很大，有时要来几十号人，即便一人一小碗，也要好几大锅才够。狭小的房间里挤挤擦擦，犹如庙会时的佛堂。大多数人站着喝，喝完扭头就走。人多时，院子里、院门外都有人在等候。有些人早早起来，不管路有多远也要赶到主人家，暖胃垫肚，足可以撑到中午一点宴席正式开始，为的就是喝这一碗粉汤。

喝粉汤要就油炸糕。油炸糕是用大锅现炸，里面的馅儿有豆沙的、枣泥的，还有红糖的。婚宴不准备菜糕，只有过年时才有菜糕。我喜欢吃实片子糕，酥脆粘口、油而不腻，泡在粉汤里爽口有味，绝了。

粉汤的历史有多久？我估计不会晚于元代。成书于元末明初的《水浒传》第三十九回"梁山泊戴宗传假信"，写戴宗下饭馆。酒保道："我这里卖酒卖饭；又有馒头粉汤。"戴宗因为使"神行法"，必须斋戒，所以说："我却不吃荤腥。有甚素汤下饭？"酒保道："加料麻辣爊豆腐如何？"戴宗道："最好，最好！"可见，这里的"粉汤"是肉汤，与现代粉汤同属"荤腥"，而戴宗却只要吃"素汤"。由此也能看出，当时的粉汤已分荤素两大类。

古时粉汤的味道如何？《西游记》第六十九回写道："色色粉汤香又辣"。可见与现在大致相同，以香辣为主。"色色粉汤"，说明那时粉汤已有各色各样的了，足见"粉汤业"之兴旺。尤其值得一提的是，《西游记》中还描述了粉汤的做法，第八十四回说道："取些木耳、闽笋、豆腐、面筋，园里拔些青菜，做粉汤。"显然，这种粉汤与现今上海一带的粉汤很相似，属于南方风味。

中国的粉汤文化博大精深、源远流长。虽然异彩纷呈，但万变不离其宗。比如山西大同的"羊杂粉汤"，实际上就是一碗"羊杂碎粉条汤"。羊杂汤里面煮些山药粉条，有荤有素，油而不腻，质醇味美。捞出锅来热气腾腾，香气袭人，吃起来味道鲜美，具有明显的驱寒、暖胃、舒身等功能。

内蒙古阿拉善的汤粉饺子，俗名"皮条拉石头"，其味酸辣可口，有发热去寒之效，颇适寒冷地区人们食用，成为内蒙古传统风味之一。

上海有所谓"油豆腐线粉汤"及"油面筋线粉汤"。

海南的"酸粉汤"是将大米浸泡发酵变酸，再制成粉条做汤。更有所谓"蚬壳粉汤"，完全成了海味。

我前年去新疆游玩，在达坂城看见一家粉汤店，喜出望外。进去落座点了一碗粉汤，待端上来才发现里面不是粉条而是凉粉块，心中生疑。一吃才发现，味道浓香，略带酸辣。尤其那粉块，吸足肉汤，入口即化，真是杰作！

我还在旧金山湾区越南人开的粉汤店里，吃过越南人煮的蟹黄粉汤。喝上一口蟹黄汤底，浓郁的海鲜味随即席卷而来，微辣的口感很刺激食欲。由木薯粉和米粉制作的粉条吃起来非常爽滑有嚼劲，大量的散蟹肉吃起来鲜美满足。

包头青山区有一家张记粉汤馆，每天早晨生意兴隆。尤其那里的服务员穿扮得就像空姐，个个姿色艳丽、秀色可餐。前几年我去包头出差时，每天早晨放着宾馆丰盛的早点不吃，总要去那里喝碗粉汤、吃个油饼。

我非常喜欢喝粉汤，因为"粉汤"里有家的味道、有成长的记忆、有沁透心肝脾肺的情感，是不离不弃的感情寄托。

炒 面

　　说起炒面，一般人都以为是饭馆里买的肉丝炒面。而我今天说的炒面绝非彼炒面，而是抗美援朝时期，志愿军战士在冰天雪地里，"一把炒面一把雪"的炒面。

　　这种炒面是先把粮食上锅炒熟了，然后再磨成的面。用来炒面的粮食一般是莜麦和黑豆，也有用莜麦和玉米的，或者干脆把三者掺在一起炒。用小麦或大麦来炒当然更好，但在糠菜半年粮的时代，无疑有点奢华。在得胜堡，只有生活较为宽裕的人家才能吃纯莜麦炒面，多数人家是吃玉米炒面、杂粮炒面乃至糠麸炒面、草籽炒面。这些炒面我都吃过。

　　炒粮食是制作炒面的关键，火要不大不小。火头大了容易把粮食炒煳，磨出的炒面颜色就会发黑发暗，吃起来只有煳气不见香味，雁北人把那种味道叫作煳焦圪烂。火候若是不到位，磨出的炒面就更没法吃了，一股子生面气。如果胃口不好的，吃了还会跑肚的。

　　黑豆和玉米不难炒，听声音看色气就知道是不是熟了。把黑豆或玉米倒进锅里，一个人拉风箱，另一个人手持一把小笤帚在锅里圪搅着，不一会儿便响起了噼里啪啦的爆裂声。文人们把除夕接神放鞭炮比做爆豆子，细想不是没有道理。黑豆或玉米在加热的铁锅里，上上下下地蹦跳着，那声音会响成一片，急急促促地，甚至有点争先恐后的意思。炒上一阵，锅里的声音逐渐稀落。黄色的玉米变得油亮，浑身乌黑的豆子绽开一道道细缝、露出一丝丝金黄，说明已经炒熟。停下风箱把黑豆或玉米倒进一张大簸箕里摊开凉着，预备磨面。

莜麦难炒，由于颗粒细碎，火候特别难掌握。炒莜麦不能听声音，更不能看颜色，因为声音小得可怜，是那种碎纷纷的感觉，所以炒莜麦主要靠手感靠经验。炒得差不多时，站在锅口的那个人就会把手伸进发烫的莜麦里，撩起一把又一把。手上觉得轻巧了，放在鼻子下闻一闻，香味出来了，那一定是熟透了。

炒莜麦有个麻烦，那就是莜麦颗粒上长着特别细的绒毛，细得几乎用肉眼看不见。经过烘炒，那些绒毛就会四处乱飞，窜进脖子里扎得人又痒又燥。抓不得抓，挠不得挠，就是用水洗也无济于事。因此，炒莜麦时要在脖子上围一块湿毛巾，即便如此仍有麦芒钻进去，炒一次莜麦会刺痒好几天。

早些年在雁北，农家的早餐一般都有炒面。庄稼人要起早搂柴拾粪，农妇就得起早做饭。一般都是熬一锅小米稀粥，切一盘腌蔓菁，再端上来一盆炒面。稀粥喝得快见底时，挖一勺炒面进去，然后用筷子使劲搅，搅成半干状时，即可入嘴。

倘若受苦人晌午回不来，又没有别的干粮可带，拌几个炒面圪蛋带上，也是一顿饭。它是雁北农家的"方便面"。

出门，特别是要走远路的时候，家人也会用小口袋装上一些炒面，当作路上的干粮。饿了，在老乡家要一碗开水，拌起来就吃。再一种是住校的学生，星期天临走的时候，家里给带上些炒面，到了学校肚子饿时，可拌起来垫补垫补。

城里人不供应麦子，想吃炒面，只好直接将面粉在锅里炒熟。儿时，常在灶台前看母亲炒面粉，看着锅里的面粉由白变黄，最后就成了炒面。经常是等不及炒面凉了，就迫不及待地挖一勺往嘴里塞，再用口水慢慢地濡研、缓缓地咽下。那感觉，真是美极了。

我儿时很爱吃炒面，有时在外面玩得肚子饿了，跑回家匆匆拌一碗炒面吃下，或抓两把干炒面放进嘴里，跑出去再玩，也是常有的事情。

二十世纪六十年代初，我在呼市五中读书时中午不回家。家里没有可带的食物时，母亲就给我用小口袋装点炒面。午间下课，把炒面倒在茶缸子里，去锅炉房用开水冲泡而食。那时带炒面的不止我一个，于是，教室里便弥漫开了炒面味。如果有的同学带了好吃的咸菜，也会拿出来共享。常常你有了给我吃，我有了也给你吃，就这样仨一堆，俩一伙地，吃出了深深的情谊。

那时，父亲经常用牛脊髓油来给我们制作油茶面——炒面炒熟后，将融化的牛脊髓油倒进去，拌好后盛在瓷碗里。因为油大，冷却后就成为一个碗坨。用这样的碗坨来熬制油茶，熬好后再搁点盐，就成为无可言状的美食。

老父生前非常喜欢豌豆面炒面，常用它来熬糊糊。现在，我在早市一听到卖豌豆面的声音，心里就会咯噔一下，因为又唤醒了我对老父的牵挂。

听说，在陕西商洛的一些高寒地带也种植燕麦，那里用燕麦做炒面已年深日久；炒面也是云南的传统食品，滇东北、滇西北高寒山区多以燕麦炒面作主食。就连彝家婚俗，到娘家去吃鸡卦

（打彩礼）的时候，燕麦炒面也是其中的主要礼物。

后来才知道，炒面也是藏族群众的主食，"糌粑"就是将青稞麦炒熟后磨成面，用酥油茶或青稞酒拌和，捏成小团的食物。做糌粑的青稞也是先炒后磨，但不除皮，搅拌成团状、用手捏成形后直接进嘴吃。用酥油拌炒面，当然比用水来拌好吃多了。

据新疆的朋友说，他们那里也吃炒面，他们将其称为"熟面"。他们吃炒面时还要在里面加入许多辅料，如：葡萄干、杏干、核桃仁、花生仁、芝麻、桃脯、冰糖。那味道当然美得很。但我们雁北苦寒，啥也加不起，就连咸盐也舍不得多搁。即便如此，我们因为受过此物的恩泽，常怀感仰之心。

雁北的糕

我的舅舅家在雁北，那里吃的糕，主要是毛糕。毛糕是用没有脱皮的黍子面蒸成的糕，也叫黍子糕或连皮糕。这种糕比较粗糙，吃起来口感硬而涩，是雁北一带农民家庭日常主食之一，另一类是黄糕，即用脱皮后的黄米碾成面制成的糕。这种糕颜色金黄，口感筋绵香软，别具特色，旧时家境好的人家较多食用。

与晋南的馍、晋中的面一样，雁北的糕也浸润在浓郁的地方文化之中。在雁北，吃糕在老百姓生活中是一件非常隆重的事情。这当然不仅仅是因为它好吃和好看，更重要的是"糕"与"高"谐音。因此，不但娶媳妇聘闺女吃喜糕、生了小孩吃满月糕、盖房时吃上梁糕、搬家时吃暖房糕、老人生日吃长寿糕、儿童生日吃翻身糕、过年吃接年糕、正月十五吃企盼丰收的谷穗糕，就连家中有人去世了，也要吃倒头糕，如此等等。

大同地区流传着这样一首民谣，可以大体反映糕在人们生活中的重要性："百岁吃顿糕，日后步步高；生日吃顿糕，办事不发毛；喜事吃顿糕，日子过得好；丧事吃顿糕，阴间饿不着；搬家不吃糕，一年搬三遭。"

外地人讽刺大同人待客小气，惯用语是"鸡蛋碰糕"。如果不了解当地的饮食习惯，就不明白这句话的意思。原来，雁北蔬菜品种比较少，旧时接待贵客的饭食常常只有炸油糕和炒鸡蛋。

盘子里的炒鸡蛋不多，禁不起大口大口地吃，因此客人都以吃糕为主。拿筷子头夹点糕在鸡蛋上碰碰，做做样子。

我的一个同事生在广州，长在上海。七十年代时去土左旗支农，派饭在一个队长家。吃饭时她只端了碗烩菜闷倒头吃，队长老婆问她："你咋不吃主食？"

她说："主食？主食在哪呢？"

"素糕在桌下的盆里呀！"队长老婆把瓷盆上的锅盖揭开让她看。

"哦！我还以为那是你们和好的面呢！"同事尴尬地说。

黄糕的做法与糯米糕截然不同。糯米面只要用温水和了，要蒸要煮直接上锅就行了。而黄糕就有些麻烦，需要先淘洗黄米，然后去"压面"。上笼蒸时还要铺好笼布，等水沸腾，大气上来以后，才能慢慢地往笼布上一层层地撒米粉。蒸透一层再撒一层，直至达到一定厚度。蒸熟蒸透，才倒在瓷盆里搋（音chuāi，以手用力压和揉），只有搋好的糕才能上桌。

搋糕是女人们的事。只见她身着红主腰子，把两只白嫩的手在凉水里蘸一下，款款儿地把沾在手上的水甩甩，然后急叨饿抢地在热气腾腾的面盆里搋几下；拿出手，又在水里蘸蘸，甩甩，再叨叨夺夺地搋几下。面烫手嫩，只一会工夫手就被烫得通红。如此这般，几个来回，糕就慢慢凉了，手也慢慢适应了。于是两只手欢快地就像鸡叨米似的一下一下搋起来。糕搋好了，在上面抹一些胡麻油，拿块湿搌布盖上。这时搋糕的女人一手扶腰，一手擦汗，脸上充满成功的喜悦。

雁北的糕有多筋道？有民间传说如下：昔日，雁北有妇为黄糕者，糕搌毕置盆中。一犬闻香而至，盗嚼黄糕。妇吓之，犬远逃。口中黄糕，绵牵数丈，恒不可断，状如草绳，强似鹿筋。妇以刀断之，黄糕回弹，且缠犬于树，其状如蛇。

黄糕也可以分为两类：一类是素糕，指蒸熟后不包馅儿，也不用油炸的糕。这种糕通常是大块儿的，蒸熟后就放在盆里，吃时切片儿，或烤，或蒸，或煮。在雁北，烩豆腐泡素糕，是家常饭中的上品。

另一类是油糕。油糕又可分为两种：没有馅的叫实片糕，有馅的叫馅糕。婚丧事宴中需要大量做的糕一般不包馅儿；逢年过节、迎亲待客、家人聚会时才做少量的馅糕。

馅糕还分豆馅糕和菜馅糕。豆馅糕简单，豌豆、豇豆、芸豆，或者扁豆长时间熬煮，熟了加上白糖捣碎就成了豆馅。把豆馅包进糕里，捏成月牙状即可。菜馅糕的馅很丰富、品种也多。大同最地道的菜馅是地皮菜加韭菜和炒鸡蛋，这样的菜馅糕为大多数人喜欢。捏好的糕下油锅炸，炸至表皮起泡、颜色金黄出锅。炸糕用的油是大同产的胡麻油，金灿灿的油炸糕端上餐桌，心情好，胃口就好，有人能吃十几个。

刚炸出锅的糕叫"现糕"。把炸好的现糕一个挨一个码到瓷盆里，蒙上被子，放到热炕头上，捂一两个小时再吃的糕叫围糕。现糕外脆内软、围糕绵软筋道，各有风味。吃剩下的糕叫旧糕，可以上笼馏着吃，馏得软溜溜的，其实更有一番风味。

烂腌菜

得胜堡的人家，无论穷富，家家都有三口粗瓷大瓮。哪三口？水瓮、醋瓮、菜瓮。那种粗瓷大瓮，黑色的釉面、白色的沿口，大多产自朔北峙峪。至今，大瓮仍然是雁北人家的重要家当。当家的女人们，用高粱秸秆缝成一个个圆形的"撇撇"，平时这"撇撇"用来盖瓮、晾晒干菜，过年包饺子时也要用到它。把包好的饺子一圈一圈地摆在新"撇撇"上，煞是可爱、惹眼，吊人胃口。

每到深秋，农事忙完，锄头钉耙进入仓房。家家户户白天洗晾青菜，晚上大小人等就忙着腌菜了。得胜堡腌菜分为整腌和烂腌两种：芋头、蔓菁、芥菜、胡萝卜都是用来整腌的，叫疙瘩菜；切碎了腌的，就叫烂腌菜。

烂腌菜的主要材料为茴子白、胡萝卜、芥菜缨子。茴子白切成条条，胡萝卜用礤子擦成丝丝，芥菜缨子切成圪节节，沥水后，按在粗瓷瓮里。铺一层菜，撒一层盐，最后在上面压上人头大的一块石头，两三天瓮里的水就上来了。此时菜在盐水里泡着，静静地发酵，这就是烂腌菜的腌制过程。

记得舅舅家的对门院里有个娃娃，小名叫三猴。他家腌烂腌菜时，三猴老帮他奶奶站在缸里踩菜。奶奶说，经三猴的脚丫子踩过的烂腌菜特别好吃。我亲眼见过三猴光着带牛屎的脚丫，站进了缸里。奶奶向缸里铺一层青菜撒一层盐，他的小脚在上面咯吱咯吱地踩。待缸踩满，他爷爷搬来一块大青石压在了上面。

刚刚发过的烂腌菜，甜、酸、脆，非常爽口。将刚发好的烂腌菜捞在一个小瓷盆里，再舀几勺子腌菜汤，用胡麻油炝点葱花、芫荽、辣椒后拌起。葱花白、芫荽绿、辣椒红，油花花一口吹不塌。用这种汤来调莜面，或用荞面拿糕、小米稠粥蘸着吃，都是雁北的传统饮食，味道妙不可言。

烂腌菜拌山药泥更是一绝。此物在香港铜锣湾、北京前门外开业的西贝莜面村都是当家菜。烂腌菜拌山药泥的吃法是：将上等山药蛋焖熟，热气腾腾地端上桌来。剥皮压碎，拌上烂腌菜和辣椒，白的白，绿的绿，红的红。着急入口的食客们顾不上欣赏，只顾呵气吹那烫嘴的美食了。

烂腌菜调豆腐是最好的下酒菜。想喝二两了，去豆腐坊捞块刚下槽的热豆腐，用炝好的烂腌菜顶头浇下去，便是美味。

儿时我最爱吃烂腌菜炖豆腐，姥姥每次做这个菜，我都要多吃几碗饭。烂腌菜炖豆腐的做法是：捞取腌菜缸里腌制时间较长，已经烂透了的烂腌菜（注意不可变质）。配上新鲜上好的豆腐，最好是农家自制的卤水豆腐，切成薄片，一起入锅，倒入清水，以浸过腌菜豆腐为宜。加入适量细盐和猪油，慢火烧煮而成。从小嗜辣的我喜欢加上一勺辣椒，吃得胃口大开，欲罢不能。俗话说："好妻费汉，好菜费饭。"后来这道菜姥姥很少做了，说是怕粮食不够吃。

来年开春，冬天没吃完的烂腌菜就变成了烂糜糜的了。抓一碗烂腌菜，放上两个青辣椒，在锅里炖，这是姥姥最习惯的吃法。到了夏天烂腌菜已成渣，姥姥凐一碗烂腌菜汤，放上几根豆角一炖，碧绿绿的，看着就可心，更别说吃了。

雁北系苦寒之地，冬春季漫长，阴风怒号、扬尘蔽日，数月没有青菜可吃。整个冬季，家家户户仅靠菜窖里的茴子白、山药蛋、胡萝卜来打发日子，用鲁达的话说："嘴里淡出个鸟来"。此时的烂腌菜就成了农家必不可少的菜肴。

烂腌菜腌久了，有股淡淡的臭味，但吃起来能酸得人一个激灵，那个爽口就不提了。烂腌菜如果腌不好，会发白沫，所谓"白醭"了，臭味无风半条街，有风十里地。这么多年来，我在外面不知道吃过多少山珍海味，忘不掉的还是家乡的那碗烂腌菜。虽然它臭，但它伴我度过了童年。

最近听电台"板闺女"的节目，忽然想起呼市维多利商厦和满达商城之间老有个私家车偷偷卖烂腌菜。味道虽然难闻，偶然吃一口还行，就是齁咸，不就水简直咽不下去。就这也能来城里卖钱，而且卖得比酱牛肉还贵！不知道满足了多少人的怀旧心理。

烂腌菜虽然是一种出身卑微的食品，但吃羊肉的时候配上一盘烂腌菜，又能增进食欲，又能开胃。羊肉与烂腌菜犹如情侣，不可或缺。吃肉不吃烂腌菜会感觉到腻，吃烂腌菜会想着来块羊肉该有多好。

就着烂腌菜吃羊肉，最后盛上几勺羊肉汤放上一筷子烂腌菜，就是一碗完美无比的汤，喝掉它浑身立刻毛孔舒展，汗珠从额头微微渗出。若是每顿饭都可以吃成如此效果，怎能用一个美字形容得了呢！

地皮菜与黑霉霉

一

我的舅舅家在山西雁北，那是个很穷的地方。穷山恶水，每人就靠几亩薄田过日子。主要种植的农作物是玉米、高粱、黍子、胡萝卜和山药蛋。由于土地缺少肥料，种什么都歉收。黍子长得像狗尾巴草，胡萝卜只有拇指粗，山药只有酒盅大。一年下来，平均每人才能分到三百来斤毛粮，平均每人每天只有六两多。如何才能填饱肚子，是那时的人们终日都在发愁的事情。

再艰苦的岁月也会有美好的记忆。记得得胜堡的夏天，漫山遍野开放着一些说不出名字的小花，红的、紫的、黄的，十分美丽。花香引蝶，一些蜜蜂和蝴蝶嗡嗡嘤嘤地从远处飞来，围着艳丽的小花，翩翩起舞。

雨后，我常常和表姐们上山去采地皮菜。地皮菜只有下过雨才有，也只是山上才有。雨后湿气蒸腾，生物繁衍，生成一朵朵鲜活的小片片，分布在山野林地。

地皮菜是真菌与藻类结合的一种共生植物。其结构非常简单，分不出根、茎、叶，也无花无果，和海带、紫菜一样，同是一种蓝藻类植物。地皮菜的叶片比木耳还薄，日照不久，它就发蔫枯萎，紧紧地贴住地皮。因此，雨后采摘是最佳时光。

每次上山，我们都猫着腰，仔细地寻找着。每发现一处就大呼小叫起来："哇，这儿好多呀！"小伙伴们一下就围拢过来，你争我夺，忘情地拣拾着。

地皮菜这东西特娇嫩，温柔地爬在有草沫草根的地方。拣的时候要伸出三个手指轻轻地一抠，一片肥大的地皮菜就进了自己的掌心。拣这东西手不能太重，否则就会被弄碎。边拣边玩，不觉之中已拣了半篮子了，看着天色将晚，远处村庄已有炊烟升腾，表姐一招呼，大家就不拣了，欢天喜地地拎着篮子回家。

地皮菜是从山上捡的，里面有很多沙子。洗一两次是绝对不行的，吃时会感觉牙碜，所以，必须要反复地冲洗。姅姅往往要洗七八次，才会下锅，只稍微焯一下就用笊篱捞到盆里。然后撒上盐、葱花，倒入醋，再滴几滴香油，就可以入口了。我和表哥表妹们一起端碗，欢快地往嘴里扒拉着，清凉爽口，滑润香甜，真是人间美味啊！

明代王磐编纂的《野菜谱》中，收录了一首歌谣《地踏菜》，曰："地踏菜，生雨中，晴日一照郊原空。庄前阿婆呼阿翁，相携儿女去匆匆。须臾采得青满笼，还家饱食忘岁凶。"这首歌谣记述了地皮菜救荒的情景。可见，地皮菜自古以来，就是饥年度荒的天然野蔬，是大自然恩赐之宝。它不知拯救了多少黔首黎庶，为劳苦大众立下了不可磨灭的功绩。

据专家分析，地皮菜富含蛋白质、多种维生素和磷、锌、钙等矿物质，有降脂明目、清热泻火的功效，能为人体提供多种营养成分。如此说来，敢情在五十多年前，我就吃进了大量的高营养啦。

二

"立夏种荚子，小满种直谷"，每年七八月的大暑、立秋、处暑，正是红高粱吐穗怀肚肚的时候，也是乡村孩子们放暑假的时候。那时，我经常和他们结伴去割草，去高粱地里打黑霉霉。黑霉霉是高粱的一种病，学名叫黑霉病，是一种真菌，危害农作物。黑霉霉幼嫩菇状时能吃，待到老了，变为孢子体，成黑色霉粉状就不能吃了。孩子们在高粱地里穿梭，嘴里还念叨着当时流行的童谣："黑霉霉整脖脖，认不得捏一捏，再认不得扒一扒，巡田的过来甩一刮。"因为一旦扒开不是黑霉霉，而是即将吐穗的高粱，这棵高粱就算毁了。所以，巡田的就怕有人到地里打黑霉霉。孩子们也最怕碰上巡田的，轻则挨打，重则受罚。

孩子们把打下的黑霉霉插在裤腰带上，快速走出高粱地。一屁股坐在柳树下，挨个剥了皮，美滋滋地吃着，弄得黑嘴黑脸。

过去，每当高粱吐穗时，在地里干活的人们，稍有余暇，都要瞪起双眼搜寻高粱的黑霉霉。一般有黑霉霉的都是苞米紧实的那一种，有的仅露一星半点灰白，并不容易寻得。难得是那种包得严严实实尚在孕育的菇，这种菇株型略有差别，穗部常显出膨出状，究竟里面是穗是菇需要经验去分辨。上年纪的老农眼光很毒，一眼就可以看穿；年轻人则不然，常有看走眼的时候。若是真正的菇，摘下来，去掉苞叶，一段细腻的白菇便展现在面前。其温润柔软、清爽可口、味甘而隽永。那时农村本来果品就少得可怜，吃一点鲜野之味，宛如天下的奇珍异果，如咬了一口王母娘娘的寿桃一般，叫你回味不尽。

"处暑不出头，割得喂了牛"。处暑一过，若高粱还不出穗的话，就长不成了，只能割了喂牛，这时黑霉霉也很少了。在我的记忆里，高粱、玉米、小麦、糜子都会生出黑霉霉，但只有高粱和糜子的黑霉霉可直接入口。

那时候地里的玉米菇也多得很，常做家庭菜肴。人们常常背一个筐，穿行在玉米地中，寻那些丰满的采回家。清理干净后掰成小块，先蒸后晒；或用淘米水焯一下，晾干，就可以储存备用了。若做菜，可清炒，不过需多搁油。有朋友告诉我，他用蒸晒的玉米菇和小鸡同炖，成了招待客人的一道"拿手菜"，令客人大快朵颐。

我近来才获知，农作物黑粉菌产生的蛋氨酸是机体生长、发育、维持及保持氮平衡所必需的氨基酸之一，在代谢过程中有着特殊的作用。其含有的可以转化的甲基，可参与对机体生命活动极其重要的转换过程。通过甲基与硫基转化作用，可将体内各种有毒物质排解。

我常常想，无论是饿殍遍野的旧社会，还是糠菜半年粮的饥荒岁月，地皮菜和黑霉霉都是穷人的食粮和菜肴。就是不缺粮不缺菜的年月，这两种东西也是农村调解乏味生活不可或缺的好东西，是大自然对我们的一种恩赐，我们永远也不应该忘记它们。

红姑娘

　　我有好几年没患感冒了。去年春节前后，呼市突然来了寒流，尽管我倍加防护，还是被卷进了伤风感冒中，嗓子疼得久治不愈。邻居的老李大嫂说她家有一味奇药，是亲戚从山西老家带来的，喝了马上就会好。结果她给我带来的奇药竟然是几个小果——红姑娘，还说这就是清火去热、专治嗓子疼的特效药。我立即撕开一粒放进嘴里，酸甜中略带一丝苦味划过喉咙，既陌生又熟悉的感觉，一下子就唤醒了我对红姑娘的悠长记忆。

　　小的时候，舅舅家的菜园子里，墙根下密密麻麻地长满了红姑娘。红姑娘是多年生野生草本植物，生长能力极强。只要有一颗苗子冒出芽，就会蔓延一大片。红姑娘未结果时样子和辣椒苗很相似，也开白色的小花。花落了，结一个小小的球形浆果，外面裹着灯笼似的外壳。红姑娘是乡间儿童的零食，也许小孩子对可以吃的东西是迫不及待的，我总觉得它长得很慢。菜园子里所有的植物都枯枝了，红姑娘的果实才呈现出橙红色，像是树上挂满了一盏盏小灯笼。

　　红姑娘也叫苦姑娘、绿姑娘。未成熟时，果实坚挺，晶莹如翠玉、酸涩如棠梨。入秋，经霜打后，果实才开始慢慢由黄变红，显示出天生丽质。此时的红姑娘温润、柔软、细嫩、酸甜可口。大人们经常把红姑娘采摘收集起来，用线穿成串，挂在房前向阳的墙壁上晾晒，以备不时之需。

男孩子不喜欢摆弄红姑娘，因为那是女孩子的玩具。而女孩子喜欢用它做成哨子，含在嘴里，一吸一咬，能发出奇妙的声音。

记得表姐非常手巧，她常把红姑娘放在两只小手的手心间，轻轻地揉着。一直揉到姑娘皮和里面的籽分离了，然后掐根笤帚篾儿，在小圆粒的口部扎了一个眼儿，慢慢地把里面的籽掏出来。然后用嘴把姑娘皮吹圆，在门牙处轻轻一咬，就会发出那种"咕咕"的声音。我就不行，往往忙活半天，弄坏了无数个红姑娘，也没成功。

最难的是掏姑娘肚里的籽，有时连肉带籽一拽，皮就破了，这个姑娘也就废了。姑娘的蒂把处必须完好无损，气体从小圆眼里挤出来才能发出那种声响。

儿时听舅舅说："咱们这儿起先并不长红姑娘。有一年，有个闺女被城里人骗得搞大了肚子，就穿着一身红跳了崖，打那以后，咱们这里才山前山后都长满了红姑娘。"有一回舅舅忽然凑到我的耳边，神秘地说："听说啊，吃了这红姑娘的人，总能看见一个穿着红衣裳的闺女跟着他、盯着他，直到那人被盯得发了疯，跳下崖去。"我被吓得半死，好长时间不敢再吃红姑娘了。

红姑娘正名酸浆，也叫寒浆，古书《尔雅》里就有这个名字了。红姑娘别名很多：醋浆、革针、苦耽、灯笼草、虎弅草、天泡草、王母珠、洛神珠。

取酸浆为名是因为果实酸；取灯笼、虎弅之名，是因为外皮有筋有骨；取王母珠、洛神珠之名，是因为果实彤红。后世民间呼为红姑娘，实为口误。明代杨慎曾在《卮言》里说："盖姑娘乃瓜囊之讹，古者瓜姑同音，娘囊之音亦相近耳。"

　　明清时"红姑娘"之名随处可见，《宁古塔地方乡土志》有载："灯笼果：外垂绛囊，中含赤子如米樱，俗呼红姑娘。"《全辽备考》亦称："红姑娘一名红娘子，状若弹丸，色红可爱，味甜酸。"《清稗类钞》也曰："草有曰红姑娘者，丛生塞外山谷间，花后结子成苞，四瓣如铃，中含丹实，状如火齐。亦呼豆瓤儿。"

　　元大都棕桐殿前曾植野果红姑娘。明洪武年间工部郎萧洵在《元故宫遗录》中云："后苑中有金殿，殿楹窗扉皆裹以黄金，四外尽植牡丹百余本，高可五尺。又西有翠殿，又有花亭球阁……金殿前有野果，名姑娘。外垂绛囊，中空如桃，子如丹珠，味甜酸可食。盈盈绕砌，与翠草同芳，亦自可爱。"

　　元政亡人息后，金殿前杂草丛生。著名词人纳兰性德来此游玩，看见颓垣废址、满目荆榛，于是写怀古词《眼儿媚·咏红姑娘》，抒发今昔之感慨："骚屑西风弄晚寒，翠袖倚阑干。霞绡裹处，樱唇微绽，鞓鞡红殷。故宫事往凭谁问，无恙是朱颜。玉墀争采，玉钗争插，至正年间。"

　　到了明代，就有人发现了红姑娘的药用价值。《本草纲目》旧版草部第十六卷，草之五，明确记载"燕京野果名红姑娘，外垂绛囊，中含赤子如珠，酸甘可食，盈盈绕砌，与翠草同芳，亦自可爱。……捣汁服治黄病多效……治上气咳嗽风热，明目"等多种疾病。

　　由于气候和环境的变故，红姑娘现在除了东北和华北部分地区外，其他省市已基本绝迹，更成了东北部分地区的天然特产，弥足珍贵。介于红姑娘既药且食又有一定的观赏价值，近年来，东北已经把红姑娘的产业开发得非常宏大，主要作为医用。看来东北人的脑筋还是比山西、内蒙古人活泛呀。

榆　钱

　　余幼家贫，饥肠辘辘贯穿我记忆的始终。为了填饱肚子，下学归来，首要的任务就是挎个篮子去地里挖野菜。每到榆钱开花的季节，摘榆钱自然成了最幸福的事情。

　　榆钱开花是在春季。芳菲四月，春意盎然，一树树榆钱挂满了长长短短的枝条，在风中轻轻摇曳。榆钱是榆树的果实也是种子。当天上的云朵渐渐温柔成一丝丝细雨，当路边的杨柳泛出了绿意，田间地头、房前屋后，那一树树或大或小的榆钱，就开始拱出毛茸茸的小脑袋，在枯褐色的枝头唱起生命的赞歌。

　　榆钱又叫榆荚，榆树未长叶时，枝条间先长榆荚。榆荚一簇簇嫩嫩绿绿、圆圆碎碎、成堆成串、紧密相拥。榆荚形圆，边缘略薄，中间藏籽儿的部分鼓出。因形似古钱，俗称榆钱。

　　儿时，我家住呼市锡林南路内蒙古防疫站宿舍，那个院子与药品检验所比邻，交界处是一行高大的榆树。每到春天榆钱开花的时候，我就爬上高高的榆树去摘榆钱。那时，一心想多摘些榆钱下来，从未对爬树心存恐惧。榆树长得又高又大，而榆钱又多长在细嫩的枝条上。每次摘榆钱，总要先选择一根榆钱既集中，又能保证安全的树枝。把篮子固定好后，先捋近处的榆钱；然后，再把远处的小树枝拉过来，慢慢地采摘。那些树上的榆钱很多，很快就能把篮子摘满。拿回家，母亲仔细地拣去里边的尘芥，用清水淘洗干净，然后掺入适量玉米面，撒上盐拌匀，就可以上笼蒸了。依稀记得，那味道真是美极了。如果再放上蒜汁、葱花之类的调味品，简直就是天下最奢侈的享受。

榆钱还可以用来熬粥。用榆钱熬出来的粥，青中带黄，很惹人眼馋。白瓷碗里黄色的粥面上飘着绿色的榆钱，黏糊糊的味道格外香甜。清人郭诚食榆钱粥时，常与妻调笑，把其中乐趣写入《榆荚羹》中："自下盐梅入碧鲜，榆风吹散晚厨烟。拣杯戏向山妻说，一箸真成食万钱。"

院子的榆钱被饥饿的人们一扫而光后，我就常常和小伙伴们结伴而行，去人民公园的南墙下，甚至去大黑河畔采摘榆钱。凭着艰辛收获一篮又一篮碧绿鲜嫩的榆钱片片，脸上手上污迹斑斑。榆钱可食用的日子，大概只有十几天光景。等榆钱结籽了，颜色就会变得苍白，风吹之处，那白色的圆片儿便如蝴蝶般地四处飘飞了。

又是一年春风绿，我居住小区的榆树上，又长出了鲜嫩的榆钱，一嘟噜一嘟噜地挂满枝头，晶莹碧透、非常诱人。我欣喜地走过去，伸手折下一枝，捋下来拣去上面的绒毛，放在口中仔细地咀嚼。甜甜的清香便绕着舌尖儿，慢慢地沁入心脾。那淡淡的香味儿，一下子就把我的思绪带回了那个遥远而又苦涩的年代。

我有榆钱情结，特别爱怜那处处生长着的榆树。每当春暖花开的时候，我总要到野外走一走，去观望榆树，采集一些蕴含着童趣的榆钱儿。尽管母亲早已仙逝，无人再为我做一顿榆钱窝窝、榆钱团团，但只要能看见榆钱，就会给我心中带来无限的慰藉。

山药蛋与摩擦圪淬子

凡·高名画《吃马铃薯的人》，曾给我以巨大的震撼。昏暗的油灯下，手抓山药蛋吞咽的农民，表情木然，活脱脱地画出了贫穷、丑陋、愚昧和麻木。而这木然，同时也是诚实勤劳与忠厚淳朴。画上的人很像雁北的农民，原来世界上的穷人都具有一样的神色。

老夫长了个山药蛋脑袋，也是个"吃山药蛋的人"，这辈子肚子里装进的山药蛋车载斗量。

用山药烩菜需要肉，炒山药丝需要油，那么多山药没肉没油怎么办？只好煮在稀粥里吃。二十世纪六十年代，我家的晚饭常常是小米稀粥煮山药蛋，熬得黏糊糊的，一人一大碗，就着烂腌菜，吸溜吸溜热乎乎地进了肚。吃山药蛋离不开烂腌菜，烂腌菜是山药蛋的伴侣。

山药的产量奇高，饥荒年代它不知挽救了多少人的性命。那些年的秋后，人们都要费尽心机地大量储存山药，藏入很深的窖里，以防不测。储存的山药一直要吃到来年秋天。虽说是藏在窖里，入夏，山药芽也会长得很长，有好几寸。剜去了芽，还得吃！

那些年，买山药是要扣粮票的，五斤山药扣一斤粮票；而每到秋后，烂山药则只要花钱就能买到。所谓烂山药，有些是即将霉变的，有些是起山药时铲烂的，有些则是个头过小，形状怪异的。烂山药不好保存，最好的保存办法是磨成山药粉子，因为山药粉子质地细密，可以储存多年而不变质。

三十多年前，山药粉子全部由手工磨制而成。找一张五寸宽，一尺长的铁皮，用铁钉和锤子在上面钉出一行行绿豆大的小孔，反过来钉在一块面积相等的木板上，利用小孔锋利的铁刺磨山药，人们称之为磨礤子。

永远难忘母亲磨山药粉子的过程。那时，母亲天天下班后坐在小板凳上一只手按住磨礤子，一只手抓着一颗山药，挥汗如雨、节奏繁密地在磨礤子上摩擦，摩擦下来的山药糊糊流进了洗衣盆里，越积越多。

磨山药粉子既是力气活儿，又是技术活儿。你想那成百上千斤山药蛋，都要用手攥着一颗一颗地磨碎，动作娴熟地在磨床上来回拉动，令人眼花缭乱，直到磨得剩下薄薄的一张皮才罢手，是多么的不易。如果稍不留心，山药打了滚，手掌或手指就会擦出鲜红的血花。这时，母亲用纸擦擦，贴上胶布还要继续磨。

加工山药粉子要经过洗、磨、滤、澄、晾、罗六道工序。磨粉时先要把山药蛋洗得干干净净；磨下几大盆后，用罗子就着清水在大缸里过滤出山药渣；然后在缸里加入清水，用一根木棍不停地搅动，直到把缸里的淀粉搅起来再沉淀。

澄山药粉子得有耐心。反复搅动沉淀五六次，才能打澄出雪白晶莹的淀粉。其间不知要付出多少臂力和汗水。待缸里的水分彻底蒸发；铲去表层的黑粉子，挖在热炕头晾干；晾干后用罗子罗毕就成了淀粉。这几道工序中就数磨和澄最辛苦。

从我记事起，每到磨粉子时节，母亲坐在阴冷的地上，弯腰磨山药蛋。那噌噌嚓嚓的声音成了我的催眠曲。等我睡醒一觉后，那乐曲还在响着，母亲疲惫的脸上满是汗水。常常夜色深沉时，母亲还在哗啦哗啦地搅动淀粉。不知她夜里能睡多长时间，真是粉条好吃粉难磨啊！

磨粉子的时节，母亲往往顾不上做饭。我们饥饿时，母亲就把磨下来的山药糊糊，她称之为"摩擦圪淬子"，掺点白面揉成面团，然后捏扁拉长揪在锅里煮熟当饭吃。没有菜，就切点葱花，用油盐拌拌即可下饭。如果有炸酱，那就是美食了。这种食物因为里面有淀粉，很筋道，初吃时很顺口。但因为山药没有去皮，吃完嘴里感到有些辣麻，吃多了胃里也不太舒服，不知有谁还见过这种吃法？

打澄出的山药粉子要摊在炕头上晾。那时节，父亲只好到处找地方睡觉。十几天后，几百斤山药变成了一堆雪白晶莹的淀粉。母亲双手无数次浸泡在山药水里，镶上了黑色的纹理，很久也不会褪掉。

去哪再吃一次摩擦圪淬子呢？我虽然经常想，却无法做到，因为母亲已故去多年了。想起摩擦圪淬子就会想起母亲，想起母亲就会想起摩擦圪淬子，进而想起那些饥寒交迫的日子。

出于对山药蛋的感念，不才有诗云：

又见家乡土豆花，
知恩百感泪天涯。
遥知块茎逢时壮，
依旧飘香紫塞家。

麻烦籽与麻子

一

不知为何，雁北把葵花叫作"麻烦饼子"，把葵花籽称为"麻烦籽"。是吃起来麻烦还是吃葵花籽能够解麻烦，无从考证。

得胜堡也种葵花，不过不成片地种，只在田头地尾栽种些，供人们消遣。儿时，我们不等葵花饼子成熟就开始吃上了；嫩葵花籽也很好吃，不用吐皮，嚼碎咽下去也很香。不过，千万别让大人遇上了，大人看见，我们就会被追着打，说我们是在作害庄稼。

葵花籽很好嗑，但欧美人就不行。他们把瓜子咬碎，摊在手掌上，像修表似的，拣那微不足道的碎仁，然后郑重地塞进那口水黏糊糊的、阔大的嘴里，很有成就感地大嚼，笨得可笑。

葵花籽在东北被叫作毛嗑，据说因为老毛子嗑葵花籽在中国人之先。但俄国人嗑瓜子可不像雁北人那么细致，一把葵花籽扔到嘴里，然后就是吐皮了。而中国人则不然，不但嗑得利索，连嗑瓜子的声音也是有性别的，男人嗑的声音是"咳、呸"；女人嗑的声音是"咳、咳"。

原先生产队开会时，男人们抽旱烟，勤谨女人们纳鞋底子，懒女人们就嗑瓜子。队长讲话，下面瓜子皮满天飞。直到散会，地上、炕上的瓜子皮能扫出好几簸箕，倒进炉子里，火苗会喷涌而出。

二

雁北产麻子，也卖麻子。当地人把大麻简称为麻，把麻的雄株叫花麻，雌株叫子麻，子麻产的籽儿叫麻子。花麻成熟于仲秋，去叶泡沤、晾干剥麻，用于拧合各类绳索，供日常生产、生活所用；子麻成熟于季秋，出产的麻子榨油食用，是雁北的主要油料作物之一。

麻子炒熟以后很香，虽然这东西没有多少仁儿，光嗑麻子，嗑着嗑着就会饿死。但嗑这种不停地嗑也会饿死的东西，也须有特别的技术。雁北人都会嗑麻子。把比米粒稍大些的麻子噙入口中，用门齿嗑开，用舌尖剥出麻仁，麻子皮吹出口外，然后慢慢咀嚼，徐徐咽下。有的人嗑麻子的技艺堪称奇绝。手捏着麻子，向上一扬，嘴接个正着。抿了嘴，不知里边怎么鼓捣，眨眼间那麻子壳就出来了。出来的麻子壳粘在下唇上，密密麻麻一大堆。

因为嗑麻子食量不大、油水不多，久嗑也不会饱、多吃也不觉腻，所以人们闲暇时多用嗑麻子来消遣、打发光阴。那时得胜堡人走路、干活、开会，嘴里不离麻子。在田间地头，人多坐在一起时，谁的衣兜里有麻子，便分给众人一把，大家都嗑起来。一会儿地上就落下厚厚一层麻子壳。

从我有记忆起，在呼市的大街小巷，到处都有卖麻子的老头、老太婆。他们坐在不足一尺高的马扎上，面前摆上一盆灰蒙蒙的麻子，里面搁上一个小茶盅。只要你能搜罗出几个硬币，便可买到一茶盅颗粒饱满的麻子，足够过一把"麻子瘾"了。

常见闲散的人们，一只手指间夹着一支烟，另一只手只用老大老二老三指头一抓，也就是抓起十五六颗麻子，溜到手心摇一摇，用嘴一吹，然后轻轻地放进嘴里。经过舌尖与口腔牙齿的相互配合，不一会，仁、壳分离，——且吸且嗑、且吃且谈、且谈且笑，从容自如。

二十世纪七十年代中期，我在内蒙古农大读书时，嗑麻子几乎风行校园。学生嗑、老师嗑，看书写字嗑，有时甚至上课听讲时也嗑。我的同桌就曾是一员嗑麻子嗑出"水平"的人物，他有过一天嗑三十盅麻子的纪录。他的老家是巴盟五原的，家里种麻子，每次开学都要带半口袋麻子来。因为常给同学们发麻子，在班上人缘极好。

那些年，每逢年节，许多人在购置糖果、瓜子的同时，还要准备一些麻子，供饭后茶余、闲谈聊天时食用。只有嗑麻子，嘴里既能有东西吃，又不会过量伤胃。

雁北有句歇后语：家雀嗑麻子——糟踏那五谷杂粮。我虽然不是家雀，但也喜欢嗑麻子。可我技术不行，放在嘴里，对付半天，一咬下去就碎了，一碎了就没法收拾。有时碎不了，只能脱出半个仁，另一半嵌在壳里，软硬兼施就是不出来。顽固透了，只好连壳唾掉。我心里就琢磨，这活只有鸟的小尖嘴才能干得了，于是没了耐性，就抓半把麻子放在嘴里大嚼，这种粗野吃法，自然不是吃麻子的正道。

最近才听说，嗑麻子有抗癌的功效。尽管如此，我也嫌麻烦，没有这种耐心。不过上网、写博，桌面上除了香烟、茶杯之外，再加一小碗麻子，夜深人静，边写边嗑，倒是很有一番情趣。

　　绝好的麻子产自雁北及内蒙古西部。一次，我和长辈们谈起现在不见卖麻子的人了，他们说："现在人们油水多，口味高了，谁还嗑麻子？"这才使我恍然大悟。一个时代有一个时代的零食，看来，这嗑麻子也真该画个句号了。

旧岁童戏

耍　水

　　耍水就是游泳。也许你会说，游泳就游泳呗，耍什么水，怪别扭的。由于我们小时候在水里不单单是游，更多的是玩耍，所以还是称耍水比游泳更准确，再者我们小时候一直这么叫来着。

　　几乎每个淘气的孩子都有过因擅自去耍水而被家长暴打的经历。我原先以为，这是北方人的做法，后来才知道，在南方，家长对孩子耍水的管束也是如此。

　　听父亲说，他小时候，晌午也常常跑到离家不远的永兴湖去耍水，每次几乎都是踮着脚尖回家的，因为耳朵的使用权在我祖父的手里。到家后，不用任何人吩咐，他就乖乖地跪了下去，然后准备接受祖父愤怒的惩罚……

　　我小时候玩伴很少，夏天在姥姥家的时候，偶尔会和表哥们偷偷跑到村外的御河里去耍水，然后晒得黑黑的回来。开始时，我不敢下水，只是坐在河边看，因为大人不查问没事，一查问，用手一抓，皮肤上有一道白痕，想骗都骗不过了。

　　有时，我刚下水，母亲就到了河边，也不知道她是怎么知道的；父亲对我管束得更严格，别说耍水了，我就是在河边站一站，回家也会受到严厉的惩罚。还好有姥姥的干预，我不知道少受了多少家庭暴力。

　　很怀念童年时代的那个夏天，得胜堡的太阳就像在头上冒火，一丝风也没有，树叶都耷拉着没有一点精神。一群孩子在御河里嬉戏喧闹着，整个闷热的夏日寂静就被孩子的吵嚷声搅碎了，散落在水面上一波一波的。那时，孩子们玩得最多的就是狗刨，也有会仰泳的，只是姿势不够正规。像现在的蛙泳、自由泳、蝶泳，我们连听都没听说过，更不用说会了。有时为了寻求刺激，伙伴们逐个爬到岸边的一棵柳树上往水里跳，或许这就是跳水运动的原型吧！

我就在那群孩子中间，由于生性胆怯，只能在靠近岸边的浅水里手抓水草练习打"扑腾"，虽然如此，心却像激起来的水一样一浪一浪地涌动着，那股激动的情绪难以言表。毕竟是生命中第一次与宽阔的河水亲密接触，而且那河水之于我是充满了诱惑与危险的，一边尽情地嬉戏着，一边担心着别被淹死了。

我们玩得煞是热闹。南岸一群妇女蹲在水边，有说有笑地洗着衣服。棒槌有节奏地捶在衣服上，发出咚咚咚的响声，久久地在河边回荡。远处的水面上几只鸭子在自由自在地游来游去，后面拖着一串串涟漪。

一天，我正在和一个同伴互相往对方身上扬水，一抬头，便看见舅舅已经怒气冲冲地站在了岸边。他满头大汗，与其说是热的，我更愿意相信是急的气的，看看舅舅那双往外喷火的眼睛就知道了。在舅舅"滚上来"的怒喝声中，表哥脑袋嗡嗡作响，两脚打滑地爬了上来，被舅舅揪住耳朵，在屁股上"噼噼啪啪"地打着，然后是表哥的痛哭。

儿童对水的好奇是天然的本能。那时，老师说人类是从海洋中进化而来的，我特别相信，不过至今不知道是如何进化的。如果不愿意进化，是不是就一直可以在水里呆下去？

终于有一天，几个不知深浅的家伙，大概是为了省几步路，竟然偷偷摸摸地跑到村东头烧砖挖下的大坑里去耍水。那天有两个被水溺了，一个是刘罗锅家的三小子，另一个是孙拐子家的老生子。刘罗锅家的三小子救活了，而孙拐子家的老生子却再也没缓过来。

那时人们还不懂得做人工呼吸，只是将被水淹的孩子横趴在牛背上，头和脚都朝下耷拉下去，然后赶着牛在村里转悠。牛慢慢地走，牛背轻轻地揉着肚子，呛进去的水便从孩子的口鼻里流了出来。

俗话说，水火无情。这里把水放在火的前面绝不是随意的，因为死于水的人远远多于死于火的人。没有一条河里没淹死过人，也没有一个湖里没淹死过人。

我常常想起幼年时受到的告诫，好像没有家长会支持孩子去耍水。那时常常听到有人被淹死，大家都很惋惜。现在的孩子，就是耍水，也大都在正规的游泳馆里了吧。

玩胶泥

　　我的舅舅家在雁北得胜堡，堡外有条御河。御河一年四季流水潺潺，女人们在河边洗衣，男人们在河边饮马，孩子们在河里耍水。儿时的记忆总是那么亲切、迷人。

　　儿时，我和表弟表妹们经常去河边掏胶泥捏耍货。我最喜欢用胶泥来捏汽车、轮船、飞机、大炮；表妹们则捏炉灶、锅碗、盘盏、小鸡、小鸭、小兔。表姐最会捏小茶壶，肚子鼓鼓的，中间是空的，上边还有盖子。壶嘴轻轻用柴禾棍捅个眼，如果里面灌水，真的能倒出来。尽管我们捏的粗糙拙劣，但都把它们视为至宝，放在阴凉地晾干后，拿出来和小伙伴们玩起过家家来，趣味十足。

　　胶泥是一种厚重、细腻又有韧性的泥土。褐黄的颜色，犹如古铜，发出金属的光泽。对于大人，它是最好的建筑材料；对于孩子，它就是童年的欢乐。

　　我们常把胶泥在光滑的石板上使劲地摔，因为胶泥有一个特性，就是越摔越软和，越摔越柔韧。柔韧的胶泥可以用来玩各种游戏，记得当时最爱玩的游戏是，每人拿一大块摔软了的胶泥，在光滑的石板上捏成碗状，尽量把底子弄得很薄，然后用足力气往石板上扣。只听"啪"的一声，小碗底上破了一个大洞，让对方出泥给补上，然后再让对方摔。如此往复，往往玩得如痴如醉，直到家中饭熟，大人们喊破嗓子呼唤吃饭时，才恋恋不舍地回家。

我喜欢用胶泥脱泥人。模子是陶土烧成的，有孙悟空、猪八戒、哪吒、托塔天王……脱泥人需要把胶泥按满整个模子，然后再慢慢地把印好的泥模轻轻地从模内倒出来，此时，一个栩栩如生的人物造型就做好了。如果干透了，再用水彩画颜料涂上颜色，那就更精美绝伦了。

儿时的得胜堡，经常有走村串户的货郎推着独轮车来卖泥模，妗妗一般用家里的破烂或者鸡蛋来换。许多小伙伴都有泥模，我们常常交换着玩。有时脱一个下午，人人马马摆满了窗台也不觉得累。

表哥二锁手很巧，他会用胶泥捏"泥咕咕"，并且吹得悦耳动听，我们常拿了胶泥去请他捏。他很喜欢我们这些小孩子，总是很认真地捏。先捏出大大的肚子、细细的扁嘴，然后找根柴火棍捅出几个眼来，拿在嘴上一吹，就能吹出好听的曲子来。

时光荏苒，玩胶泥的岁月早已远逝，现在的孩子已不知道胶泥为何物。今天想起与胶泥交织在一起的童年，快乐、甜蜜，回味无穷。

成人后，我看过鲁迅先生的一篇回忆性散文《风筝》。文章以风筝为引线，对他年轻时粗暴对待小弟的言行作了深刻的反思。当弟弟私自做风筝的秘密被他发现后，他大声地责骂弟弟，弟弟惊恐万状："他向着大方凳，坐在小凳子上；便很惊惶地站了起来，失了色瑟缩着。"当他彻底毁坏了弟弟即将完工的风筝，傲然走出时，弟弟"绝望地站在小屋里"。后来鲁迅还写道："我不幸偶而看到了一本外国的讲论儿童的书，才知道游戏是儿童最正当的行为，玩具是儿童的天使。"对自己当初的行为懊悔万分。

如此说来，我脱泥人是最正当的行为了，而我自己做出来的泥人就是我的天使，有天使陪伴的孩子才是幸福的孩子。

很难想象，如果今天城里的孩子也像我小时候那样疯玩，滚一身泥土回来，家长会暴怒成什么样子。就是真的做成了泥人，恐怕也会被大人摔得粉身碎骨了。鲁迅认为最正当的行为，现在有些家长们却鄙夷不屑。周末我出去遛弯儿，看到一个个孩子被家长带着去上辅导班的时候，总想起我在他们这么大时候正端着簸箕挖胶泥，在捶板石上脱泥人呢。

就玩耍来说，我的童年是幸福的，不知道现在的孩子们到了我这样的年纪还有没有我这样的感觉和回忆。

闪闪窖

在雁北，有一种陷阱叫闪闪窖；有一种美眸叫毛眼眼；有一种坏人叫忽拉盖；有一种莽夫叫生葫芦；有一种骗术叫拉黑牛；有一种预谋叫踩盘子；有一种职业叫鞭杆子；有一种诅咒叫枪崩货；有一种落寞叫悉板灰；有一种执着叫不歇心……

真正的陷阱是用来捕捉野兽或敌人而挖的坑，上面覆盖着伪装的东西，野兽或敌人踩在上面就会掉进地坑里。闪闪窖是一种用于恶作剧的微型陷阱。

儿时，得胜堡的夏季，骄阳似火。午间睡不着，下河耍水又怕被大人发现，于是在胶泥地挖坑、搭闪闪窖就成了我们的第二类选择，当然那也是令人愉悦的事情。

我和平时比较好的几个伙伴相约，带上铲子、瓶子来到御河边。先选一条人们常走的小路，接着就开始挖坑。顶着火盖般的太阳，大伙都十分卖力地干起来，汗珠子"吧嗒吧嗒"地掉着，擦都不顾得擦上一把。实在口渴得没办法，就趴到河边"咕嘟咕嘟"地灌上一气，用手背一抹拉嘴角接着再干。

闪闪窖的坑不能挖得大了，也不能挖得深了，能把一只脚闪进去就行了。挖大了找不着合适的柴禾棚顶，挖深了又怕闪断人家的腿，闹出个事来也不好交待。

挖好坑后就开始灌水，一小瓶一小瓶地把水从河里取来，那个辛苦劲就别提了。水灌满后就开始盖棚顶，找些刚好能吃上劲，还禁不住踩的树枝横竖搭在坑上，上面再架上柴禾棍，铺上树叶。然后就从小路上一捧一捧地掬来细土面子，撒在上边进行伪装。有时，我们还在覆土上轻轻地印一个鞋印，看似和路面一样。

那真是一颗汗珠摔八瓣的营生。我们被太阳炙烤着，一个个小脸赤红赤红的，汗道子一缕一缕的。最后把挖出来的生土清理掉，再对闪闪窖进行一次全面检查，在确认没半点破绽后，就收兵回营，这时候离晚饭也差不了多远了。

次日，我们几个小家伙乘割草之机，提着筐子拿着镰刀，不约而同地来到河边，看着那个闪过人的闪闪窖，和那乱七八糟的狼藉样，都开心地笑着。如果发现闪闪窖完好如初，此时又不断有人从远处过来，我们就藏在附近的庄稼地里，等着被闪的人那一阵阵怒骂。似乎听了那骂声才算是完满，才更觉得过瘾。你看我们这些"小灰爬"，够顽皮的吧。

常常挖好了闪闪窖，却遇不到上当的人，这就需要找人，所谓"诱敌深入"。找人也是有技巧的，如果之后人家不依你，也许就要被打了。所以你打不过的人，想都不要想。到后来这些把戏大家都熟知了，就更难有人上当了。记得有次我们挖了个闪闪窖，怎么都骗不到人，急了，就违背了基本原则，把村支书的傻儿给骗来了。那是个看起来就有点傻的肉圪蛋，是村支书的独子。这胖货果然傻，别人都同情地看着他，他还中计。我把他骗到坑边，他一走，就掉进去了。不过那家伙打架也真狠，打得我哭了很久，扭打时还把我的裤裆给撕破了，后来我再也不敢招惹他。此事足以证明，不管是利用脑力还是体力做坏事，你必须得先有实力，否则贻害无穷。

几十年过去了，城里的柏油马路在不断地延伸和扩展，地面无处不在硬化。淘气小子的闪闪窖游戏早已绝迹，人们走在坚硬的路面上似乎再也不用担心闪人的陷阱了。不知村里的孩子是否还在玩这种游戏。

逮蛐蛐

儿时的岁月是短暂的，一晃我们都老了，已为祖父母级的人物。孙辈也到了逮蛐蛐的年龄了，可他们热衷的却是网络游戏。不是在网上打打杀杀，就是偷白菜抢车位，搞不懂玩的是些甚名堂。他们哪里捡过山药，拾过麦穗，逮过蛐蛐……他们对我所说的，完全是一脸的茫然，丝毫不解大自然给我们带来的乐趣，更遑论其中的审美价值与情趣了。

我不时想起儿时，也是夏日时节，得胜堡的麦子刚刚收割完，小伙伴们就在田里边拾麦穗边逮蛐蛐，最后的结果往往是麦穗拾得少，蛐蛐逮得多。

蛐蛐学名蟋蟀，昆虫纲、直翅目、蟋蟀科，雄性善鸣、好斗。前人称蛐蛐为"秋虫""促织""趋织"。有书《秋虫源流》，考其源流甚详。民间称"蟋蟀"者为多，而雁北人习惯上多称蛐蛐。

儿时有一次，蛐蛐的叫声此起彼伏，但刚刚走到跟前，就突然中断了，估计是它们听见了我的脚步声。我停下来等了一会儿，蛐蛐的叫声又响起来。我立刻蹲下身，小心翼翼地扒开麦茬，惊喜地发现了那只蛐蛐。它脑袋乌黑，两只触角不停地抖动，两眼闪着亮光，一对锋利的门牙像一把钳子一样一张一合，发出"嚓嚓"的声音，真是威风！

我立刻伸手去捉，可是，等我张开手一看，哪里有什么蛐蛐，手中只有几根杂草。我又四下察看，连蛐蛐的影子都没有。突然，我觉得脖子上痒痒的，好像有什么东西在爬。伸手往脖子上扣去，可是，那家伙不但没有被捉住，反而跳到了我的手上。我急忙伸出另一只手去扣，蛐蛐迅疾跳到地上，向前蹦去。我赶紧去追，一边猫着腰，一边向前扑。可是，我扑它蹦，怎么也捉不住它，转眼间它就跳进了一堆乱石里。

我拔了一根草伸进石缝里去捅，可是，不管我怎么弄它都不出来。于是我情急生智，解开裤子用尿来冲。尿顺着缝隙往里面渗，蛐蛐没了藏身之地，只好逃了出来。由于它的翅膀被尿淋湿了，所以不像刚才那么利索了，我一下子就把它给逮住了。

我把逮到的蛐蛐装进用高粱秸秆皮编的笼子里，然后摘来南瓜花喂它。也不知道是从哪得知蛐蛐要吃南瓜花的，最后笼子里南瓜花都淹过了蛐蛐。

表哥是个逮蛐蛐高手，他一般总是在晌午时分，在草垛、沟塘边上逮。有时循着蛐蛐的叫声圈定了它所在的范围，用脚踩草垛或手扒松软的泥土，蛐蛐受到惊动，就会跳出来。此时只要双手张开一拢或向下一抓，就能把蛐蛐逮住。有时几个人同扑一只蛐蛐，能把蛐蛐抓烂；自己发现的蛐蛐若是被别人逮去了，也会因之争执打斗。

有时，我们晚上去逮蛐蛐。主要从墙根底下、砖石缝里搜寻。这些地方的蛐蛐白天不敢出来，即便出来，一有惊动，便立即消失。夜晚，循着蛐蛐的叫声，用手电一照就能发现。在手电光的照射下，蛐蛐不知所措，只好乖乖就范。

砖石缝里的蛐蛐由于啃砖石，牙齿较草垛里的蛐蛐坚硬，斗起来也凶狠。与其它蛐蛐放在一起，不用草棍挑逗，就会主动出击。斗败的蛐蛐多被我们掐死，胜利者被暂时收养，一旦斗败也会被处死。

一天晌午，我逮住一只好蛐蛐。看到那只蛐蛐我吓了一跳，比普通蛐蛐要大一倍，一直斗到天黑无敌手。这只蛐蛐双翅看上去金黄锃亮，夹子有劲，我攥在手心里，它咬我手。我怕它飞了，于是拔掉了它的翅膀，它成了乌黑铮亮的"秃尾巴龙"。

我喜欢给蛐蛐喂辣椒。听表哥说，蛐蛐吃了辣椒火气足，会更加勇猛好斗。可物极必反，有一次，因为瓶子空间小，辣椒放多了，那只勇猛的蛐蛐被辣椒呛死了，我因此难过了好几天。后来我把那只蛐蛐的尸体埋在土里，还放块石头当墓碑。我鼻子里故意发出"呜呜"的哭声，随后哼了个"哀乐"。悼念完它，就离开了。

雄蛐蛐是典型的"一夫多妻"制。如果两只雄蛐蛐相遇，就会"仇人相见，分外眼红"，不斗个你死我活，决不罢休。

一次，我和小伙伴各把一只雄蛐蛐放进一个罐里，不足五秒钟，便听到了"吱……吱……"的声响，仔细一看，原来我的"大圆头"蛐蛐触须直立、怒目圆睁、后足踢蹬、羽翅生风；而另一只"四方头"蛐蛐也不甘示弱，准备迎战。"大圆头"突然向"四方头"猛扑过去，张嘴龇牙，一扑、一咬、一抛，仅五六个回合，"四方头"便败下阵来，躲在角落里瑟瑟发抖。而我的"大圆头"高竖双翅、傲然长鸣、洋洋自得。

一般恶战开始前，双方先是猛烈振翅鸣叫，像是给自己鼓劲，又像是要灭对手的威风，然后才龇牙咧嘴地搏斗。头顶、脚踢，卷动长长的触须，不停地旋转身体，寻找有利位置，勇敢扑杀。几个回合之后，弱者偃旗息鼓、垂头丧气；胜者仰头挺胸、趾高气扬。就连蛐蛐双方的主人也神色各异。

有时，两只雄蛐蛐放在一起，谁也不理谁。这时用细软毛刺激蛐蛐的口须，会鼓舞它冲向敌手，努力拼搏；如果触动它的尾毛，则更会引起它的愤怒，使它激动起来，勇往直前。败军之将的蛐蛐往往一蹶不振，指望它重新披挂上阵的希望不大，所以总要不断地逮新蛐蛐来玩。

我斗蛐蛐时，总要先分出大将、二将、三将，直至末将。一般舍不得直接用大将，先用三将或二将。胜利了，就大肆吹嘘：我大将还没出马，就已经把你打得稀里哗啦了；败了，再隆重让大将出场……

使我倍感疑惑的是，只要搬出蛐蛐罐，准备斗蛐蛐时，自家、邻家的大公鸡就围在周围，轰也不走。等那败将被胜者掐败后从罐里蹦出，早就埋伏在旁的大公鸡立即扑上去，一口吞下肚，它才不管什么大将二将呢。虽然恨得我牙根发痒，却也无奈！

经验之谈：在蛐蛐掐架的前三天左右尽量用罐子闷它，不要让它见光，也不要给它食物（放心不会死掉的）。你要是平时在罐子里面放一只母蛐蛐，此刻把它拿出去的话，保证蛐蛐的战斗力会大大地提升。我以前就是这样弄的，结果我的这只蛐蛐把别的蛐蛐的大腿给咬了下来。

我三十年没回得胜堡了，现蜗居在呼市。一日入夜，微风吹拂着卧室阳台的纱帘，丝丝茉莉的花香袅娜地钻入鼻翼，沁人心脾。侧耳聆听着窗外的动静，似有昆虫鸣叫，忽远忽近、似有若无、如泣如诉。它是那样亲切、熟悉、悦耳、欢快，令人着迷。啊，原来是蛐蛐的叫声，是那个每年一到入夏就让我期盼的声音。蛐蛐的叫声告诉我，时已仲夏了。每当听到这个小生灵的叫声，童年逮蛐蛐的情景便历历在目。此刻，我多想回到家乡，回到月朗星稀，一只手电筒照着草垛逮蛐蛐的儿时……唉，人生真如梦境一般！

蝈　蝈

今年夏天，我在回家的路上碰见一个卖蝈蝈的。他担着一条扁担，扁担两端挂满了用高粱秫秸编成的蝈蝈笼子，每个笼子里都有一只蝈蝈。蝈蝈高亢的叫声此起彼伏，引来路人关注。蝈蝈给我的童年生活留下了太多美好记忆，问了一下，连笼子十块钱一个，我想也没想就买下了。

那只蝈蝈似乎很有灵性，我一把它放在窗台上，它就扇动双翅鸣叫起来。虽然我平素不喜欢任何杂音干扰，但这种生灵的鸣叫犹如天籁之音，令我十分惊喜。所以，仅仅养了一个礼拜，我对它的好感就油然而生。它成了我时时关注、牵挂的精灵。看着它黝黑锃亮可爱的样子，我决心让它顺利度过今冬。

忘不了儿时得胜堡的秋天，明晃晃的太阳挂在穹庐的顶端，向大地喷火。我和小伙伴们袒胸露臂在田野里奔跑。秋老虎锥样地刺痛、火样地焦烤，我与小伙伴们如同挣扎在闷热的烤炉里喘不过气来，身如水洗。我们跑着跳着，来到一个山坡上，环视四野，一行行的庄稼像受罚的士兵，在烈日下站立，接受惩罚；株株垂头丧气，忍着焦枯的煎熬。然而豆稞、草丛里的蝈蝈却对秋老虎的酷热不以为然，透过庄稼稞叶的孔隙，"咯咯咯咯咯"地纵情高歌着同一的旋律。我烦躁地下腰拾起一块土坷垃向发声处砸去，歌唱戛然而止了。随之，由近而远，庄稼稞里便悄无声息。仅仅寂静了片刻，一只蝈蝈试探着，从头又唱起来。于是，一片坡地复唱，另一片坡地歌声再起。像拉歌，似比赛，于是所有的坡上、地里，顷刻间又旋风般地开始了大合唱。

那声音，此起彼伏。有尖细、有沙哑、有粗犷、有婉转、有亢奋、有悲喜；那声音，成波、成涛、成海洋；那声音，铺天盖地，像沸腾的水与蒸气组成的热浪冲击锅盖的响声。焦躁的我，一个眼色，令小伙伴们"腾、腾、腾"地向声音奔去，力图捕获它们，但到跟前又鸦雀无声。刚转身向别处走去，无声之处又嘲讽似的响起蝈蝈的歌声。一次次地搜寻、一次次地嘲讽、一次次地无奈，我们汗流浃背、屡败屡战。终于，几只蝈蝈败在我们手下，成了我们的俘虏。我们激动着、欢笑着，把它们塞进蝈蝈笼里拎回家去。

蝈蝈不计前嫌，给它们些葱白、菜叶，再喷些水雾，它们吃饱了、喝足了，大腿一翘、双翅抖擞，又兴奋地唱起了它们永不厌倦的歌曲。

逮蝈蝈的有效办法是：对它们采取背后的突然袭击。当蝈蝈唱累了，疲惫至极、放松警惕时，便以迅雷不及掩耳之势，用手掌猛扑上去。食指拇指掐住蝈蝈的头两侧，蝈蝈全身不能动弹，便乖乖地成为俘虏。此时的蝈蝈自知难以逃生，便双目怒视，露出两颗凶牙，拉开决一死战、宁死不屈的架势。你只要稍有疏忽，便是它的一线生机。只见它双腿先缩后蹬、夺路而逃，随之便藏匿于草丛、豆棵之中。

记得那年秋天，我从草地上捉来了一只蝈蝈，养在笼里。那只蝈蝈很大，有三四厘米长，腹部是嫩绿色的，长着四条小腿、两条大腿；背部和四片翅膀是翠绿色的；头上有硬壳，长着两条又长又细的触角；下颚向前突出，长着两颗弯向中间的褐色大牙。

那只蝈蝈开始很怕我，见我走近了，立刻退到笼子后边，用触角冲着我摆动，紧盯着我，后腿向里收着，显得特别紧张。过了一会儿，看我没有伤害它的意思，它便在小竹笼里慢慢散起步来，但还不时地停下步子，看看我。

蝈蝈吃东西并不挑剔，各种蔬菜水果它都吃。我喂它一块黄瓜，刚放进去，它猛地向后一跳，瞪起眼睛，触须来回晃动着。过了一会，它向前爬了爬，用触须碰碰黄瓜，又用大牙碰了碰，然后抬起头来看看我，才试探着咬了一小口，在嘴里嚼着，咽下去。须臾，它便顾不得看我了，大口大口地吃了起来。

儿时的我，初见蝈蝈与敌手对峙或宁死不屈地搏斗，先心惊胆战，进而肃然起敬。蝈蝈遇到敌手，难以逃脱之时，便直翅竖立、双目怒睁，龇牙咧嘴地等待敌手的进犯。犹如斗鸡场上那些趾高气扬、盛气凌人的雄鸡，面对气势汹汹的对手，鸡冠厉竖、双翅直立，怒目圆睁地面对敌人。

一次，我守着蝈蝈笼子玩着一只蚂蚱，蝈蝈立刻跑到笼子边上，密切注视。谁知那只蚂蚱一蹬后腿，"啪"地从我手里挣脱出来，误入蝈蝈笼里。蝈蝈猛地一扑，死死咬住了那只蚂蚱的脑袋。蚂蚱紧蹬后腿，拼命挣扎。蝈蝈一口咬住，死不松口，直至蚂蚱断气。蝈蝈先咬下蚂蚱的头，大口大口地吃着；吃完头，再吃蚂蚱的胸部、腹部。不一会儿，整只蚂蚱都进了它的肚子里了，连一小片翅膀都没留下。从此我才知道蝈蝈竟然还是肉食性动物！

　　蝈蝈吃饱了，就用嘴舔舔触须，待在一旁一动不动。心情愉悦时，便引吭高歌。那悦耳的声音，是靠翅膀的摩擦振动发出来的。

　　在法布尔的《昆虫记》中，蝈蝈被称做"夜晚的艺术家"，意思是一到夜晚就是它们登场的时间。但在我的记忆中，蝈蝈的鸣叫是不分昼夜的。法布尔还曾经观察过蝈蝈猎食蝉，因此他称呼蝈蝈为"蝉的屠夫"。法布尔对蝈蝈叫声的描绘是生动而又贴切的："那像是滑轮的响声，很不引人注意，又像是干皱的薄膜隐隐约约地窸窣作响。在这喑哑而连续不断的低音中，时不时发出一阵非常尖锐而急促、近乎金属碰撞般的清脆响声。"毫无疑问，这些近乎完美的天籁之音无疑是绝响。

　　随着年龄的渐增，我对生命的痛惜感是越来越重了。人生一世，草木一秋，蝈蝈即便精心喂养也仅可活七个月。为此善意提醒饲养蝈蝈的人：不要乱喂蝈蝈东西，蝈蝈最喜食的是南瓜花；蝈蝈应放在离空调远一点的地方，因为它也能感受到凉气；如果想让蝈蝈也能有一点自由，换个大些的笼子为好。

藏埋埋

捉迷藏在雁北称之为"藏埋埋"，是一种古老的儿童游戏。藏埋埋据说最早出现于唐代的宫廷，是宫女日常消遣之戏；到宋代已普及城乡，成为儿童日常游戏。《宋史》载："（司马）光生七岁，凛然如成人……群儿戏于庭，一儿登瓮，足跌没水中，众皆弃去，光持石击瓮，破之，水迸，儿得活。"据史家考证，当年司马光玩的正是藏埋埋游戏。

藏埋埋是乡村孩子的天然游戏。乡村世界太大了，天高地阔、山明水秀、雾散云聚、日落月升。风光四时不同，乐趣随处可寻。

藏埋埋是大有乐趣却不需任何资本的游戏，有时间就行。一般是在晚饭后，天色将黑，一声口哨，小伙伴们便蜂拥而至。十几个人先以猜拳的方式决出一名输家，再确定一名监督人，并商定藏匿的大致范围。然后，监督人用双手蒙住输家的眼睛，让大家迅速分头找地方藏起来，藏得越隐蔽越好。监督人看大家都藏好了，就放开输家的双眼让其寻找藏起来的伙伴们。

游戏的范围要事先定好，不能过大，否则很难寻找。为了藏身，孩子们费尽心思：牛棚马圈、菜园柴房、草垛粮仓、大树上、鸡窝边、碾房里、照壁后、断墙旁、墙头上，甚至爬上房顶、伏在房梁、攀附井壁、深入菜窖……只要孩子们能想到的，就不管脏净，不顾危险，不怕高低，让寻者费尽周折也难找到。直到寻者放弃寻找的时候，大家才从藏身之处跳出来，纷纷炫耀自己藏得如何隐秘。那种自豪、那种快乐难以言状。

藏埋埋是一种斗智斗勇的游戏。藏的人恨不得变成孙悟空，上天入地，让寻者永远找不到；而寻的人也恨不得具备千里眼、顺风耳，将藏匿者统统擒获。

不管是月光如水、星河灿烂，还是漆黑如墨、不见五指，都不影响孩子们玩这种游戏。但最好的夜晚是云遮月，月光时隐时现，树枝斑驳、人影憧憧。似乎处处都藏着人，但处处又不见踪影。有时找不着，刚靠在树身上歇一会，树后就忽然钻出个人来，吓得你心跳不止、抚胸长喘。

玩完后才发现，满脸灰土，头发散乱，扣子失落，裤裆撕开，裤腿扯裂，衣服上沾满草末。于是拍打拍打灰土，扑打扑打衣襟，往家里飞去。回到家中，爹妈轻则一顿辱骂、重则一顿痛打，坚强者听凭责罚、软弱者咧嘴嚎上几声。然而，一旦玩起来，又忘乎所以。爹妈见此，也就不再教训了，只不过白天多洗几件衣裳，夜里熬油多缝补几针而已。孩子天生就是淘气的，能把他们如何呢？

记得儿时回得胜堡，孩子们放学后先忙乎着把作业做完。农忙时，还要到地里干活，割草、拾粪、拾山药、捡麦穗。直到挂在林梢的太阳红了脸庞、暗了色彩、无了热度，渐渐隐入山头，才回到家中。这时，村庄也静了下来，唯有袅袅的炊烟在屋顶上回旋升腾。

吃过晚饭，暮色并没有让村庄安静多久，孩子们便飞出家门，院子里顿时热闹起来。猜拳决定胜负后，失败者就成了寻找者，蹲在地上默数一百个数，其他的孩子便撒欢似的分散跑开，在规定的范围内快速藏身。

记得那年秋后，自留地的庄稼都入了院门，成捆的秸秆堆满了院落。特别是院墙下，立满了一捆捆葵花秆和苞米秆。那天玩耍时，我挪开一捆钻进去，再移回把自己挡住，就一声不吭地等人来找了。我还曾经跳到猪圈里，蹲在肥猪的身后一动不动，那猪起初被吓得一激灵，腾地起来，哼哼了几声，然后又稳当下来。有时我还会钻进草堆或躺进驴圈的草料槽子里，表哥在我的身上洒满草料作为掩护。

一次，我藏在堂屋门背后的一口大瓮里。这个大瓮里装着半瓮的谷糠，我轻轻地撩开高粱盖帘，头上扣个水瓢，蜷曲着蹲在里面，然后又盖好了盖帘。找人的里里外外寻了大半天，就是没想到我会藏在身边的大瓮里。直到找人方发出认输的呼喊，我才顶着满身糠皮钻出大瓮。没想到往出跳的时候用力过猛，竟带倒了头重脚轻的大瓮，"哗啦"一声，大瓮的上沿跌破一个豁口。一看捅了娄子，我们便发一声喊全跑了。

最铭心刻骨的一次是，表哥把我藏到仓房的一条麻袋里，用绳子把口系上了。他又把我这个"麻袋"靠在墙角，然后在这个"麻袋"上面放了一个簸箕之类的东西。表哥走后，我就蜷缩在麻袋里，大气都不敢出。大约过了十分钟，我听见脚步声渐近，有个娃娃说："出来哇，我看见你了！"我暗自嘲笑他这种诈人的小伎俩，于是憋住气，静静地听着他的脚步出了仓房。可是，他走后，周围的世界一下子寂静了。时间一秒一秒地过去，我突然尿意纵横，想从麻袋里出来，发现麻袋的口已经被表哥系死了，从里面无法打开。我的呼吸越来越粗重，开始出汗，竟至浑身都湿透了。我内心慌乱起来，在慌乱中把麻袋上面的簸箕顶掉了。在我就要喊救命的一刻，表哥才匆匆赶来救出了我。

最危险的一次是，我藏在了五舅家的那口大柜里，进去后大柜的锁扣自动落下扣住。幸亏那口大柜柜盖不够严实，有些走风漏气；也幸亏表哥发现得早，否则将会酿成大祸。表哥是那次藏埋埋的发起人，五舅为此把他胖揍了一顿，我也因此对表哥很歉疚。

得胜堡堡墙的城砖，"大跃进"那年就被人们拆光了。裸露的堡墙被人们掏得百孔千疮，用以填放杂物。洞内阴暗潮湿瘆人，待得久了，还真有些怕。我们在堡墙脚下的烂窑里玩藏埋埋时，如果有谁喊一声："鬼来了！"大家就嗷嗷叫着抱头鼠窜。那种感受，犹如五雷轰顶、肝胆俱裂。儿时内心惧怕的，除了狼，就是鬼。因为鬼比之于狼，来无踪、去无影，飘忽不定、无孔不入。

这便是藏埋埋的乐趣，躲躲藏藏、吵吵喊喊，玩起来肆无忌惮、快乐无比。童真世界里的游戏，总是让人怀念不已。我多想回到那个年代，再次享受童真，把自己埋在记忆深处，不再被世俗烦恼困扰，那该是多么幸福的事呀！

过家家

　　不知道你们小时候是否玩过过家家，反正我是玩过，当过爸爸也当过爷爷。有一次我和邻居家的女孩玩过家家，我俩结婚了，我想要孩子，她问我要几个？我说要五个吧！她说，那孩子从哪来呢？我俩都在想，她忽然想起家里有布娃娃，我也说我家有布老虎。于是我们就找来四只布老虎、一个布娃娃。四个布老虎大一些，我给它们起了名字：大虎、二虎、三虎、四虎；那个布娃娃，我们管她叫妞妞。现在想起来真好笑，那么小就有生七狼八虎的远大理想。

　　过家家使我想起另一个有趣的故事。说一男一女两个小孩玩得非常好，一天，男孩对女孩说："要不咱俩结婚哇！"女孩想了想说："不行。"男孩问："为啥？"女孩说："我们家都是亲戚才结婚呢！你看，我爸和我妈结婚、我爷爷和奶奶结婚、我姥爷和姥姥结婚……"

　　过家家游戏一般是五岁以下孩子玩的比较多。因为大一些的孩子，觉得这个游戏太"小儿科"了，玩起来也挺害臊的。

　　这个游戏中有爸爸、有妈妈，还有孩子。只有两个人玩时，一个当"妈妈"，一个做"爸爸"。"孩子"就用小枕头啊、布娃娃呀、笤帚疙瘩这类东西代替。把手绢卷成卷，给"孩子"做枕头，用毛巾当小被，眼药瓶当奶瓶。人多了角色就好分配了，还有"爷爷""奶奶""姥姥""姥爷"。每个人都参与进来，就是过日子那点事。

记得在我五岁生日那天，爸爸给我买了一套小炉子、小锅、小铲、小盘子等玩具。我非常喜欢这套色彩艳丽的玩具，到处与小朋友们显摆。一天，邻居家的两个女孩来我家玩过家家的游戏，我就搬了一个大方凳、几个小板凳，拿出了小炉子、小锅，摆在家门口太阳地和她俩玩起来，

我感到小锅里空空的，就拿了几块饼干掰碎了放在锅里用小铲子炒。一会儿邻居家的小孩从我家的床上抱来了暖水袋当做小宝宝，说小宝宝生病了怕冷，拿了块毛巾把暖水袋裹得严严实实。她又突然提议让我当医生给小宝宝治病，于是我进屋，把妈妈纳了一半的鞋底上的大针拔出来在暖水袋上扎了一针。

到了晚上，妈妈准备焐被窝时却发现暖水袋里的水直往外滋，妈妈说暖水袋咋就漏开水啦？我心里明白那是下午玩过家家惹的祸，所以不敢吱声，现在回想起来真是好笑。

得胜堡的孩子们也喜欢玩"过家家"。在玩过家家游戏中，土是建造家园的主要材料。游戏时挖土这项体力活是属于"爸爸"的。"爸爸"的工具也比较简单，像什么碗碴子呀，大人扔弃的半截勺子什么的都可以。"妈妈"只需把"爸爸"挖的那些土运送到他们事先选好的地点就可以了。下一步就需要把那些运来的土和成泥巴。在水源不方便的情况下，一般"爸爸"会撒上一泡尿，立竿见影地解决了问题。也许有人会问："为什么立竿见影的活儿总是由'爸爸'来完成的呢？"答案当然很简单："爸爸"穿的是开裆裤，比"妈妈"要方便些。泥和好以后，

"爸爸"和"妈妈"会用他们那脏兮兮的小手捏出他们的房子、锅、碗、瓢、盆。这一伙流着鼻涕的小屁孩们，俨然就是一个大家庭。

那时，我们几个小伙伴还经常找来一些土块，圆的当馒头，方的当烧饼。那时家穷，白面馒头、烧饼只有过节时才能吃上。一天我扮演姥爷，邻家的娃扮演外孙，然后扮演外孙的小朋友用衣服包一些土块，走到门外面喊："姥爷开门，我是你外孙，我来看你了。"我就装作很惊喜的样子，跑去开门，大声喊着："外孙来了，你给姥爷拿来甚好吃的了？"外孙就把包着土块的衣服打开，拿出一块递给我说："这是我给你烙的烧饼，快吃哇。"我接过来，装着咬一口，然后说："真好吃！我外孙真好。"然后就让外孙坐在一块光溜溜的捶板石上，学着大人的模样和他拉家常。

夏天的风轻轻地吹过，明亮的阳光透过密密的柳树叶，洒下一地的金黄。如此简单的过家家游戏我们玩了一遍又一遍，从不厌烦。

记得有一次我们要"包饺子"。和面没水不行，回家去水瓮里舀，大人吼喊的不让舀，因为在堡里，水比油都金贵。十几丈深的水井，全靠手摇辘轳绞水，每一次上下，只能绞上半柳条斗子水来。这当然难不住我们，男孩们褪下裤子，把小鸡鸡对住半片烂碗，唰唰唰！水就有了。女主人又说："今儿个咱们包饺子用啥馅呀？"男当家的于是立刻满院子里捡羊粪蛋儿，一会儿就捡来好几把。于是，全家大小齐上阵，"饺子"很快就包好了。

"饺子"要下锅了。扮家中大男孩的找来柴草，把火点着，还要假装"呱嗒呱嗒"地拉风箱的动作。记得我那时把树叶当菜，把砖头磨成面当辣椒面，弄得还蛮有食欲的。这样的童趣，堡里人自有说法，叫作："女女和小小，羊粪蛋包饺饺。"

听得胜堡的一个玩伴说，我们儿时一起"过家家"的一个女孩后来成了他的继母，让他别扭了好久。

时间一晃多半辈子过去了，时过境迁，物是人非，只有这些童年的美好回忆尚存在脑海中。现如今，游乐园的碰碰车、旋转木马，商场里面的各式玩具应有尽有。这种过家家的游戏很少有人再玩了。但是，童年那承载着欢笑、绽放着灿烂梦想的过家家游戏，是那么纯真无邪、无忧无虑，没有丝毫伪装。那执着的不知疲惫的创造精神，正是促进人类进步的最原始动力。

琉璃圪嘣儿与莜麦哨

一

二十世纪五六十年代，雁北有一种儿童玩具，名叫"琉璃[1]圪嘣儿"。琉璃圪嘣儿是一种玻璃制造的响器，状如喇叭。头大，呈扁圆形，其身管状、细长。用嘴吹吸时，最前端极薄的玻璃在气流鼓动下发出"圪嘣儿、圪嘣儿"的悦耳声音，因之得名圪嘣儿。

琉璃圪嘣儿吹起来清脆悦耳，深受儿童喜爱。每至春节，小贩走乡串户，一时趋之若鹜，供不应求。孩童们个个手持这种晶莹剔透的玻璃制品，大街小巷响彻清脆悦耳的"圪嘣儿"声，成为人们甜蜜温馨的童年记忆。

据史料记载，中国各地的琉璃圪嘣儿都产自山西交城，在全省乃至全国只此一家别无分店。吕梁市交城县夏家营镇覃村是琉璃圪嘣儿的原始产地，已有四百年的历史。《中国近代农业史资料·上布政使丁陈管见》中称："即以晋论，各处之绒毛，

【1】 琉璃是中国古代对玻璃的称呼，是玻璃的狭义说法。眼下的琉璃一般是指加入各种氧化物烧制而成的有色玻璃作品，如今无论是光学玻璃、平板玻璃、水晶玻璃或是硼砂玻璃等材质所创作之作品，皆通称为玻璃艺术品。由此可见琉璃只是玻璃的一个种类，其范畴远较玻璃要小。

阳城之丝茧，交城之玻璃，潞城之草帽辫，我之售于他，获利
甚微……"

琉璃圪嘣儿的主要原料是废旧玻璃，捣碎后加入铜屑、铁屑
等辅料，放在特制的坩埚中，在一千摄氏度的高温下融化。待原
料完全融化后，蘸取溶液转接到玻璃吹管上，然后边吹边利用自
然下垂形成蛋形空管；将蛋形空管的末梢部吹成球形，再运用半
熔半凝技术把圆球吹成葫芦形；然后边吹边将葫芦底部在平板上墩
压，最后从吹管上切割下来就算完成了。琉璃圪嘣儿的制作过程看
似简单，但其中火候的掌握是个硬功夫，差之毫厘，失之千里。

琉璃圪嘣儿在我国北方地区春节期间较为流行，是典型的民
俗文物，具有浓郁的地方色彩。早在明代，凡晋商分布密集的地
方，均可见此物。有书记载，清末曾有广东人将琉璃圪嘣儿运贩
至香港卖给洋人发了大财。

经历代传承生产的交城琉璃圪嘣儿，其产品流传于全国汉族
区域，尤以黄河流域为甚。一些临近河流的百姓还用它来作为河
灯，祭祀河神，成为最具乡土气息的供器。在数百年里，琉璃圪
嘣儿作为民间喜闻乐见的音乐玩具，与对联、年画、剪纸等一起
成为我国北方乡土文化中的一个代表性符号。

在梦一般的童年往事中，有欢乐、有辛酸，但更多的是儿时
那种纯美与天真。从纸飞机到抓石子儿、从藏埋埋到洋火枪，一
宗宗、一件件，如梦如幻，时时在脑海中浮现。儿时过年是每个
孩子最开心的日子，只有过年，才能得到几毛钱，权作压岁之
用。口袋里揣着几毛钱睡觉做梦都是甜的，没事时就拿出来数
数，那种滋味只有经历过的人才有体会。白日里，大街上充斥着

小贩的吆喝声，孩子们一群一伙地围观各种心爱的耍货，摸着口袋里的压岁钱，在买与不买的矛盾心境中纠结着。看着别的小伙伴手里拿着的玩具，于是一咬牙："来个琉璃圪嘣儿！"从小贩手里接过时，心里是一种莫名的满足！

琉璃圪嘣儿价格低廉，五分钱一对。此物吹吸时气流力度很难把握；用力小了出不了声，用力稍大些就吹破了。雁北有几句童谣："琉璃圪嘣嘣，打了歇心一阵阵。""琉璃圪嘣儿，高兴一会儿。"还有一句俗语说："琉璃圪嘣儿还吹三道街呢。"说明这种玩具的寿命短暂。一旦吹破，别的小伙伴也会用"琉璃圪嘣儿，就吹一会儿。有钱再买，没钱完事儿"的话来安慰你，着实让内心得以安宁。

由于琉璃圪嘣儿的脆弱，有的家长坚决不让自己的孩子买，说是碎玻璃吸到嗓子里就死毬了，只好眼巴巴地看人家玩。为此还有人发明了用双手拇指捏住琉璃圪嘣儿的尾部，两个掌心聚合往里鼓气的办法来使它作响，但多数人无法效仿。

记忆中的琉璃圪嘣儿已数十年没有见到了，作为雁北地区特色技艺或许早已失传。此物作为儿童玩具申请专利肯定不会获批，因为玻璃碎片有吸入肺部之虞。一想到此物将寿终正寝，内心倍感失落。它给我儿时带来的快乐，每每回忆起来都很温馨。真心希望有识之士能将此物申请文化遗产，让尘封的故物再现异彩。

二

雁北盛产莜麦，五六十年代，吹莜麦哨是农村孩子在田间地头最常见的游戏。那时，十来岁的毛孩子，还不懂农事，只能干些杂活。在所有的农杂活中，孩子们最喜欢的是放牛。每天优哉游哉地骑在牛背上，随父辈们走在乡间的土路上。等到把牛往河滩上一赶，就可以聚在一起自由自在地嬉戏打闹了。田野生活既是快乐的，又是寂寞而漫长的。尤其赤日炎炎的下午，抬头望望，一轮烈日挂在西天，仿佛定格在那里，永远不会下沉。打闹乏了，别的游戏也玩腻了，这时孩子们打发时光的最好办法就是制作莜麦哨了。

莜麦拔节吐穗后，中空的麦秆变得薄而硬，正是制作莜麦哨的绝佳材料。孩子们用手掐下一节麦秆，再用上面的麦铃柄将中空的麦秆轻轻划开，用力吹，就会发出尖细的声音，这是最简单的一种莜麦哨。还有稍微讲究一点的，就是先摘取一节莜麦秆，用铅笔刀将一端削平，在距骨节约五厘米处切入一定深度，然后平行划到骨节底。切入口要有缝隙，以便气流通过；另一端则要削成长长的马蹄形。莜麦哨做成后，用力吹靠近骨节的那一端，便会发出清脆响亮的哨音。有些心灵手巧的孩子还会在麦秆上钻几个小孔，如笛子模样，也能吹出简单的乐音来。就在孩子们忙着做麦哨、吹麦哨的当儿，日落西山，一天的牧牛生活终于结束了。

多年没回故乡了，莜麦哨还有人会做、会吹吗？人愈老愈怀旧，常叹人生真如梦境一般。

烟盒与糖纸

一

儿时，没游戏机，更没电脑，放学后大多在户外，灰头土脸地玩。玩的种类五花八门，其中，扇烟盒便是孩子们的最爱。

二十世纪五十年代的烟盒种类繁多而漂亮：哈德门、大生产、大重九、大前门、老刀、大婴孩、恒大、红锡包、大中华……应有尽有。

那个时代的烟盒，没硬壳的，绝大多数是软纸的。我迷恋于收集各种烟盒，多数是向大人们索要的；有时甚至还没有彻底吸完，就将烟掏出，把盒强行要走了。父亲当时专吸"大婴孩"香烟，所以，我叠的烟盒三角中，"大婴孩"的居多。

有时我也从大街上捡，从垃圾箱中拾翻。小孩子从不考虑颜面，只要捡到就满心欢喜了。因为烟盒是到处捡来的，多数是脏兮兮、皱巴巴的，需要用湿布细心擦抹，然后夹在书里压平。上乘的烟盒结实平整、色彩缤纷，是我们这些玩家的争夺对象。

叠烟盒很有技巧，叠得好的三角呈标准的等腰三角形，薄厚均匀、边角笔直、舒展挺括。不但美观，而且实用。争输赢时得心应手，战斗力超强。叠得差的，歪歪扭扭，四处张风，战斗中软弱无力，不堪一击。

叠三角时，要先去掉里层的锡纸。扑拉展后，将长方形烟纸的两端，由外向内对折成三角形，然后折叠几下，再将重叠的一角塞入三角形的夹缝里，一个完美的三角就算做成了。如果再一个一个地插在一起，就像是牛的犄角。为了扇动时，烟盒的附着力加强，还要将三角的三个边轻轻地向内折一点，让三角略带点弧度。

扇烟盒的游戏十分简单，可两人也可多人玩。每人从裤兜里掏出一个三角放在地上，通过出"剪刀、锤子、布"决定谁先扇。先扇的人拿起自己的三角，一个深蹲猛甩手，用力地向对方的三角拍过去，如果借着扇动的风力将对方的三角掀翻（本来是凹的一面朝上凸的一面朝下，翻过来成了凹的一面朝下凸的一面朝上），那个三角就归赢家所有。如果没得手，对方的三角还是正面向上，那就轮到对方扇了。

儿时，我们常在课间休息时，将三角大战在土地上演绎得人仰马翻、狼烟四起。下学后，操场、路边、家属大院里也常见我们的身影。反正每人口袋里都塞着一叠三角，可以随时在平坦的水泥地或土地上扇来扇去。有时运气好，一场下来能赢十几个三角，口袋都鼓鼓的，走路都摇来晃去充满得意。

当时有两种广为流行的香烟，我一直记忆犹新。其中一种名为"黄金叶"，两毛六一盒；另一种是"大前门"，三毛三一盒，前者更为常见。在我的印象中，院子里的男人们大多抽的是黄金叶；后者则更多地出现在一些比较重要的场合，比如带有喜庆色彩的节假日，以及家庭请客时的席面上。最难得的当数中华烟了，而我唯一的一张中华烟盒，是和一位同学交换的。那位同学的父亲是呼市第二毛纺厂的厂长，当时大概就属于高干了。但那位同学不喜欢收集烟盒，更喜欢弹玻璃球。于是，我用两颗玻璃球换下了他手上的中华烟盒。而这唯一的一张中华烟盒，也就当之无愧地成了我烟盒中最值得骄傲的藏品。

二

糖纸也可以玩。就是把糖纸折叠成长条，中间掰成弓形，两张叠在一块儿，用力往地上一甩。如果全都翻了身，就是赢家；如果没有都翻身，还有一次用手来扇风吹翻它们的机会。如果均无法使糖纸翻身，就站一边去，只能看别人玩了。

那个年代，积攒糖纸并不是一件很容易的事情。因为一年到头也吃不上几次糖果，所以靠自己吃糖来积攒糖纸是无望的。而我得到糖纸的唯一途径只有去捡——不管街头，还是路边，只要有希望捡到糖纸的地方，我总会全神贯注地去搜寻。即便如此，能够捡到的糖纸也是很有限的，而且，捡到的糖纸的种类也非常单调，多数是那种硬糖的糖纸；软糖的糖纸，尤其是那种用来包装高级奶糖的玻璃纸，很难寻觅。

一天，我在街上看到一个人手里捏着一块糖，糖纸很新颖，眼前为之一亮，于是满怀希望地跟在人家身后，直到人家把那块糖填进嘴里，把糖纸扔到地上为止。那天，我为了那张糖纸，从联营商店一直跟到北门，足够一公里。记得那是一张天津帆船牌水果糖的糖纸，纸面粗糙，上面印着一个帆船的图案。我空腹返家，心中无限失望。

为了得到糖纸，我还曾经守候在食品店的糖果柜台前，耐心

地等待那些领着孩子前来买糖的大人。等人家扔糖纸的过程是既
尴尬又无奈的，看大人小心翼翼地剥糖纸，及孩子一边咀嚼一边
吸吮的动作，我口里有涎水涌出。然后我不敢再瞩目孩子的嘴，
只是紧盯着大人手中那张色彩绚丽的糖纸。一旦人家将糖纸丢在
地上，我就会飞速捡起来，小心翼翼地放进衣兜里。

那天的糖纸是粉红色的，很精致也很好看。我回到家里，用
小手慢慢地抚平糖纸上的褶皱，母亲说："你捡那玩意干啥，想
吃糖了，等妈开了支也给你买。"我说："妈，不是，我不想吃
糖，我就看这张糖纸好看，把它们放起来。"

我把那张皱皱巴巴的糖纸，泡在脸盆里洗干净，使它们舒展
开来，然后小心地贴在窗玻璃上；等它们干了后再轻轻揭下来，
就会平整如新。也有些糖纸印制粗糙，经水一洗，竟然把商标等
全部洗掉了，纯粹是一张塑料纸，气得我直跺脚。

我那时努力收集到的糖纸，都夹在一个粗糙的大本子里，和
小伙伴们相互交换着欣赏。"米老鼠""大白兔"都是我们争相收
藏的对象。收集到好看的糖纸时，高兴劲儿超过了吃糖。

糖纸是有大小的：如"敦煌"比"彩蝶"大，"彩蝶"又比
"中华"大，上海牛奶糖糖纸比北京水果糖糖纸大。

那时的糖纸上都印有生产厂家。厂名前所冠的"公私合营"
"地方国营"等这些现代青年已不熟悉的名词，记录着中国工商
业发展的历史。

记得父亲手里还有几张民国时的糖纸，泳装美女手持团扇含
情脉脉，绘画技艺丝毫不输月份牌。英文商标和亮色是民国糖纸
的特色，素雅的花纹和新风景则通常出现在中华人民共和国成立

初期的糖纸上。后来，就连糖纸也承担起了政治宣传的任务，毛主席语录、样板戏，手持"红宝书"的青年都跃然纸上。

儿时吃糖，是一件很令人欣喜的事情。只有过年时，才能每人分得几块糖。大人一般是不吃糖的，母亲说，大人吃糖会牙疼。等到我一点一点地长大，才明白了事实的真相。

父亲每次出差，我总会在心里暗自计算着他回来的日子，猜想他会给我带回来一些什么样的糖果。对我来说，能吃上好的糖果固然高兴，但更让我兴奋不已的，是能够得到一些平时绝难得到的糖纸。

三

王力宏有一首歌叫《大城小爱》，里面的一句歌词可以表达我当时对烟盒、糖纸的痴迷："小小的爱在大城里好甜蜜，念的都是你，全部都是你……"

的确，在当年那些"大城小爱"的日子里，一个烟盒、几张糖纸，都把灰扑扑的日子，变成了一个个美好的回忆。

因此，对我来说，无论是烟盒还是糖纸，它们的价值与市场无关。它们承载了我生命中的一段幸福时光，其意义并不亚于任何一件高端藏品。它们不仅被我收藏在手里，更被我珍藏在心中，在我看来，这才是真正意义上的收藏。也许正是这些看似最普通的东西才蕴藏着这样的温暖，蕴藏着让我不能忘记，也不愿忘记的好时光。

羊嘎儿

嘎儿满语称"嘎拉哈",清代的正式汉文写法是背式骨,原指兽类后腿和胫骨交接处的一块独立骨头。归化城人称之为嘎儿,无疑是"嘎拉哈"简称。

嘎儿有四个面能立住。徐兰《塞上杂记》云:"骨分四面,有要棱起如云者,为珍儿,珍儿背为鬼儿,俯者为背儿,仰者为梢儿。"这是古代的称法。近代与之稍异,分别叫作"坑儿"(凹面)"背儿(凸面)""珍儿""轮儿"。

嘎儿可以是猪的,也可以是羊的。由于猪嘎儿比较大,抓起来有些费劲,也没有羊嘎儿小巧、优美,所以,上好的嘎儿要数羊嘎儿。

羊嘎儿,《槐西杂志》载:"作喀什哈,云塞上六歌之一,以羊膝骨为之。"《塞上杂记》亦云:"喀赤哈者,羊膝骨也。"

羊嘎儿又叫羊拐。汉语称为"躁骨";《西游记》写作"拐孤";蒙古语称为"沙阿",或译作"髀石"。这种骨头有宽有窄、有凸有凹、有正有侧,六面六个形状。所以民谚说:"高高山上绵羊走,深深谷地山羊过,向阳滩上骏马跑,背风湾里黄牛卧,倒立起来叫不顺,正立抓个大骆驼。"是用五畜的名称给羊拐的各个面命名。

今天啃羊小腿,吃出个嘎儿。我把嘎儿上的肉啃得很干净,然后用小刀小心翼翼地把凹在骨头缝里的筋头巴脑轻轻剔除。轻轻地,是怕把嘎儿上面的骨膜损坏,没有了表面的润泽。用水清洗净后,一个美丽的嘎儿就展现在眼前。

南方的朋友们也许不知道嘎儿是什么东西,但在北方长大的人,尤其像我们这个年龄的人,必定都知道,而且或多或少都会有一些嘎儿的情怀,因为这小小的嘎儿伴随我们度过了最快活的童年。

抓嘎儿,也叫抓子儿,是内蒙古西部女孩子们喜闻乐见的娱乐活动。玩抓嘎儿时,炕上铺块毡子,在毡子上撒嘎儿。将一个沙包向上抛起后,赶快抓嘎儿。待沙包落下接住之前,以同时抓到手的嘎儿多少定胜负。玩时,往往分成两伙进行对抗赛。有的一替一次地轮流抓,有的只要不"坏"就连续抓下去,哪伙先抓够一定的数量哪伙就赢。

有一种玩法叫"欻嘎儿"。"欻"(音 chuā),是个拟声字,形容短促迅速划过的摩擦声音,延伸为快速的意思。这个玩法是:接沙包时,要把坑、背相同的两枚嘎儿拾起来,但拾起时不能触动别的子。《满洲源流考》说:"或两手捧多枚,星散炕上。以一手持石球高掷空中,当球未落之际,急以其手抓炕上嘎什哈成对者二枚,还接其球,以子、球在握,不动别子者为得。"

嘎儿难度最大的玩法是:把一副四个嘎儿往炕上一撒,随机显现了嘎儿的四个面,也就是肚儿、坑儿、轮儿、珍儿。如《柳边纪略》记述:"手握四枚,同时掷之,各得一面者,曰撂四样。"与《满洲源流考》所谓"得四色方愉快"者同。如四枚完全相同时计四十分;两两相同时计二十分;三枚子相同时计十五分；各个都不同只计十分。在沙包没有落下之前，要把炕上嘎儿的四个面轮流翻一遍；或把有着雷同一面的嘎儿抓在手里，还不能碰到其它的子儿，然后再把沙包接住，才算为胜。因为翻转或抓起等动作，是在沙包落下的空隙中完成，为了争取时间，女孩子都把沙包抛得高高的。嘎儿还有一种玩法即翻手背，双手捧所有的嘎儿向上扔出后，用一只手翻手背接、再翻手心接，接住的为赢得，以赢得的多少作为继续玩的先后依据。

最令人眼花缭乱的是：几个羊嘎儿撒落在炕上，坑儿架到肚儿上，女孩子的手轻轻一拂，竟然就把那坑儿划拉到手里，下面的肚儿还纹丝不动。两个肚儿隔得好远，对我来说犹如远隔重洋，而她们的手却能轻轻地绕过障碍，迅速地把那一对抓在手里。有两个轮儿时，她们兰指轻翘，就把另一个坑儿变成了轮儿。变化之快，使人不可测度。

抓子儿、欻嘎儿是女孩子玩的；丑（音 dū）嘎儿才是男孩子玩的。据《塞上杂记》记载："为此戏者，先记一骨为马儿，以二骨卜地分甲乙，珍先于鬼，背先于梢。甲以骨若干，对抛于地，珍、鬼、背、梢从其类以弹之，间有竖立者，愁必负其类之难得也。中则取者弹此而击，彼则前之所取，皆罚出不中。乙检余骨，复抛而弹，终计所得之多寡为胜负，马儿为人得去，倍数以续。"意即所谓丑嘎儿，就是每人拿出数目相同的嘎儿合在一起，先由一人将合起来的嘎儿掷散。经"石头、剪子、布"确定胜负后，赢家用右手拇指、食指去旋动嘎儿，飞出去撞击相同形态的嘎儿。若撞到不同形态的或撞到两个以上的嘎儿，则为失利，轮下个人丑。几个人轮流往复，直到把所有的嘎儿赢尽，以赢多者为胜。

男孩子氼嘎儿，常常蹲在院子的土地上玩，一玩就忘了时间。直到天快黑的时候，家里大人来唤吃饭时，才恋恋不舍地收摊。此时他们依然兴致很高，但手、脸都脏乎乎的，脸上洋溢着快慰的笑容。

羊嘎儿小巧玲珑、晶莹剔透、规则方整，抓在手里的感觉非常好，更让人陶醉的是互相碰撞的声音无比清脆。童年的我甚至觉得，那些质地上好的羊嘎儿跟象牙的感觉差不多，十分的气派。拥有一副象牙白的羊嘎儿大概是当时每个孩子最值得炫耀的家当了。

生于二十世纪五六十年代，或是更早些的人，尤其是女孩子，对这样的玩具熟悉得不能再熟悉，因为在那个时代吃饱饭都是个问题，玩具只好停留在最原始、最古朴的阶段。于是，弹嘎儿、跳皮筋等基本上成为当时孩子们为数不多的玩物。随着时光的流逝，这样的玩具已逐渐淡出了人们的视线。现在，跳皮筋在少数地方还小范围流传，但羊嘎儿就几乎绝迹了。

最后的击壤游戏

儿时，我经常玩一种类似棒球的游戏，内蒙古西部人叫作"打节克儿"。参与者分成两组，一组是发球方，一组是接球方。我所谓之"球"，实际是一根两头削尖的木棍儿。两指粗，两寸长，状似织梭，俗名"节克儿"。

游戏开始时将人依自愿分成两组，在靠墙处画出一个直径约两米的半圆，曰"油锅"。取得发球权的一组人选出一人守油锅，守锅员站在"锅"边发球。发球者右手持一个长约尺余的木板，形似菜刀；左手持织梭状的球，高声喊："接不接？"分散在远处的对方数人，曲身张衣接球。当接球方做好接球的准备，齐声应答"接！"时，守门员用木板奋力将球扇在指定范围，当然越远越好。

此时如若接球方将球接住，双方则换位，接球方成为发球方；如若没有接住球，接球方就从球的落点捡起球来，向油锅里抛掷，守门员用木板极力拦截。此时球若抛进了"油锅"里，双方也要立即换位；如若没有抛进油锅，守门员走到球的落点处，用手中的木板将放在地上的球斫起（只需用木板的刃部剁木棍儿的尖尖）。球斫起后，奋力用木板扇向远方，此动作可以连续三次，每次扇击时口中念念有词："一节克儿，二不浪儿，三逼斗。"

技术熟练的男孩，经过此三下，可以把球打得很远。球第三次落地，守门员用眼睛丈量后，开始要分。按规矩一板长为一"丈"，如果要的差不多，接球方就会认账，等于承认了分值；如果要的多了，接球方不认账，那就要实地丈量——如果丈量数大于索要的分值，接球方予以承认；如果丈量数小于索要的分值，此局的分数就为零，还要更换发球方。依据累计分值，最后确定输赢方。

自从我1962年上中学后，就再也没玩过这种游戏，比赛规则也淡忘了。只是在看奥运会棒球比赛时，才会依稀想起当年儿时游戏的场面。后来从明代刘侗的《帝京景物略》中得知，小时候玩过的这种游戏有可能就是古时的击壤。刘侗记云："二月二日龙抬头，小儿以木二寸，制如枣核，置地而棒之，一击令起，随一击令远，以近为负，曰打柭柭，古所称击壤者耶？"这条记述与我玩过的打节克儿游戏如出一辙。

我儿时玩的打节克儿游戏，虽然明人刘侗称之为击壤，其实和古时的击壤大相径庭。击壤产生于原始社会，是一种乡村野老之戏，因器具简易，引人入胜，长期在民间流传，并演变出多种形式。据魏晋时周处的《风土记》与邯郸淳《艺经》等书记载："壤，以木为之，前广后锐，长四尺，阔三寸，其形如履。"玩的时候，先把一只壤插在地上，人走到三四十步开外，将手中的壤向地上的壤击去，投中的就算赢。之后击壤形式虽有变化，但基本保留了这一时期的基本特征。

据史料记载，古时的击壤还有一种玩法，即在空旷处用湿土堆成一堆或几堆圆柱形或圆锥形"壤堆"。几个竞技者站在规定距离的线外，用一端削尖的小木棍向壤堆投掷，以小木棍插在壤堆上的数量多少来分胜负，此戏与后来的飞镖极其相似。

宋代，击壤的"赛具"由木制变成砖瓦。明代杨慎说："宋世寒食有抛堶之戏，儿童飞瓦石之戏，今之打瓦也。""堶"（音tuó），就是"砖瓦块"。宋代《太平御览》卷七百五十五《掷砖》条引《艺经》说："以砖二枚，长七寸，相去三十步立为标，各以一枚方圆一尺掷之。主人持筹随多少，甲先掷破则得筹，乙后破则夺先破者。"这种游戏有一定的技巧性，只有瞄得准，力量得当，才能击中目标。

其实，这种掷砖游戏，我儿时也经常玩。那时，我们院子里的几个男孩经常在空旷处立一块砖，然后在不远处的地上画一条线，每人手持一块半头砖，瞄准那块矗立的砖进行抛掷，打中者为赢。为了增加游戏的兴致，我们每人每次都要在矗立的砖上摆放些小铁钉，击中者就把散落在地上的钉子收为己有。孩子们常为几枚铁钉打架，玩得愉快时废寝忘食，手上脸上污迹斑斑。

到了明代，击壤游戏演变成"打杂"或曰"打极"。明代《三才图会》中对此有较形象的记载："杂两头尖，中间大，略似纺锤。"虽然击壤游戏所用的器具形状有了新的变化，但游戏的本质特征没有变化。

清代的击壤游戏器具多系木制。清代周亮工《书影》："秣陵童谣有'杨柳黄，击棒壤'。"此时投掷用的器具变成了棍棒。

据博友老陈回忆，这种变形后的"击棒壤"，在二十世纪四十年代中叶依然在呼和浩特流行，名曰"打枰"。他虽然没有赶上，但他的兄长们都玩过。此时的"打枰"已和保龄球非常相似了。

其实清代流行"击棒壤"时,明代的"打尜"或曰"打柭"一直并存,直到五十年代仍在中国部分地区流行,南方人玩的"打梭"、满族的"打栲"即是。我本以为这种古老的游戏只在山西或内蒙古西部的穷乡僻壤里才会遗存,但据专家考证,江浙一些城镇的儿童也一直以此为乐。

纵观击壤几千年的发展,其原有的本质特性依然传承下来,即游戏器具大多称为"壤"。不管是木制的、砖瓦制的,形状或如鞋底(履)、或如纺锤的"尜",都属击壤游戏系列。

在中国古代的贵族中还有一种"投壶"的游戏,和掷砖有异曲同工之妙,当然比掷砖要高雅多了。我以为掷砖游戏虽然粗笨,但它的投掷方法更接近于保龄球。

我常常想,虽然棒球、保龄球更有趣味性、竞技性,但击壤无疑是它们的老祖宗,它们不过是击壤进化的最新版本。

据专家考证,在我国,击壤这种游戏,如果从传说中的尧算起,到现在至少有四千年的历史。击壤的产生大约与狩猎有关。远古时代,人类用木棒打野兽,为了投掷得更准确,平时便要练习。后来,狩猎工具得到改进,有弹弓和弓箭,不再依靠木棒掷击野兽,这种练习便演变成一种游戏。

晋代皇甫谧《高士传》卷上:"壤夫者,尧时人也。帝尧之世,天下太和,百姓无事。壤夫年八十余而击壤于道中,观者曰:'大哉!帝之德也。'壤夫曰:'吾日出而作,日入而息,凿井而饮,耕田而食,帝力何有与我哉!'"的确是一幅恬静闲适的画面。

　　现在的社会高度发达，闹市中高楼林立、车水马龙，生活节奏紧张，游戏种类丰富多彩，击壤这种农耕社会的游戏，早已成为历史，对多数人来讲已恍如隔世了。

杂耍忆旧

儿时归绥街头有不少耍把戏的。所谓把戏也叫"把式""百戏",传统节目主要有杂耍、魔术等。杂耍如杠杆、蹬坛、走索、耍碟、顶碗、飞刀叉、马戏等,间或杂以武术中的硬功夫。魔术如三仙归洞、大变活人等等。

那时联营商店对面,现在中山西路假日酒店对面都是空地,那些耍把戏的大多云集在这里。他们一般都在午间或傍晚开张,星期天和节假日能从早晨开始,一耍一天。

现在的假日酒店离中山西路小学不远,我有时站在学校门口就能远远地瞭见乌压压的人群,甚至可以隐约地听到人们的喧嚷。每当锣鼓声响起,我像打了兴奋剂似的,坐卧不安,老师讲课都听不进去。放学铃一响,便会三步并做两步冲过去,钻进围观的人群里,挑一个没有遮挡的位置贪婪地看起来。

耍钢叉的艺人都是光着膀子,赤膊上阵。钢叉亮闪闪地寒光照人,木把和叉头连接的地方有几个小铁圈,钢叉挥舞起来发出哗啦哗啦的响声。艺人双手搓动叉把,在响声中把钢叉抛向空中,叉头朝下冲着艺人的光秃秃的脑袋直戳下来,看得人们惊心动魄。就在叉头即将落到头顶的一刹那,艺人头稍稍一偏,钢叉顺着脖颈、脊背哗啦啦地溜下去。艺人一抬臂膀,钢叉调头向上从胸膛左侧滚到右侧。钢叉就像粘在艺人身上一样,上下左右、前后不停地哗哗啦啦滚来滚去。不时还要抛到头顶上，不等落下，艺人急速地拨打叉把，钢叉在半空似车轮一般飞转，令人眼花缭乱、目不暇接。

流星锤是一根铁链两头各拴着一个浑身带刺的金属锤。艺人甩动铁索，两个铁锤在观众眼前急速闪过。原本已经逐渐缩小的人圈，又一步步向外挪动着，表演场地又得到了扩展。有时绳子两头会换成两碗水，艺人转圈挥舞，并不见把水溅出碗外，这叫水流星。火流星，就是在绳子两头各绑着一个小铁罐，罐子里有吸满油的棉花。表演时，艺人点着棉花，挥动起来的两团火似流星飞舞闪耀，煞是好看。

耍中幡的难度很高：臂膀粗的竹竿有七八米高，最上面挂着五颜六色的小旗、风车、铜铃。艺人把中幡从地下托起来，转几下再向上一抛，中幡上面的小旗呼啦啦地随风飘动，几个大小不同的风车飞速转着，一串串铜铃发出清脆的响声。中幡落下来时，不用手接，而是用头顶。然后，再经过抖动，时而跳到左肩，时而跳到右肩。有时，高大的中幡看似偏斜了，眼看就要倾倒，但是，经艺人双臂奋力一挥，立即又正了。

最令人称奇的是银枪刺喉：两人相对，分别用喉部顶住木杆两头的枪尖，虽然木杆被两人顶弯了，而喉部却安然无恙。

表演吞宝剑时，艺人先要练上一阵拳脚，说是要运气。只见他扎紧腰带，双脚使劲跺几下，再伸胳膊蹬腿地卖弄一番。然后，抓起一把长长的宝剑，从嘴里慢慢往下送，面部表情异常痛苦；嘴角不停地流着涎水，令人欲看不忍、欲罢不能。经过艰难的努力，终于把二尺多长的宝剑一点一点全部塞进嘴里，只留下剑柄在外面。这时，围观的人个个目瞪口呆。几秒钟后，响起热烈的掌声，艺人慢步环场一周，双手作揖表示谢意。看到如此惊心动魄的表演，很多观众慷慨解囊，毛票、钢镚不断地抛向场内。艺人四下顾盼，知道钱收得差不多了，才慢慢地把宝剑从嘴里拔出来。再次提着粘满口水的宝剑绕场一周，观众报以更加响亮的掌声。

还有一个节目是吞铁球。艺人照例是先扎紧腰带，然后伸手跺脚地练上一阵气功。随之拿出一个直径大概有三四公分的铁球，这个铁球是空心的，好像里面还有一个小铁球，用手晃动能发出响声。只见他手持铁球，缓缓放进嘴里，喉结上下蠕动着，偌大的一个铁球就慢慢地吞下去了。此时，艺人脸红如布、豹眼圆睁。张着大口环绕场地一周，向观众显示嘴里已经空无一物。然后他又在原地跳了几下，能清楚听见那个空心铁球在腹部发出的声音。

这时艺人满头大汗，口角流着涎水，佝偻着腰，伸直脖颈，表情痛苦地端着一个笸箩绕场收钱。走到观众面前，不掏钱，他不走，鼻涕涎水抹了满脸，直眉瞪眼地一直看着你。你会从揪心、怜悯、恶心等种种理由中，选上一条，迅速递给他几分钱。钱收完后，他开始运气，做骑马蹲裆式，青筋暴突的双手平行向前推去，似乎有千钧之力，张大嘴对着正前方"呼"地一声，带血丝的铁球飞出，重重砸落在地上。热烈的掌声响起，众人纷纷喝彩。可一到收钱的时候，孩子们都跑了，没钱。

最会忽悠人的当数卖大力丸的了："我这大力丸是鹰抓着、狗咬着、鸭子踢着、刀砍着、斧剁着、大车压着，无不见效。你买了我的药，拿回家用凉水灌下去，一次见效，两回治好，三次彻底除根。你去南山追风、北山撵狼，手一戳，就是一个洞；脚一跺，就是一个坑。我这十代祖传秘方，有人参、鹿茸、熊胆、犀角，还有长白山的千年老山参、昆仑山万年的灵芝草、天山百年的雪莲……"一大堆前言不搭后语的胡说八道竟然使许多人信以为真，纷纷慷慨解囊。

这些艺人是畸形社会底层文化的创造者，他们或身怀绝技、技艺超群，或相貌奇特、言行怪异，但其目的也不过是为了维持最低限度的温饱。人生不易，数十年来，许多事情犹如过眼烟云，但此情此景，却一直未能忘却。

拉洋片

"拉洋片"又叫"西洋景",是旧时的一个常见玩意。在反映旧时代的电影中多有"拉洋片"的镜头,例如在电影《骆驼祥子》中,就有虎妞婚后和祥子一起逛天桥时,虎妞饶有兴致地趴到那儿看"拉洋片"的镜头,估计不少人对此还有印象。

直到二十世纪五十年代末,呼市联营商店对面还是一片空地,常有那些走江湖的,在此打场子卖艺。他们吞剑吞钢球、手掌开石开砖表演硬气功,还有耍猴的、变戏法的、卖大力丸的。他们都是从口里来此谋生的,因为看热闹的多给钱的少,所以艺人们的生活也很清苦,常常就在场子里咬一口煎饼充饥。我曾在那里多次看过"拉洋片",进入六十年代就再也见不到他们的踪影了。

"拉洋片"的基本道具"洋片匣子",一般三尺多宽,五六尺高,分为上下两层。放在交叉支搭的架子上,离地约二尺。上面那个木箱子只有下面木箱子的一半厚,正面镶着一块玻璃,里面储存洋片。洋片的彩色画片每幅三尺长、二尺半宽,一套八幅在箱子里用绳子吊着。

木箱的两侧都钉着一排钉子,为了使拉上去的画板停住,就要把连接画板绳头上的铜钱挂在钉头上。依稀记得每侧有八个钉头,一个钉头只能挂一幅画,也就是说最多能挂八幅画。

"洋片匣子"的正面呈弧形，上面有四至六个观望的孔，孔中嵌放大镜，很像现在的门镜或称"猫眼"。箱子前面摆放着两条窄窄的长凳，坐上去弯着腰眼睛正好对准小小的镜头。这四个镜头应该是这套吃饭家伙最值钱的部分吧。

特别引人注目的是上面那个木箱右侧挂着一个不大的锣鼓架子。架子分为上中下三层：第一层横架着一副铍镲，下面的镲用四根绳子固定在木架四根儿立柱上，上面的镲吊在绳子上，可以上下活动，敲击下面的镲。中间是一面扁形的圆鼓，架子上绑着鼓槌，一拉绳子便可敲击鼓面。最下层是悬空平吊着一面锣，锣口朝上，锣槌系在下面。三件打击乐器的活动部分用绳子连在一起，一拉绳子，锣鼓镲齐响，一人可顶三位乐师。

当围观的人中还没有人牵头看时，拉洋片的就不住地拉动绳索，锣鼓镲敲打声连续不断，嘴里不停地在说唱，嘴角直泛白沫，唾液四溅地招揽着观众。终于有人动心了，掏钱坐好，拉洋片的就缓慢地拉动绳索、有板有眼地开始说唱：

"你就朝里边瞧来朝里边看，西湖的那个美景你就看不个厌，断桥边上青蛇白蛇闹许仙，法海师傅使手段，雷峰塔下镇住蛇妖几千年……"

"看了一片又一片，哎，来到了十里洋场上海滩。你看那呜地一声汽车屁股直冒烟，再看那一片杭州景，西湖桃红柳绿三月天……"

拉洋片，三分靠看，七分靠听。小朋友们弯腰围坐在那神秘的木箱子前，眼睛紧贴瞭望孔，津津有味地观看着箱内那一幕幕的图景。艺人就站在"大木箱"边的凳子上，一边击打锣鼓镲，一边眉飞色舞地唱着"箱子"里的故事，间或拉一下手边的绳子，再将绳头挂在"木箱"一侧的钉子上，其中的奥秘只有坐在"箱子"前的看客才能知晓了。

记得最初一分钱看一次，后来涨到三分钱，即便如此也不是谁都能看得起的。那时很多孩子都把压岁钱花在了看洋片上。

洋片里不仅有中国的名胜，也有西洋的景观，包括洋房、风景、摩登女郎等等。往圆洞里一看，瞬间便到了上海、杭州甚至纽约、巴黎、伦敦。看到了江南美女，也看到了高鼻子蓝眼睛的"洋鬼子"。最吸引我的是上海外滩的风景，到最后结束时，所有高楼大厦的窗户顿时灯火通明，光源在于他揭开了后盖。

为什么拉洋片的最后绝迹了，一是虽然画不多，但无法更新。首先，那种模式的画就没地方去买。就是碰巧买到了，新画随处可见，也没有新奇感。二是唱词，老画老词唱得顺口了，师傅就教了那么多，有了新画，唱词也编不了。只能是"将就班子对付戏"，凑合着混口饭罢了。

当电影让人物、河流、枪战在平面上活动起来的时候，这种古老的"土电影"便渐渐失去了市场，进而结束了它的生命。眼睛扎在圆洞里看西洋镜，如今只能存在于五六十岁以上老年人的怀念中，存在于作家优美恋旧的笔触下，存在于博物馆尘封的文物间了。对于我来讲，儿时最爱的拉洋片只能在梦境中再现了。

耍 猴

儿时，我最大的乐趣就是看耍猴。耍猴又叫猴戏，在小孩子的眼里，充满了趣味和神奇。

我所见到的耍猴人几乎全都是河南老乡，他们牵着几只猴子，背着再简单不过的行囊，跋山涉水，来到遥远的塞外边陲，其艰辛可想而知。

耍猴人个个衣衫褴褛、囚首垢面，与猴子一样肮脏，浑然一体。也怪不得他们如此邋遢窝囊，那时的归绥，处处黄土地，无风三尺土，有雨两脚泥。在这样的场地上蹦蹦跳跳地表演，其结果只能落得个灰头土脸。围观的人看完一场猴戏，自然也蓬头垢面、一身尘土。

耍猴人在开场时，都要先猛敲上一阵子铜锣，"当、当、当"地没完没了，目的就是招揽观众。待看客不断地围拢过来，基本上能凑成一个人圈后，耍猴人就开始献艺了。耍猴人左手提锣，还用长绳子牵着猴子；右手拿着锣锤和驯猴的鞭子，不时敲锣并挥动着鞭子。猴子紧张地看着挥舞的鞭子，拼命扯直套在脖颈上的绳子绕着圆圈跑。因此，以耍猴人为圆心、绳子为半径、猴子为轨迹，人圈就会越来越圆。猴子边跑边变换姿态，时而翻跟头，时而拿大顶，博得阵阵掌声，欢声笑语响成一片。

猴戏的节目很多，特别引人注目的是猴子走钢丝。虽然钢丝不长、支架不高，也需要高超的平衡技巧。不知道猴子为了掌握这种技巧挨过多少鞭子。

耍猴人都有一个小木箱，七八个脸谱整整齐齐地摆在里面。经过训练的猴子会掀开小木箱的盖，掏出一个，往脸上一扣就戴上了。绕场一周后，随手往箱边一扔，再掏出第二个脸谱戴上。拿一个，少一个，不会出错。

猴子最麻烦的是换行头，要依次穿上文官、武将的戏装。特别是花袍玉带，再戴上有两根野鸡翎子的头盔，这就需要耍猴人的帮助了。衣服穿好，头盔扎紧绑定，才不至于在翻跟头时散落。装扮起来的猴子亦正亦邪，应了一个词"沐猴而冠"，使人忍俊不禁。

其间小狗也不时地穿插表演，驮上猴子跑场、钻箩圈。有时两三个箩圈叠放得高高的，小狗如果胆怯不敢跳，耍猴人用鞭杆敲打一下也就跃过去了。不想钻，不敢钻，只能挨揍。在整个表演过程中，猴子和小狗始终战战兢兢，如履薄冰。

猴子非常害怕耍猴人的鞭子，只要看到皮鞭挥起，便立刻缩成一团。记得有一次，耍猴人大声呵斥猴子，让它们做出下跪作揖的动作。猴子不听话，耍猴人的鞭子立刻向猴子抽去，吓得猴子"吱吱"直叫。

有时，围观者看见耍猴人打猴子，会出声制止，但耍猴人满不在乎地说："猴子不打不老实，就得打。"

观众最喜欢看猴子和耍猴人发生冲突的节目。当被打急了的猴子拿起刀子、砖头以及金箍棒来追打耍猴人时，耍猴人往往假装逃窜。场外的观众会大声为猴子叫好："打，打，打他个龟儿子，猴娃子好样的！"有人为猴子竖起了大拇指，有人给猴子递上一块石头，好让猴子砸耍猴人。此时就有人给猴子扔来糖果作为奖励，还有人往场地里扔钱。

有时，耍猴人让一只猴子躺下，作势要杀它。另外几只猴子便奋力抢救那只猴子，猴子和耍猴人的许多滑稽动作赢得现场一片笑声。

据说，耍猴人对猴子并不是真打，鞭子的落点从来不在猴子的身上。至于猴子对耍猴人的报复，也是编排出来的闹剧。我就亲眼见过耍猴人被猴子的石块砸中，血流满面。

猴戏最经典的节目是"枪毙"猴子。猴子被耍猴人打了以后，捡起地上的玩具刀试图报复，被耍猴人活捉。于是猴子被蒙面双手反绑，跪在地上等待耍猴人的判决。一顿数落后，耍猴人宣布要对猴子执行枪决。耍猴人拿着玩具枪对准猴子射击后，猴子应声倒下。此时，另外一只猴会子端出一个盘子，向观众要钱，人们看得开心，就会纷纷解囊。

听说，耍猴人大多是河南新野县的。那里没有高山、森林，不是猴子生活的天堂，然而却有着数百年的养猴历史，人和猴子相依为命繁衍至今。那里的耍猴人每年如同候鸟一样，冬季牵着猴子去温暖的南方谋生，夏季又辗转到北方来卖艺，一年之中只在农忙的时候回家。

耍猴人的收入很少，只要一天不演出，吃住皆成问题。因为带着猴子很难登上火车或客运的汽车，他们只能偷坐铁路的敞篷货车，日晒雨淋，生活充满了艰辛，因病客死他乡者也不在少数。这样颠沛流离，风餐露宿，被驱来赶去，状如盲流，也不过是为了生计，令人萌动恻隐之心。

捅马蜂窝

　　得胜堡的马蜂特别多。那土黄色的马蜂，悄然在房檐下、茅厕上、树杈间、窗台旁安营扎寨，那大大小小倒挂起像莲蓬模样的蜂房让人望而生畏。马蜂窝拳头大小，下端露出和蜜蜂窝一样的一个个六边形蜂窝，里面有蜂蛹和蜂蜜。

　　可别小瞧了这不大起眼儿的蜂房，那简直就是一艘在此停泊的航空母舰。天暖和时，马蜂常常鱼贯而出，如同一架架微型战斗机在空中盘旋。有时黑压压地罩满了整个院落，犹如天兵压境一般。

　　按说，马蜂寄人篱下，理当本本分分地避开人类的活动。但它们却常常旁若无人，故意在人的面前飞来飞去地示威，有一种反客为主的横行霸道。有时冷不防从脸前倏然掠过，或者在脑后振翅俯冲，让人感到丝丝寒意。

　　得胜堡的孩子们淘气得出奇。我在舅舅家时，经常和那些农家的土猴们挨家挨户地捅马蜂窝。把马蜂赶走，抢走马蜂窝，用里面的蜂蛹喂养蝈蝈。有一次我因为跑得慢了些，脸上被蜇得肿了好几天。

　　开始时，我们一旦发现谁家房檐下有马蜂窝，先是站在远处，拿弹弓射或用石头砸，打完赶紧跑，越快越好！然而此招的准确性很差，有时会误伤人家的玻璃。于是我们就想做个彻底的了断，将马蜂窝连锅端。我们的办法是将麻袋套在身上，麻袋的两侧铰开口，以便能把手臂伸出去；在离眼近的地方剪一个小口，作为观察口，当然手套也是必不可少的。穿戴整齐，手持一根竹竿，跑过去捅就行了，捅完赶紧跑或者蹲下来用手捂住头。

有时，我们手持竹竿刚进院门，盘腿坐在炕上的房东老大娘看见了，就会追出来狂骂："你们这些枪崩货们一点也不省心，看我去告你们爹妈！捅完你们跑了，马蜂一天不散，和我们没完……"于是我们只好落荒而逃。

一次，我们在邻院的厕所里发现了一个大号马蜂窝。每次想治谁，总是趁他蹲坑的时候堵住厕所门，用一根长杆子不断地在房顶的马蜂窝上比画，吓得蹲坑的那位不住地叫大爷，就是不敢提裤子站起来。

还有一次，舅舅家的屋檐下出现了一个马蜂窝，比我家的捣蒜钵子还大。不开窗吧，屋里又闷又热，空气也不流通；开窗吧，生怕碰坏了那莲蓬般的马蜂窝，让马蜂给蜇了。捅马蜂窝，历来是行为之大忌。然而既然蜂群已经打破了家人恬淡宁静的生活，威胁到了我们的安全，所以家人一致同意及早清除。

捅马蜂窝必须选择在晚上或清晨进行，这时气温低，蜂群攻击力较弱。那天早晨，我找到一根长短应手的竹竿，提前观察好了碉堡似的蜂房，然后蒙头掩面把门牙开了个小缝用竹竿捅了两回。没想到它粘得还挺结实，根本捅不下来，我都有点泄气了。后来表哥在竹竿头上绑了点棉纱，棉纱上蘸了些煤油。棉纱点着后，开门探出去就把蜂窝给点着了。火燎蜂房、汤浇蚁穴都是"亡国灭种"的大事，蜂窝里即刻乱作一团，我们却都欢快地叫着。炸了窝的马蜂在空中盘旋，侦察系何人所为，随时准备报复、为"国"殉难；也有许多马蜂抱着与蜂王、蜂巢共存亡的决心，尽管在烈火中被烧得"哔哔剥剥"地作响，也不逃亡。此事过后，我为我们的残忍而数日心神不宁。

得胜堡的西墙外有一片坟地，那里树木很多，马蜂窝也很多。野地里没有可以隐身的地方，捅马蜂窝的危险性大，也就更加刺激。孩子们有个共同的特点，就是只要见到马蜂窝就想把它捅下来不可。马蜂窝大多建在树枝上，有的离地面较高，用竹竿捅不着，我们就用弹弓来打。这种办法危险性小，也很少被蜇。而离地面较近的马蜂窝就要特别注意，因为捅了以后不容易跑掉，往往会被马蜂追击。弄不好，头上、脸上、身上就会被蜇起一个个的红疙瘩，有时眼皮被蜇得肿起来看东西都困难。在接受教训以后，我们慢慢想出了对策，就是发现蜂窝以后不急于去捅它，而是先搬来附近田里的麦秸，用麦秸和树枝搭成一个窝棚，小伙伴们都钻到窝棚里面躲好，再从窝棚里伸出竹竿放心大胆地去捅。

记得有一次，在路边的一棵树上发现了一个马蜂窝，我们做好准备后，便钻进旁边的瓜棚躲起来。那次，我们谁也没有发现路上有人，拿起竹竿对准那个大蜂窝就捅去。马蜂窝被捅掉了，成千上万的马蜂就像炸了营似的四处乱飞，寻找破坏它们家园的凶手。恰巧这时有两个骑自行车的人打这儿路过，马蜂错把路人当成了凶手，一窝蜂地向骑车人追去，我们也吓得落荒而逃。

听舅舅说，有一种在野地里筑巢的马蜂，叫"九里头"，它不但能蜇死人，还会追人达九里之遥，让人听后毛骨悚然。

捅马蜂窝，就像过家家、藏埋埋、打节克儿的游戏一样，是乡间孩子们经常性的娱乐活动。我们捅蜂窝，有点像当年八路军星夜端鬼子的炮楼，神不知鬼不觉，没等敌人觉醒，便下了他们的枪。本来在空中楼阁待久了的蜂群，没了蜂房的屏障，"惶惶如丧家之犬，急急如漏网之鱼"，魂不守舍、乱作一团，全然没有了往日的嚣张。我们虽然蒙头盖脸地捅出了一身臭汗，但看到地上支离破碎的蜂房、慌乱不知所踪的蜂群，都充满了胜利者的喜悦。

后来才知道，那种"九里头"，学名叫葫芦蜂，攻击性很强。若其蜂窝挂在树上，而你碰到了树，引起震动被它们感觉到了，它们就会群起而攻之，且穷追不舍。一旦被追上，九死一生，因此葫芦蜂是不能轻易招惹的。而马蜂毒性一般，攻击性也很弱，一般不会要人命，只会使人受伤。

虽然每个人的童年都不一样，但都像一颗颗灿烂的宝石一样闪亮。童年时的我是个既好奇又淘气的孩子。好奇，有时就意味着闯祸。跟跟跄跄一路走来，我已近古稀之年，儿时的闹剧，现在回忆起来仍然温馨甜蜜。

后 记

子曰:"吾十有五而志于学;三十而立;四十而不惑;五十而知天命;六十而耳顺;七十而从心所欲,不逾矩。"

六七十岁已是人生的晚年,一方面失去了身体的有力支持,也失去了往日的"锐气",处处心有余而力不足;另一方面几十年的修养和磨砺已使人的言行完全符合道德规范、社会规范和自然规律,因此达到了"耳顺"和"从心所欲不逾矩"的境界。

我的人生道路并非得意。我与中华人民共和国同龄,生下挨饿,上学停课。在最长身体的时候缺乏营养;最应该接受教育的时候在做着苦工;最渴望读书的时候找不到书读。因无可读之书,"文革"期间我遍读家中的医学典籍,后来捡到一本《中国人民解放军总后勤部中曲饲料养猪法》,竟然也能细心研读,内容至今铭记在心。

我认为,读书其实"无用",只能用于个人修身养性。读书既换不来金钱,也改善不了生活,但是可以使人清醒地认识世界。多读书、读好书可以培养良好的心理素质及心理承受能力。读文学作品还可以使人的情感变得细腻。而人生就是在无意义中寻找有意义的一种活动。愚顽的人直到死亡的那一刻,也感悟不到人生的真谛。放弃身外之物、回归生命本身，死亡就是一种回归，临近死亡的感悟就应当是这种回归与放弃。正如周国平所说："可是，我们每个人岂不都是患着一种必死但又不会很快就死的病吗？生命本身岂不就是这种病吗？所以，我们不妨时常用一个这样的病人的眼光看一看世界，想一想倘若来日不多，自己在这世界上最想做成的事情是哪些……因为说到底，无论我们怎样爱惜健康，也不可能永久保住它。而健康的全部价值便是使我们得以愉快地享受人生，其最主要的享受方式就是做我们真正喜欢做的事。"

有一本书谈论到一个有趣的话题，就是让人看清楚自己周围所居住的环境。比如，你可能居住在乡村，周围农人采桑，鸡鸣狗吠，屋舍俨然；你可能居住在城市，周围人影散乱，车水马龙，高楼林立。而设想一下如果人类此时此刻消失了，一千年之后，你的周围会是什么样子？答案会让所有的人大吃一惊：一千年后，你的周围会是一片莽莽苍苍的森林。高大的人类建筑会让时间销蚀成齑粉，人和动物的身体会让时间消化成泥土成为植物的养分，所有人类的痕迹都将丢进历史的记忆里，时间成为唯一的主宰，最后的胜者！

毛泽东早年熟读《枯树赋》，并且曾将其中"桓大司马闻而叹曰"的六句话，用他独树一帜的毛体书法，写成三行条幅："昔年种柳，依依汉南。今看摇落，凄怆江潭。树犹如此，人何以堪。”
这就是说，树木的新生、成长到死亡，这是一个自然规律。树木
都受这个发展规律所支配，何况是人呢？

我们要珍惜生命，因为死亡的时间太久了。

是为后记。

韩丽明

二〇一八年元月一日